जासूसों का जाल

जेम्स हेडली चेइज़

डायमंड बुक्स

© प्रकाशकाधीन

प्रकाशक	:	डायमंड पॉकेट बुक्स (प्रा.) लि.
		X-30 ओखला इंडस्ट्रियल एरिया, फेज-II
		नई दिल्ली-110020
फोन	:	011-40712200
ई-मेल	:	sales@dpb.in
वेबसाइट	:	www.diamondbook.in
मुद्रक	:	रेप्रो (इंडिया)

Jasoos ka Jaal

By : James Hadley Chase

जासूसों का जाल

मैकिनटॉश का ऑफिस शहर के मुख्य बाजार में था। मेरे लिये यह एक बहुत ही अप्रत्याशित-सी बात थी। मुझे उसका दफ्तर खोजने में बड़ी कठिनाई का सामना करना पड़ा था। क्योंकि उसका ऑफिस 'हालबोर्न स्ट्रीट' और फ्लीट स्ट्रीट की भूलभुलैयां में बोसीदा-सी इमारत के चौथे खंड पर स्थित था।

जोहन्सबर्ग जैसे छोटे शहर में रहने वाले मेरे लिये लन्दन की यह भूलभुलैयां ऐसी थीं मानो खरगोशों का बाड़ा।

इमारत के मुख्य दरवाजे पर मैकिनटॉश के ऑफिस का नाम पट्ट लगा हुआ था—"ऐंग्लो-स्कौटिश होल्डिंग लिमिटेड।"

इमारत में कोई लिफ्ट नहीं थी अतः मैं सीढ़ियां तय करता हुआ चौथी मंजिल पर पहुंच गया। ऐंलोस्कोटिया होल्डिंग लिमिटेड का दफ्तर गलियारे के एक नुक्कड़ पर था। दफ्तर के बाहर दरवाजे पर एक साधारण-सा पर्दा लटक रहा था। मैंने पर्दा सरकाया और दफ्तर के अन्दर प्रविष्ट हो गया। मेरी दृष्टि डेस्क के पीछे बैठी एक खूबसूरत स्त्री पर पड़ी जो चाय की चुस्कियां भर रही थी।

मैं डेस्क के नजदीक पहुंचा—"मेरा नाम रिमर्डन है"—मैंने अपना परिचय देते हुए कहा—"मैं मि. मैकिनटॉश से मिलने आया हूं।"

"वह आप ही के इन्तजार में बैठे हैं मि. रियर्डन—तशरीफ रखिये।" यह कहकर वह अपनी कुर्सी से उठी, धीरे से भीतरी कमरे का दरवाजा खोला, बन्द किया और मेरी आंखों से ओझल हो गई। मुझे उसकी टांगें बहुत अच्छी लगी थीं—वह लम्बी गुडाकार की थीं। मैं कल्पना करने लगा—यदि टांगें ही इतनी शानदार हैं तो इसकी रातें तो ईश्वर ही जाने कैसी होंगी। मैंने सिर झटककर अपना ध्यान इस ओर से हटाया और कमरे की समीक्षा करने लगा। कमरे का रंगरोगन उतरा हुआ था किन्तु कमरा साफ सुथरा था। दीवारों पर नाना प्रकार के चित्र टंगे हुए थे।

तभी भीतरी कमरे का दरवाजा खुला, और वह स्त्री बाहरी कमरे में वापिस आ गई।

"अन्दर तशरीफ ले जाइये मि. रियर्डन।" वह कोमल स्वर में बोली।

मैं अपनी कुर्सी से उठा और उस स्त्री की ओर एक उचटती सी निगाह डालता हुआ भीतरी कमरे में प्रवेश कर गया।

"तो तुम पहुंच ही गये"—मैंकिनटॉश ने मेरा स्वागत करते हुए पूछा—"फ्लाइट कैसी रही?"

"ठीक ही थी।"

"बैठो" मैकिनटॉश ने सामने कुर्सी की ओर इशारा करते हुए कहा—"चाय चलेगी?"

"जरूरा।"

मैकिनटॉश अपनी जगह से उठा और उसने दरवाजे के पास पहुंचकर उसे थोड़ा-सा खोल दिया—

"मिसेज स्मिथ—जरा चाय का प्रबंध कर दो।" कहकर मैकिनटॉश ने धीरे से दरवाजा पुनः बंद कर दिया और वापिस अपनी सीट पर आकर बैठ गया।

मैंने संदेह भरी दृष्टि से दरवाजे की ओर देखा और मैकिनटॉश से पूछा—"क्या इसे मालूम है सब कुछ?"

"हां" मैकिनटॉश बोला—"यह एक कुशल सैक्रेटरी है और सच बात यह है कि इसके बिना मेरी गाड़ी चल ही नहीं सकती।"

"यह स्मिथ तो बड़ा सामान्य-सा पारिवारिक गोत्र है। यह इसका वाकई कुछ गोत्र है अथवा यूं ही....।"

"नहीं—यूं ही नहीं—यह वास्तव में ही उसका पारिवारिक गोत्र है।" मैकिनटॉश ने मेरे सूट की ओर देखते हुए कहा—यह यहां की सर्दी के लिये बहुत हल्का है। कहीं ऐसा न हो कि इस हल्के सूट में तुम सर्दी खा जाओ और तुम्हें निमोनिया हो जाये।"

"तो फिर नया सिलवा दो।"

"वह तो करना ही पड़ेगा—मैं तुम्हें एक टेलर का नाम व पता दिये देता हूं—तुम उसके पास चले जाना वह कुछ मंहगा तो अवश्य है परन्तु...।" मैकिनटॉश ने अपनी बात अधूरी ही छोड़ दी और मेज की दराज खोलकर उसमें से पांच-पांच के नोटों की एक गड्डी निकाली, दो सौ पाउंड गिनकर मेरे हाथ में थमाते हुए बोला—"इतने में तुम्हारा एक बढ़िया-सा टूट सिल जायेगा।"

"क्या बात है—आज तो तुम बहुत ही उदार लग रहे हो।" मैंने मुस्कराकर नोटों को थामते हुए पूछा।

"नहीं—ऐसी तो कोई बात नहीं है। यह सब तो खर्चे में चला जायेगा—और अब तो तुम्हारी मुट्ठियां गर्म होने जा रही हैं। खैर छोड़ो—अब तुम जोहन्सबर्ग के बारे में बताओ—वहां का क्या हाल है?"

मैंने उसे जोहन्सबर्ग के बारे में बताया कि गत महीनों में वहां क्या-क्या घटनायें घटी थीं।

तभी मिसेज स्मिथ चाय की ट्रे उठाये कमरे में दाखिल हुई। उसने बड़े करीने से चाय मेज पर सजा दी।

"मिसेज स्मिथ"—मैकिनटॉश ने कहा—"जहां तुमने इतना कष्ट किया है थोड़ा और भी कर दो। कृपया चाय सर्व और कर दो।"

मिसेज स्मिथ चाय बनाने में व्यस्त हो गई और मैं उसे देखने में। किन्तु मिसेज स्मिथ ने इस ओर जरा भी ध्यान नहीं दिया। एक बार उसने मेरी ओर देखा तो मैंने उसे आंख मार दी। परन्तु मिसेज स्मिथ ने तत्क्षण अपनी निगाहें दूसरी ओर कर लीं। वह चाय का एक प्याला मेरी ओर बढ़ाते हुए बोली—"चीनी अपनी आवश्यकता अनुसार डाल लीजिये।"

मैकिनटॉश ने चाय की चुस्कियां भरते हुए मुझसे पूछा—“तुम्हें पता है कि लन्दन विश्व का सबसे बड़ा हीरों का व्यापारिक केन्द्र है।”

“मेरे विचार से तो—एम्सटरडम हीरों का सबसे बड़ा व्यापारिक केन्द्र है।” मैंने चाय की चुस्की भरते हुए उसकी बात का जवाब दिया।

“कुछ हद तक तुम्हारा कहना ठीक है—परन्तु वहां पर हीरों को काटकर उन्हें तराशकर उनको आकार दिया जाता है। बाकी समस्त व्यापार यानी तराशे हुए हीरों की खरीद फरोख्त से लेकर हीरे जटित जेवरों का व्यापार सब लन्दन में ही होता है। पिछले सप्ताह मैं एक ऐसी जगह पर गया था जहां पर हीरों के छोटे-छोटे पैकेट्स यूं बिकते हैं—जैसे एक मार्निंग स्टोर में मक्खन की टिक्कियां।”

“तो वहां पर सुरक्षा के उपाय तो बहुत कड़े होते होंगे।”

“कड़े—वहां पर तिजोरियों के दरवाजे ऐसे-ऐसे संवेदन-शील इलैक्ट्रोनिकी यंत्रों से सज्जित हैं कि आंख झपकने में जरा-सा भी अन्तर पड़ तो फौरन पुलिस को पता चल जाता है।”

मैंने चाय की अन्तिम चुस्की भरी और प्याला मेज पर रखते हुए कहा—“मुझे तिजोरियां तोड़ने का कोई अनुभव नहीं है। ऐसा काम तो कोई तिजोरी तोड़ ही कर सकता है। इसके अतिरिक्त ऐसा काम अकेले आदमी के बस का नहीं है।”

“तुम घबरा क्यों रहे हो—धीरज रक्खो।” मैकिनटॉश ने मुझसे कहा—“मुझे हीरों का विचार यूं आया था क्योंकि मैं दक्षिण अफ्रीका में रह चुका हूं। और तुम जानते हो कि वहां किसी समुद्र तट पर कहीं भी रेत में हाथ डाला—हीरा तुम्हारे हाथ लगेगा। हीरा एक सर्वगुण सम्पन्न वस्तु है—आकार के लिहाजे से बहुत छोटे होते हैं और इन्हें बड़ी आसानी से कहीं भी ले जाया जा सकता है। और इनमें सबसे बड़ी विशेषता ये है कि ये हाथों हाथ बिक जाते हैं। तुमने “अन्तर्राष्ट्रीय डायमंड गैंग” का नाम तो सुना ही होगा।”

“मैं इस बारे में कुछ भी नहीं जानता—यह मेरी लाइन ही नहीं है।”

“यह तो और भी अच्छा है। इसीलिये तो मैंने अपनी योजना को कार्यान्वित करने के लिये तुम्हारा चयन किया है। तुम हमेशा बवंडरों से दूर रहे हो। तुम ही बताओ तुम्हें कितनी बार जेल हुई है?”

“सिर्फ एक बार—अठारह महीने के लिये। और इस बात को भी अब काफी समय गुजर चुका है।”

“और तुमने कितने हाथ मारे हैं?”

“मैंने कभी गिनती नहीं की।”

“तुम एक बहुत ही चतुर चोर हो रियर्डन, कि हमेशा पुलिस के जाल से बचे रहते हो। इसका कारण जानते हो?”

“मैंने इस ओर कभी ध्यान ही नहीं दिया।”

"मैं बताता हूं इसका कारण तुमको—पुलिस के जाल से तुम्हारे बच निकलने का मुख्य कारण ये है कि तुम हमेशा अपनी कार्यप्रणाली बदलते रहते हो। तुम्हारे ऐसा करने से कोई ऐसा संकेत नहीं छूटता कि जिसको कम्प्यूटर में भरकर डकैतों के साथ तुम्हारा सम्बन्ध जोड़ा जा सके। तुम्हारी इसी विशेषता के कारण ही मैंने तुम्हारा चयन किया है। और इस बारे में मिसेज स्मिथ मुझसे शत-प्रतिशत सहमत हैं।"

"तुम पूरी बात बताओ।" मैंने चौकस होते हुए कहा।

"ब्रिटिश जी. पी. ओ. एक अद्भुत संस्था है। बहुतों के विचार में तो हमारी डाक प्रणाली संसार में सर्वोत्तम है। जब कि कुछ लोग इससे संतुष्ट नहीं हैं, अलबत्ता जहां तक बीमा कंपनियों का सम्बन्ध है वे हमारे जी. पी. ओ. को एक आदरणीय दृष्टि से देखते हैं। तुम शायद यह सोचो कि हमारी योजना में ये जी. पी. ओ. कहां से टपक पड़ा। इसका तुम्हें अभी पता चल जायेगा। फिलहाल तुम मुझे ये बात बताओ कि एक हीरे की विशेषता क्या होती है।"

"उसकी चमक।"

"एक परिष्कृत हीरा कभी भी नहीं चमकता। वह तो ऐसा मालूम होता है जैसे एक कांच का टुकड़ा हो। जरा ध्यान से सोचो।"

"वह बहुत सख्त होता है।"

"तुम ध्यान से नहीं सोच रहे हो।" मैकिनटॉश ने अधीरता से कहा—फिर उसने मिसेज स्मिथ की ओर देखकर कहा—"अब तुम्हीं इसे समझाओ।"

"हीरे की प्रमुख विशेषता उसका आकार होती है।" मिसेज स्मिथ ने शान्त स्वर में मुझे समझाते हुए कहा।

▢ ▢

मैकिनटॉश अपने हाथ को मुट्ठी में बांधकर मेरे नाक के पास लाते हुये बोला, "तुम एक मुट्ठी में दौलत समेट सकते हो—और किसी को भनक तक न मिलेगी। अब तुम मुझे यह बताओ कि यदि एक दियासलाई की डिबिया में एक लाख पाउंड मूल्य के हीरे डालकर डिबिया तुम्हें दे दी जाये, तो तुम्हारे पास क्या होगा?"

"मेरे पास एक लाख पाउंड के हीरे होंगे और क्या होना है।"

"तुम अक्ल से काम क्यों नहीं लेते, रिअर्डन।" मैकिनटॉश ने झल्लाते हुये कहा।

"तो तुम ही बता दो कि मेरे पास क्या होगा।"

"तुम्हारे पास एक पार्सल होगा, रिअर्डन—एक छोटा-सा पैकट जिस पर खाकी कागज लपेटकर, पता लिखकर, टिकट लगाकर, लैटरबक्स में डाला जा सकता है।"

मैं अचरज से मैकिनटॉश की ओर देखने लगा—"तुम्हारे कहने का आशय है कि हीरे डाक द्वारा भेजे जाते हैं!"

"क्यों नहीं? हमारी डाक प्रणाली बहुत ही कुशल है—बहुत कम ही ऐसा होता है कि कोई पार्सल गुम हो जाए। अतः कोई भी बीमा कंपनी किसी भी पार्सल का तुरन्त बीमा करने को राजी हो जाती है क्योंकि उनका जोखिम न होने के बराबर है। तुम आंकड़े देख सकते हो। एक बार पार्सल लैटर-बाक्स में पड़ जाये, तो यदि ऊपर वाला भी उसका पता लगाना चाहे, तो नहीं लगा सकता। क्योंकि लैटरबाक्स में पड़ने के पश्चात् वह पार्सल लाखों करोड़ों पार्सलों के समुद्र में गुम हो जायेगा। फिर उसका पता तब चलेगा, जब वह अपने गंतव्य स्थान पर पहुंच जायेगा।"

"तुम्हारी बात तो तर्कसंगत प्रतीत होती है।" मैंने मैकिनटॉश से कहा।

"प्रतीत होती है—सर्वथा तर्कसंगत है। मिसेज स्मिथ ने इस विषय पर अनुसंधान किया है। यह बहुत ही समझदार स्त्री है। आगे तुम्हें यह खुद ही बतायेगी।"

मिसेज स्मिथ शांत स्वर में मुझे ब्यौरा बताने लगी।

"मिस्टर रिअडन, पार्सल नाना प्रकार के पैकटों में भेजे जाते हैं—दियासलाई की डिबियों से लेकर चाय के डिब्बों तक में हीरों की तिजारत करने वालों के हर एक के अपने अपने अड्डे हैं। जहां पर वे डाक द्वारा पार्सल भेजते हैं। उनके पार्सल प्राप्त कर लिये जाते हैं, किन्तु पाने वाला उनको अमानत समझता है। और न ही उसे ज्ञात होता है कि पार्सल में क्या है। जिसके लिये वह पार्सल होता है वह अपने आप उस पते पर पहुंच कर अपना पार्सल ले लेता है।"

"हीरों के पार्सल भेजने में सबसे महत्वपूर्ण चीज गंतव्य स्थान की गुमनामी होती है। पार्सलों को ऐसे लोगों के पतों पर भेजा जाता है जिनका हीरा उद्योग से कोई संबंध नहीं होता। तथा पार्सल भेजने वाले इस चीज में बहुत एहतियात बरतते हैं कि एक ही पते पर दोबारा पार्सल न भेजा जाये।"

"यह है तो बहुत ही दिलचस्प।" मैंने कहा, "पर पार्सल पर हाथ कैसे डाला जा सकता है?"

मैकिनटॉश मुझे समझाता हुआ बोला, "एक राह चलता डाकिया हर रोज देखने में आता है। उसके पास दर्जनों ऐसे पार्सल होते हैं जिनमें लाखों का माल होता है। और मजे की बात यह है कि वह इस वास्तविकता से सर्वथा अनभिज्ञ होता है। तथा न ही देखने वाला यह अनुमान लगा सकता है कि इन पार्सलों में क्या है। उधर पार्सल पाने वाला उत्कंठा से डाकिये की बाट जोह रहा होता है कि न जाने डाकिया कब पहुंच जाये। इस दौरान हाथ डाला जा सकता है।"

"यह तो समझ में आ गई।" मैंने मैकिनटॉश से कहा, "पर यह कैसे पता चलेगा कि कौन से पार्सल में हीरे हैं?"

"मैं तुम्हें समझाता हूं।" मैकिनटॉश ने उत्तर देते हुये मुझसे पूछा, "तुमने फोटोग्राफी की है?"

"हां।"

"ब्लैक एण्ड ह्वाईट या कलर?"

"दोनों।"

"जब तुम कोई कलर फिल्म के चित्र उभारने के लिये फोटो लैब में देते हो, तो वापसी में तुम्हें क्या मिलता है?"

“फिल्म से उभरे हुये चित्र मिलते हैं।”

“और क्या मिलता है?”

“कुछ भी नहीं।”

रिअडन ने एक दीर्घ श्वास छोड़ते हुये कहा, “एक डिबिया भी मिलती है। फोटो लैब वाले वे चित्र एक डिबिया में डालकर देते हैं, और वह हमेशा पीले रंग की ‘कोडक फिल्म’ की डिबिया होती है। अगर किसी के हाथ में वह डिबिया हो, तो तुम देखते ही यह कहोगे कि इस डिबिया में किसी कलर फिल्म के चित्र हैं।”

मैं एकाग्रचित्त होकर मैकिनटॉश की बातें सुनने लगा।

“अब मैं तुम्हें पूरी बात बताता हूं—मुझे पता चला है कि कोडक की पीली डिबिया में हीरों का पार्सल भेजा जाने वाला है। उस डिबिया में डेढ़ लाख पाऊंड के हीरे हैं। जिस एड्रेस पर यह पार्सल पहुंचना है, वह भी मुझे मालूम है। तुम्हें उस पते पर पहुंचकर डाकिये की प्रतीक्षा करनी होगी। ज्यों ही डाकिया वह डिबिया लेकर उस पते पर पहुंचे, तुम्हें वह डिबिया अपने अधिकार में करनी होगी।”

“तुम्हें यह सब कहां से मालूम हुआ?” मैंने जिज्ञासा से मैकिनटॉश से पूछा।

“यह सब काम मिसेज स्मिथ ने किया है। इस योजना का सूत्रपात मिसेज स्मिथ के मस्तिष्क में हुआ था। तत्पश्चात इसने इस पर अनुसंधान किया था कि इस योजना को किस भांति कार्यन्वित किया जा सकता है। मिसेज स्मिथ ने किस तरह से अनुसंधान किया, उससे तुम्हारा कोई संबंध नहीं।”

मैं जिज्ञासा से मिसेज स्मिथ के चेहरे की ओर देखने लगा। उसकी आंखों में एक अजीब सी दृश्य थी; और होंठों पर ऐसी उपहासजनक मुस्कान थी, माना यह संदेश दे रही हो—तुम बेचारे मर्द लोग।

“देखिये मिस्टर रिरडन, बल प्रयोग जितना ही कम हो उतना ही अच्छा।”

“मिसेज स्मिथ बिलकुल ठीक कहती है।” मैं तो खुद ही बल प्रयोग या हिंसा में विश्वास नहीं रखता—व्यर्थ में खंडर खड़े हो जाते हैं—और बिजनेस पर बहुत बुरा असर पड़ता है।” मेकिनटॉश ने मिसेज स्मिथ की हां में हां मिलाते हुये कहा।

“वह तो तुम्हारा कहना ठीक है—किन्तु डाकिया अपने आपसे तो वह पार्सल मुझे देने से रहा। मुझे वह पार्सल उससे छीनना पड़ेगा, और छीनने में बल का प्रयोग तो करना ही पड़ेगा।”

मैक्रिनटॉश ने मुस्कराते हुये कहा, “यदि तुम पकड़े गये, तो हिंसा और डकैती करने के आरोप में कम से कम दस साल के लिये अन्दर कर दिये जाओगे।”

“वह तो है ही।”

“पर ऐसी नौबत ही नहीं आयेगी। हम अपना कार्यवाई इस तरीके से करेंगे—मैं तुम्हारे पीछे-पीछे होऊंगा। तुम्हारा काम पूरा होने के तीन घंटे के अन्दर-अन्दर वे हीरे इंग्लैंड से बाहर पहुंच चुके होंगे। तुम्हारा हिस्सा तुम्हें कैसे मिलेगा, इस बारे में मिसेज स्मिथ तुम्हें समझा देती हैं।”

मिसेज स्मिथ ने अपने फोल्डर से एक फार्म निकाला और उसे मेरे सामने रखकर मुझे समझाने लगी।

"यह ज्यूरिच में एक बैंक का 'नंबर अकाऊंट' है। तुम्हारा नंबर बहुत ही जटिल है। तुम इसे ध्यान से याद कर लो, या कहीं नोट कर लो। चैक में हस्ताक्षर करने की जगह पर तुम यह नंबर लिख देना। बैंक पचास हजार पाऊंड तक की राशि तुम्हारे खाते में जमा कर देगा या तुम्हें नगद दे देगा।"

"पचास हजार पाऊंड—यानी डेढ़ लाख के माल में एक तिहाई मुझे मिलेगा, और दो तिहाई तुम लोगे। यह तो अन्याय है।"

"अन्याय कैसा?" मिसेज स्मिथ ठंडे स्वर में बोली, "योजना मैंने बनाई थी—तुमने नहीं। हम तीन हैं और डेढ़ लाख का तीसरा भाग पचास हजार होता है।"

"तुम दोनों यदि दो तिहाई से रहे हो, तो चलो फिर मुझे बढ़िया सा लंच खिलाओ।"

"बिलकुल नहीं।" मेकिनटॉश ने कहा, "हम तीनों का इकट्ठे देखा जाना हमारे लिये उचित नहीं होगा। जब यह काम संपन्न हो जायेगा, तो फिर हम तीनों इकट्ठे बढ़िया से होटल में डिनर करेंगे।" यह कहकर मेकिनटॉश कागज पर कुछ लिखने लगा।

"यह रहा वह एड्रेस—जहां से तुम्हें वह डिबिया उड़ानी है। और यह रहा उस दर्जी का नाम व पता, जहां पर तुम्हें अपना सूट सिलवाना है।"

☐☐

मेकिनटॉश के दफ्तर से नीचे आकर सबसे पहले मैंने वही फ्लीट स्ट्रीट पर एक रेस्तरां में लंच किया। तत्पश्चात मैं वह एड्रेस ढूंढ़ने चल पड़ा, जो मुझे मेकिनटॉश ने दिया था। फ्लीट स्ट्रीट ऐसी भूल भुलैया है कि जहां से चलो, आदमी घूम फिर कर फिर वहीं का वहीं पहुंच जाता है। कोई एक घंटे की दौड़ धूप के पश्चात मैं लैदर लेर में पहुंच गया जहां का पता मेकिनटॉश ने मुझे दिया था। यह एक इमारत की दूसरी मंजिल पर स्थित था। मैं लिफ्ट द्वारा तीसरी मंजिल पर पहुंचा और सीढ़ियां उतर कर दूसरी मंजिल पहुंचा। यहां पर उस एड्रेस का बोर्ड लगा था—'बेटसी लो ड्रैस मैन्यूफैकचरिंग कंपनी।' मैं अन्दर दाखिल नहीं हुआ, और वहीं बाहर दूसरी मंजिल के प्रवेश मार्ग का अध्ययन करने लगा। प्रवेश मार्ग एक हद तक मेरे मतलब के थे। मैं मन ही मन में सोचने लगा कि अपनी कार्यवाई निश्चित करने से पहले मुझे डाकिये की क्रिया को देखना चाहिये कि वह कैसे ऊपर आता है, कहां रुकता है, किस प्रकार से डाक एवं पार्सल बांटता है, और कैसे वापस लौटता है। यह अवलोकन करना मेरे लिये बहुत जरूरी थी। सो मैं कुछ देर तक वहीं रुका रहा और उस जगह का अध्ययन करता रहा। तत्पश्चात मैं नीचे आया, और एक टेलीफोन बूथ में बन्द होकर मेकिनटॉश का नंबर डायल किया। आधी घंटी भी नहीं बज पाई थी कि दूसरी ओर रिसीबर उठा लिया गया।

"मैं रियरडन बोल रहा हूं।"

9

"मैं आपको मिस्टर मैकिनटॉश से मिलाये देती हूं।"

"जरा रुको।" मैंने कहा, "पहले तुम मुझे यह बताओ कि तुम किस प्रकार की स्मिथ हो?"

"तुम्हारा मतलब?"

"मेरा मतलब है कि स्मिथ तो तुम्हारे पति का कुलगोत्र है—आखिर तुम्हारा भी कोई नाम तो होगा, या तुम गुमनाम हो?"

तनिक संकोच के पश्चात मिसेज स्मिथ ने कहा, "तुम मुझे ल्यूसी के नाम से पुकार सकते हो।"

"मुझे तो यकीन नहीं होता कि तुम्हारा वाकई ल्यूसी है।"

"बेहतर यही है कि यकीन कर लो।"

"क्या ये मिस्टर स्मिथ अस्तित्व भी रखते हैं, या...?"

"तुम्हारा इससे कोई संबंध नहीं। मैं मिस्टर मेकिनटॉश को फोन दे रही हूं।"

तभी फोन पर एक क्लिक सी हुई, और दूसरी ओर से मेकिनटॉश की आवाज सुनाई दी—

"हां बोलो।"

"मैं इस बारे में और विचार विमर्श करना चाहता हूं।"

"तुमने सब देख भाल लिया है न?"

"हां।"

"तो आज ही के समय कल यहां आ जाना।"

"ऑलराईट।" कहकर मैं फोन बन्द करना ही चाहता था कि मेकिनटॉश की आवाज सुनाई दी, "जरा यह बताओ कि तुम उस दर्जी के पास भी गए हो या नहीं?"

"अभी तक तो नहीं गया।"

"तुम देर मत करो। वह तुम्हारा नाप लेगा, तीन ट्राई देगा, तब कहीं जाकर तुम्हारा सूट तैयार होगा। तुम तुरन्त उसके पास जाओ।"

"अच्छा।" कहकर मैंने फोन बन्द कर दिया।

तत्पश्चात मैं दर्जी की दुकान की ओर रवाना हो गया। रास्ते में मुझे रेडीमेड गारमेन्टस की एक बढ़िया सी दुकान दिखाई दी। मैं दुकान के अन्दर प्रविष्ट हो गया। वहां से मैंने एक पलटावी ओवरकोट एवं पी केप खरीदे और वापस चला आया। मैं दर्जी की दुकान पर गया ही नहीं।

▢ ▢

"तुम्हारे विचार में यह कार्य पूरा हो सकता है अथवा नहीं?" मेकिनटॉश ने मुझसे पूछा।

"वह तो हो जायेगा। किन्तु मैं इस काम के बारे में और जानना चाहता हूं।"

"क्या जानना चाहते हो?"

"सबसे पहले तो यह कि यह काम कब से आरंभ करना होगा?"

"परसों से।"

10

"हे ईश्वर! यह तो बहुत कम समय है।"

मेकिनटॉश ने मुंह बन्द करके हंसते हुये कहा, "तुम्हारे इंग्लैंड आने के एक सप्ताह के अन्दर-अन्दर यह पूरा काम संपन्न होना है।" तब वह मिसेज स्मिथ को आंख मारते हुये बोला, "हर कोई एक सप्ताह में पचास हजार पाऊंड नहीं बना सकता। इस काम में मुश्किल ही क्या है?"

"मुझे तो पचास हजार पाऊंड बनाने के लिये मेहनत करनी पड़ेगी। तुम दोनों को तो बैठे बिठाये अपना हिस्सा मिलेगा। तुम्हें तो उंगली भी नहीं हिलानी पड़ेगी। तुम्हें क्यों मुश्किल लगने लगा।"

"मेरा काम है योजना बनाना—अगर मैं योजना ही न बनाऊं, तो तुम्हारी मेहनत क्या करेगी।"

"खैर, जो भी है," मैंने कहा, "यदि यह काम परसों करना है, तो इसका आशय है कि आज का शेष दिन और कल का सारा दिन मुझे डाकिये की नकली हरकत का अध्ययन करना पड़ेगा कि वह कैसे ऊपर आता है, कैसे डाक एवं पार्सल वितरित करता है आदि-आदि। तुम मुझे यह बताओ कि यहां पर डाक कितनी बार तकसीम होती है?"

"दिन में दो बार।"

"मेरी बात यह कि तुम्हारे पास कोई ऐसा व्यक्ति है जो मेरी बजाये उस जगह का अध्ययन करके मुझे बता सके। मैं नहां लैदर लैग में ज्यादा समय व्यतीत नहीं करना चाहता—कहीं ऐसा न हो कि आवारगी के आरोप में धर लिया जाऊं—इससे सारा मामला खटाई में पड़ जायेगा।"

"तुम्हें उस जगह का अध्ययन करने की कोई आवश्यकता नहीं।" मिज स्मिथ ने मुझे संबोधित करते हुये कहा, "मेरे पास वहां का पूरा ब्यौरा मौजूद है।" कहकर मिसेज स्मिथ ने यहां का पूरा नक्शा मेरे सामने मेज पर फैला दिया।

"तुम्हारे सौभाग्य की बात यह है कि इस बिल्डिंग में कोई भी लैटर बक्स नहीं है। डाकिये को दर-दर जाकर डाक या पार्सल बांटने पड़ते हैं।" मेकिनटॉश ने अपनी तर्जनी उंगली जोर से मेज पर ठोंकते हुए कहा, उस समय जब डाकिया बेटसी लो ड्रेस मैन्यूफैक्चरिंग कंपनी की डाक बांटने वाला होगा, तुम्हें यह देखना होगा कि उसके पास पीले रंग की कोडक फिल्म वाली डिबिया है या नहीं। यदि उसके पास न हो, तो तुम उसके सामने ही मत आना और अगली डाक की प्रतीक्षा करना।"

"इस प्रतीक्षा से ही तो मुझे भय हो रहा है। अगर तनिक सी भी चूक हो गई, तो लेने के देने पड़ जायेंगे।"

"वह क्यों?" मेकिनटॉश ने सपाट लहजे में कहा, "तुम्हें बाहर खड़े होकर इंतिजार करने की आवश्यकता ही नहीं पड़ेगी। मैंने बेटसी लो ड्रेस मैन्यूफैक्चरिंग कंपनी से दो दरवाजे छोड़कर एक ऑफिस किराये पर ले रखा है। वहां पर हर सुविधा उपलब्ध है चाय, कॉफी, स्नैक्स—यहां तक खिड़की का भी प्रबंध है। जब तक काम संपन्न न हो तुम वहीं पर डाकिये की प्रतीक्षा करना।" यह कहने के साथ उसने वहां की चाबी मेरे सामने फेंक दी।

"उस ऑफिस का नाम क्या है?"

"किडिडकर टॉइज!" मेकिनटॉश की बजाए मिसेज स्मिथ उत्तर देते हुए बोली—"वह बिलकुल असली कंपनी है।"

बाकी का समूचा दिन हम अपनी इस योजना की नोंक पलक संवारते रहे। मिसेज स्मिथ बराबर बात चीत में भाग लेती रही थी। इस दौरान मैंने यह अनुभव किया कि वह बहुत ही बुद्धिमान है किन्तु इसके बावजूद उसमें जरा भी अकड़ नहीं। जब हम अपना काम समाप्त कर चुके तो मैंने एक बार फिर कोशिश सी करते हुये मिसेज स्मिथ से कहा, "अब तो अपना असली नाम बता दो।"

"तुम्हारा इससे कोई मतलब नहीं। मैंने जितना बताना था, उतना बता दिया।"

तभी मेकिनटॉश ने मुझसे कहा, "अब तुम यहां से चलते बनो।"

मैं यहां से फिर्डिडकर टॉइज के दफ्तर चला आया। जैसा कि मेकिनटॉश ने मुझे बताया था किडिडकर टॉइज का ऑफिस वेटसी लो ड्रेस मैन्यूफकचरिंग कंपनी से ऐन दो दरवाजे आगे था। वहां से गली का पूरा दृश्य दिखाई देता था। एक नजर डालते ही मुझे मालूम हो गया कि डाकिया किस रास्ते से ऊपर आयेगा। हालांकि मैकिनटॉश ने मुझे बताया था कि वह उस समय कहीं आसपास में होगा, तथा ज्यों ही डाकिया लैदर लैन पहुंचेगा, त्यों ही वह फोन पर मुझे उसके आगमन की सूचना दे देगा—किन्तु मैंने आसपास का नक्शा देखते ही यह अंदाजा लगा लिया कि लैदर लेन पहुंचने के पश्चात डाकिये को इस बिल्डिंग में पहुंचने में कोई पंद्रह मिनट लग जायेंगे।

तत्पश्चात मैं अपनी कार्यवाई निश्चित करने लगा कि ढाकिये के बिल्डिंग में प्रविष्ट होने के पश्चात मैं कब और कैसे उस पर आक्रमण करूंगा। इसके पश्चात मैं बिल्डिंग से नीचे उतर आया और लैदर लेन से भाग निकलने के रास्तों का अध्ययन करता रहा।

ये सब करने के पश्चात मैंने मैकिनटॉश को फोन किया।

"मैं बिल्कुल तैयार हूं।"

"वैरी गुड। देखो रियरडर कल जब वह माल मैं तुमसे हासिल कर लूंगा, तो उसके बाद मेरी और तुम्हारी भेंट नहीं हो सकेगी। सो काम करने के पश्चात हर कदम सोच समझकर उठाना।"

"तुमसे भेंट करने में तो मुझे कोई विशेष दिलचस्पी नहीं—हां अगर ल्यूसी से भेंट हो जाये, तो जरा....।"

"वह तब तक स्विटजरलैंड पहुंच चुकी होगी।" कहकर मैकिनटॉश ने फोन बन्द कर दिया।

मैं किडिडकर टाइज के ऑफिस में वापस चला आया। संध्या हो चुकी थी, तथा अगले दिन मुझे काफी काम करना था। अतः मैं बिस्तरे में लेट कर सोने की कोशिश करने लगा।

▢ ▢

मैकिनटॉश एवं मिसेज स्मिथ ने मुझे यह बता दिया था कि पहली डाक कार्य-समय से पहले बंट जाती है। सो मैं सुबह सवेरे उठा, और नहा धोकर अपने लिये चाय बनाने लगा। मैंने चाय अभी खत्म ही की थी कि फोन की घंटी बजने लगी। यह मैकिनटॉश का फोन था।

"डाकिया फ्लीट स्ट्रीट पहुंच गया है, और तुम्हारी बिल्डिंग की ओर आ रहा है।" मैकिनटॉश ने और कोई बात नहीं की।

मैं खिड़की के पास चला आया और नीचे सड़क की ओर देखने लगा। थोड़ी देर पश्चात डाकिया दोनों हाथों में डाक के फुलंदे एवं पार्सल संभाले बिल्डिंग में प्रविष्ट हुआ, और लिफ्ट द्वारा सबसे ऊपरी मंजिल पहुंच गया। मैं समझ गया कि वह ऊपरी मंजिल से डाक बांटनी आरंभ करता है। मैं खिड़की के पास से हट आया और दरवाजे के साथ कान लगाकर खड़ा हो गया। तनिक देर पश्चात मुझे उसके सीढ़ियों से उतरने की आवाज सुनाई दी। चूंकि अभी कोई दफ्तर नहीं खुला था, तथा आस-पास में कोई आदमी नहीं था, मैंने दरवाजा खोल दिया और बाहर निकल कर दरवाजे पर ताला लगा दिया।

थोड़ी देर पश्चात जब वह डाकिया दूसरी मंजिल पहुंचा, और बेटसी लो ड्रेस मैन्यूफैकचरिंग कंपनी की ओर आगे बढ़ने लगा, तो मैं अपनी जेब से चाबी निकालकर अपना ऑफिस खोलने का अभिनय करने लगा। ज्यों ही डाकिया मेरे पास से गुजरा, तो मैं उसकी ओर यों देखने लगा, मानो उससे यह पूछ रहा होऊं कि मेरी भी कोई डाक है। किन्तु जो मैंने देखना था, वह देख लिया। उसके पास कोई पीली डिबिया नहीं थी। मैंने अपने ऑफिस का दरवाजा खोला, और कमरे के अन्दर प्रविष्ट हो गया। सिगरेट सुलगाई और अगली डाक की प्रतीक्षा करने लगा। कोई दो घंटे पश्चात फिर फोन की घंटी बजने लगी।

"डाकिया दूसरी डाक तकसीम करने आ रहा है।" कहकर मैकिनटॉश ने फोन बन्द कर दिया।

मैं अपनी जगह से उठा और खिड़की के पास आकर नीचे देखने लगा। सामने सब्जी की दुकान के पास मैकिनटॉश खड़ा था। तभी मुझे डाकिया आता हुआ दिखाई दिया। मैं कमरे से बाहर चला आया, और डाकिये की प्रतीक्षा करने लगा। तनिक देर पश्चात जब डाकिया दूसरी मंजिल पर पहुंचा, तो मेरी दृष्टि सीधे उसके दांयें हाथ पर पड़ी। उसके एक हाथ में चिट्ठियां थीं, तथा दूसरे हाथ में पार्सल। पार्सलों में सबसे ऊपर पीले रंग की डिबिया थी। ज्योंकि डाकिया मेरे पास पहुंचा मैंने उंगली से अपने ऑफिस की ओर लक्ष्य करते हुये उससे पूछा, "क्या हमारा भी कोई पत्र है?"

ज्योंही डाकिये ने अपनी निगाह मेरी उंगली की ओर केन्द्रित की, मैंने फौरन उसके कान के पीछे एक जोर का घूंसा जड़ दिया। वह लड़खड़ा कर जमीन पर गिरना ही चाहता था कि मैंने उसे कॉलर से पकड़ कर ऑफिस के कमरे में धकेल दिया और कमरा अन्दर से बंद कर दिया। वह अर्ध बेहोश-सा हो गया था। उसकी चिट्ठियां, पत्र एवं पार्सल जमीन पर बिखर गये थे। मैंने वह पीली डिबिया उठाई, और ऑफिस को बाहर से ताला लगाकर नीचे उतर आया। सड़क के उस पार मैकिनटॉश खड़ा था।

मैंने लंबे-लंबे डग भरते हुये सड़क पार की और जान-बूझकर मैकिनटॉश से टकरा गया। "क्षमा कीजिये" कहने के साथ मैंने पलक झपकने की देर में वह डिबिया मैकिनटॉश के हवाले कर दी, और टहलता हुआ हालबौर्न स्ट्रीट पर आगे बढ़ने लगा। मुझे निश्चय था कि डाकिये को

होश में आने में कम से कम चार पांच मिनट जरूर लगेंगे—इसलिये मैं भीड़ में तेज गति से चलकर लोगों का ध्यान अपनी ओर आकर्षित नहीं करना चाहता था।

मैं कुछ ही दूर पहुंचा होऊंगा कि मुझे एक शीशा टूटने और किसी के जोर-जोर से शोर मचाने की आवाज सुनाई दी। वह उसी डाकिये की आवाज थी। वह होश में आ गया था, और शीशा तोड़कर, जोर-जोर से चिल्लाकर राह चलतों का ध्यान अपनी ओर आकर्षित कर रहा था। किन्तु इस दौरान मैं उस बिल्डिंग से काफी दूर पहुंच चुका था— मैंने इधर-उधर देखा—मैकिनटॉश गायब हो चुका था। लोग उस बिल्डिंग की ओर भागे जा रहे थे। मैंने मन-ही-मन सोचा कि यदि मैंने उस बिल्डिंग की ओर कोई ध्यान नहीं दिया, और विपरीत दिशा में आगे चलता रहा, तो हो सकता है किसी को मुझ पर शक हो जाये। अतः मैं पास ही एक शौचघर में घुस गया। वहां पर मैंने अपना पलटावी कोट पलटकर पहना, सिर पर पी कैप डाली, और शौचघर से बाहर निकल आया। अब मैं बिलकुल पहचाना नहीं जा सकता था। पहले मेरे मन में विचार आया कि टैक्सी लूं और होटल वापस चला जाऊं। तभी मुझे ख्याल आया कि जब पुलिस को यह पता चलेगा कि एक डाकिये से पार्सल छीना गया है, तो इस क्षेत्र के सब टैक्सी वालों से पूछताछ की जायेगी कि इस घटना के समय वह किसको किधर लेकर गये थे। अतः मैंने टैक्सी का विचार त्याग दिया और पैदल अपने होटल की ओर चल पड़ा। बारह बजा चाहते थे—मुझे थकान-सी अनुभव होने लगी थी—साथ ही मस्तिष्क पर तनाव बना हुआ था। होटल पहुंच कर मैंने कपड़े बदले और सो गया।

❐ ❐

उसी शाम मैं बाहर जाने के लिये तैयार हो रहा था कि मुझे अपने कमरे के दरवाजे पर दस्तक सुनाई दी। मैंने दरवाजा खोल दिया। बाहर वर्दी में सज्जित दो आदमी खड़े थे।

उनमें से एक ने पूछा, "आपका नाम जोजफ ऐलॉयसियस रिअरडन है?"

मैं तुरन्त समझ गया कि वह पुलिस वाले हैं।

"यह तो मेरा पूरा नाम है, मेरे जानकार मुझे केवल रिअरडन के नाम से जानते पहचानते हैं। आप कैसे तशरीफ लाये हैं?" मैंने उन दोनों से कहा।

"हमें आपके सहयोग की आवश्यकता है। हम दोनों पुलिस अधिकारी हैं।" यह कहकर उनमें से एक ने अपना पहचान पत्र जेब से निकालकर मेरे सामने कर दिया। पहचान पत्र पर उसकी फोटो के नीचे उसका नाम लिखा था—डिटेक्टिव इंस्पेक्टर 'जोन स्केट'।

"मैं आपको क्या सहयोग दे सकता हूं। मैं तो यहां के लिये स्वयं एक अजनबी हूं। मुझे दक्षिण अफ्रीका से यहां लंदन आये एक सप्ताह भी नहीं हुआ।"

"वह हमें ज्ञात है, मिस्टर रिअरडन। क्या हम अन्दर कमरे में आ सकते हैं?"

"जरूर आईये।" कहकर मैं दरवाजे के सामने से हट गया, और उन्हें कमरे के भीतर आने दिया।

14

तब डिटेक्टिव जॉहन स्केट ने अपने साथी का परिचय देते हुये कहा, "आपका नाम डिटेक्टिव सारजन्ट जरविस है।"

मैंने उन दोनों को कुर्सियों पर बैठने को कहा, और खुद बिस्तरे पर बैठ गया, क्योंकि कमरे में दो ही कुर्सियां थीं।

"फरमाइये, मैं आपकी क्या सेवा कर सकता हूं?" मैंने अति नम्र भाव से उन दोनों से कहा।

"आज सुबह लैदर लेन में किसी ने वहां के डाकिये से एक पैकट छीना है। हम इस घटना की तहकीकात कर रहे हैं। आप इस पर कुछ प्रकाश डाल सकते हैं?"

"यह लैदर लेन कहां पर है?" मैंने सीधेपन का अभिनय करते हुये कहा, "मैं तो यहां के लिये बिलकुल अजनबी हूं।"

स्केट और जरविस मेरा यह उत्तर सुनकर एक-दूसरे का मुंह देखने लगे।

"देखिये मिस्टर रिअरडन," स्केट ने मेरी आंखों में देखते हुये कहा, "आप बनने की कोशिश मत कीजिये।"

"आपका पुलिस रिकार्ड है, मिस्टर रिअरडन," जरविस ने मुझे जतलाते हुये कहा, "आप हमें बेवकूफ बनाने की कोशिश मत कीजिये।"

"पुलिस रिकार्ड है तो क्या हुआ। सालों पहले मैंने एक जुर्म किया था—और उसके लिये मैंने अठारह महीने का दण्ड भुगत भी लिया था—उसके पश्चात तो मैंने कुछ भी नहीं किया।"

"वाकई।" डिटेक्टिव इंस्पेक्टर जाहन स्केट ने गिरह लगाते हुये कहा, "उनके पश्चात आपने आज सुबह तक कुछ भी नहीं किया।"

"आप लोग मुझे उलझाने की कोशिश मत कीजिये" मैंने नाराजी भरे भाव से कहा, "आपने जो पूछना है, साफ-साफ पूछिये। अगर मुझे कुछ मालूम होगा, तो मैं आपको बता दूंगा।"

"चोरी और उस पर सीना जोरी," डिटेक्टिव सारजन्ट जरविस ने व्यंग भाव से कहा, "अगर तुम्हें आपत्ति न हो तो हम तुम्हारे कमरे की तलाशी ले लें?"

"आप लोग तमीज से बात कीजिये—आप मुझे तुम और तुम्हारा कहकर संबोधित नहीं करेंगे। जहां तक मेरे कमरे की तलाशी का संबंध है जब तक आप मेरी तलाशी के वारंट नहीं लायेंगे, मैं हरगिज आपको अपने कमरे की तलाशी लेने की अनुमति नहीं दूंगा।"

"यह रहे तलाशी के वारंट," स्केट ने अपनी जेब से एक कागज निकाल कर मेरे हाथ में थमाते हुये जरविस से कहा, "तुम कमरे की तलाशी लो।"

जरविस अपनी जगह से उठा और कमरे की तलाशी लेने लगा। कमरे में कुछ होता, तो उसे मिलता। उसने समूचा-कमरा खंगाल मारा। तब स्केट को संबोधित करते हुये बोला, "यहां तो कुछ भी नहीं।"

"आप मेरे साथ पुलिस स्टेशन चलने का कष्ट करेंगे?" स्केट ने मुझसे कहा।

"यों तो नहीं जाऊंगा। मुझे पुलिस स्टेशन ले जाने के लिये आपको मुझे गिरफ्तार करना पड़ेगा।"

"तो यों ही सही, मिस्टर रिअरडन," डिटेक्टिव इंस्पेक्टर ने अपनी जेब से एक फार्म निकालकर उस पर हस्ताक्षर करके मुझे देते हुये कहा, "मैं आप को आज सुबह साढ़े नौ बजे के करीब लैदर लेन में एक डाकिये पर आक्रमण करके उससे एक पार्सल छीनने के अपराध में गिरफ्तार करता हूं। अब आप इस फार्म को पढ़कर इस पर हस्ताक्षर कर दीजिये।"

मैंने वह फार्म बिना पढ़े उस पर हस्ताक्षर कर दिये।

"आपने इसे पढ़ा तो है नहीं।" डिटेक्टिव सारजन्ट जरविस ने मुझसे कहा।

"पढ़ने की जरूरत ही क्या है?"

"हां, आप काफी अनुभवी हैं—आपको ऐसे फार्म तो जबानी याद होंगे।" यह कहकर ये दोनों मुझे अपने साथ ले चले।

मेरा ख्याल था कि वे मुझे स्कॉट लैंडयार्ड ले जायेंगे, पर वे मुझे एक छोटे से पुलिस स्टेशन में ले आये, तथा एक कमरे में बिठाकर आप दोनों गायब हो गये। कोई एक घंटे पश्चात जरविस मेरे सामने वाली कुर्सी पर आकर बैठ गया, और काफी समय तक मेरे चेहरे को गौर से देखता रहा, मानो कुछ अनुमान लगाने का प्रयास कर रहा हो।

"तुम पहले भी आ चुके हो मिस्टर रिअरडन?" जरविस ने आखिर अपना मौन तोड़ते हुये मुझसे पूछा।

"मैं जीवन में पहली बार लंदन आया हूं।"

"मेरा आशय लंदन से नहीं—मेरा मतलब पुलिस स्टेशनों से है। तुम एक बार नहीं कई बार पुलिस स्टेशनों की सख्त कुर्सियों पर बैठ चुके हो। तुम एक पेशेवर हो। तुम पुलिस की रुटीन से भली भांति परिचित हो। अतः मैं तुमसे घुमा फिराकर पूछताछ करने का कोई प्रयास नहीं करूंगा। मैं तुमसे सीधे सादे प्रश्न करूंगा, और यदि तुमने मेरे प्रश्नों का सीधा-सीधा उत्तर नहीं दिया, तो मैं तुम्हारी हड्डी पसली यूं कड़कड़ाकर तोड़ूंगा जैसे बादाम को कड़करा करके तोड़ते हैं।"

"हड्डी पसली तोड़ना तो दूर, तुम मुझे हाथ तक नहीं लगा सकते। संभवतः तुमने अपनी नियमावली ध्यान से नहीं पढ़ी। तुम मुझसे केवल पूछताछ कर सकते हो। पुलिस को यदि मुझ पर संदेह है कि मैंने कोई अपराध किया है, तो उसको सिद्ध करने का फर्ज पुलिस पर है। यह मेरा कर्त्तव्य नहीं कि मैं अपनी बेगुनाही साबित करूं। तुम मुझे हाथ से छू तक नहीं सकते।"

जरविस ने जोर से हंसते हुये कहा, "हर अपराधी अपना अपराध अपने मुंह से स्वीकार करता है। और तुम भी कर रहे हो। यदि तुम एक पेशेवर अपराधी न होते तो मेरी एक ही धमकी में पानी हो गये होते। किन्तु तुम तो मुझे पुलिस नियमावली का भाव बता रहे हो। यदि तुम एक पेशेवर न होते, तो तुम्हें पुलिस नियमावली का ज्ञान कैसे होता। इससे साफतौर पर विदित होता है कि तुम्हें पुलिस स्टेशनों का काफी अनुभव है। और पुलिस स्टेशन का अनुभव एक अपराधी को ही होता है।"

"जब तुम अपने भाषण समाप्त कर चुको, तो मुझे बता देना ताकि मैं वापस जा सकूं।"

"तुम मेरी अनुमति के बिना यहां से हिल भी नहीं सकते।" जरविस ने कड़े स्वर में कहा।

“तुम पहले अपने बॉस से पूछ आओ कि तुम मुझे ज्यादा देर नहीं रोक सकते।”

“वह मेरा काम है,” जरविस ने मुझसे कहा, “तुम मुझ यह बताओ कि वह हीरे कहां हैं?”

“कौन से हीरे?”

“वही जो तुमने उस डाकिये से छीने थे। तुमने उसे बहुत जोर से मारा था—उनकी हालत बहुत गंभीर है। और अगर कहीं वह बच गया, तो तुम्हें पहचान लेगा और तुम्हारा जुर्म साबित हो जायेगा। फिर डयूटी देते हुये एक तरकारी कर्मचारी पर आक्रमण करके उससे सामान छीनने के अपराध में तुम्हें इतनी लंबी अवधि का कारावास होगा, कि तुम अपनी स्मृति तक खो बैठोगे।”

जरविस की यह बात सुनकर मुझे निश्चय हो गया कि वह मुझसे सच उगलवाने की खातिर झूठ बोल रहा है क्योंकि गंभीर हालत में घायल कोई भी व्यक्ति अपने पैरों पर खड़ा होकर खिड़की का शीशा तोड़ने का साहस नहीं कर सकता—जैसा कि उस डाकिये ने किया था। अतः मैंने जरविस की बात को कोई महत्त्व नहीं दिया और उसकी आंखों में झांकने लगा।

जरविस ने अपनी बात आगे बढ़ाते हुये मुझसे कहा, “यदि वह हीरे नहीं मिले, तो जज तुम्हें बहुत कड़ी सजा देंगे, और अगर बरामद हो गये, तो मैं तुम्हें आश्वासन दे सकता हूं कि वह सजा देने में नर्मी बरतेंगे। अतः तुम्हारे हित में यही है कि तुम अपना अपराध स्वीकार कर लो और यह बता दो कि वह हीरे कहां हैं।”

“तुम कौन से हीरों की बात कर रहे हो—मुझे तो अभी तक यही समझ नहीं लगी।” मैंने जरविस से कहा।

कोई आध घंटे तक मैं और जरविस यों ही बक झक करते रहे। वह घुमा फिरा कर मुझ से एक ही प्रश्न करता कि वह हीरे कहां हैं, और मेरा हर बार यही उत्तर होता कि कौन से हीरे। आखिर थक हार कर वह मुझे अकेला छोड़कर अन्दर चला गया। थोड़ी देर बाद डिटेक्टिव इन्स्पेक्टर जॉहन स्केट कागजों का एक पुलंदा उठाये कमरे में आया, और मेरे सामने वाली कुर्सी पर बैठ गया।

“आपका काफी लंबा चौड़ा पुलिस रिकार्ड है, मिस्टर रिअरडन,” स्केट ने वह कागजात मेरे सामने रखते हुये कहा, “इन्टरपोल ने तो आप पर एक मोटी-सी फाईल बना रखी है।”

“मैं केवल एक ही बार दोषी ठहराया गया था। उसके पश्चात मैंने कोई अपराध नहीं किया। कहने को तो कोई कुछ भी कह सकता है। और फिर पुलिस वाले तो अपने झूठों पर पर्दा डालने और अपनी जान बचाने के लिये न जाने क्या-क्या मनगढ़ंत किस्से घड़ते हैं। और इन्टरपोल का तो कहना ही क्या—ये केवल मिसिलें ही तैयार कर सकते हैं। आप पुलिस में हैं—आप ही मुझे बताईये कि इन्टरपोल ने आज तक कितने अंतर्राष्ट्रीय अपराधियों को पकड़ा है?”

“वह दीगर बात है, मिस्टर रिअरडन। आप मुझे यह बताईये कि आप कल ज्यूरिच क्यों जा रहे हैं?”

“मैं एक पर्यटक हूं—मैं कहीं भी भ्रमण करने जा सकता हूं। गैं आज तक ज्यूरिच नहीं गया—मैं वह शहर देखना चाहता हूं।”

"आप लंदन भी पहली बार ही आये हैं।" स्केट ने मुझसे कहा।

"वह तो मैंने आपको पहले ही बता दिया है। देखिये मिस्टर स्केट, अब मैं आपके किसी प्रश्न का उत्तर नहीं दूंगा। अब मैं अपने वकील द्वारा आपसे बात करूंगा। मुझे एक वकील की आवश्यकता है।"

"आप अपने वकील का नाम बतायें, हम उसे यहां से टेलीफोन किये देते हैं। अगर उसने आपके केस की पैरवी करनी होगी, तो अपने आप यहां आ जायेगा। आप मुझे वकील का नाम, पता, फोन नंबर बता दीजिये। मैं अभी फोन किये देता हूं।"

मैकिनटॉश ने मुझे एक वकील का नाम, पता लिखवा दिया था कि अगर कोई मुसीबत आन पड़े तो उससे संपर्क स्थापित कर लें और उसके ऐड्रेस को हमेशा अपने पास सुरक्षित रखूं। वह कागज इस समय भी मेरे पास था। मैंने वह कागज अपनी जेब से निकाला और स्केट के हाथ में दे दिया।

स्केट उस वकील का नाम पता पढ़ते हुये बोला, "यह वकील आपके जैसे ही केसों की पैरवी करता है। किन्तु आपको यहां आये तो एक सप्ताह भी नहीं हुआ। आपको इसके बारे में कैसे पता चला?"

"इससे आपका कोई संबंध नहीं।"

"ठीक है—मैं उसे अभी फोन किये देता हूं।"

मैंने डिटेक्टिव इन्स्पेक्टर जॉहन स्केट से अनुरोध करते हुये कहा, "सिगरेट पीते-पीते मेरा गला खुश्क हो गया। यदि आप एक चाय के प्याले का प्रबंध कर दें, तो आपकी बहुत कृपा होगी।"

"मुझे खेद है। मिस्टर रिअरडन कि हम पुलिस स्टेशन में एक संदिग्ध व्यक्ति को चाय तो सर्व नहीं कर सकते, अलबत्ता मैं आपको पानी जरूर पेश कर सकता हूं।"

"तो चलो पानी ही सही।"

"अच्छा मिस्टर रिअरडन अब आप मुझे उन हीरों के बारे में बताईये।"

"कौन से हीरे?"

"तत्पश्चात स्केट काफी देर तक अपने एकमात्र प्रश्न को नये-नये स्वरूप देकर मुझसे हीरों के बारे में पूछता रहा पर मेरा एक ही पेटन्ट उत्तर था—कौन से हीरे। थक हारकर वह कमरे से बाहर जाने ही वाला था कि जरविस वहां पहुंच गया, और इशारे से स्केट को बुलाकर दरवाजे के पास ले गया। वह काफी देर तक वहां खड़े आपस में खुसर-फुसर करते रहे। तब स्केट फिर मेरे सामने आकर बैठ गया।"

"मिस्टर रिअरडन, तुम्हारे खिलाफ जो इल्जाम है वह इतना स्पष्ट है कि तुम्हारा अभियुक्त साबित हो जाना अवश्यम्भावी हैं। और मैं निश्चित रूप से कह सकता हूं कि तुम्हें कम से कम दस वर्ष का कारावास होगा। मैं तुम से अब भी यही कहता हूं कि यदि तुम वह हीरे बरामद करने में हमें सहयोग दो, तो हो सकता है कि जज सजा सुनाते समय नरमी से काम लें।"

"लेकिन कौन से हीरे?" मैंने थकित स्वर में पूछा।

“तो ठीक है। आप मेरे साथ आईये।” कहकर स्केट मुझे एक हाल में ले आया। वहां पर बारह आदमी एक कतार में खड़े थे। जरविस भी वहां पर मौजूद था।

“यह शिनाख्ती परेड है। तुम इस पंक्ति में जहां भी चाहो वहीं खड़े हो सकते हो। और एक बार की शिनाख्त के पश्चात अपनी जगह बदलनी चाहो, तो उसकी भी पूरी इजाजत है।”

मैं पंक्ति में तीसरे नंबर पर खड़ा हो गया। तभी एक छोटे से कद की स्त्री हाल में प्रविष्ट हुई और पंक्ति में खड़े लोगों को ध्यान से देखने लगी। वह पंक्ति के सामने से दो बार गुजरी और अंत में मेरे सामने आकर खड़ी हो गई। “यही वह आदमी है।”

उस स्त्री के हाल से जाने के बाद एक लड़का सा कमरे में आया। और पंक्ति के एक सिरे से आगे बढ़ता हुआ मेरे पास आकर खड़ा हो गया।

“यही है वह।”

जरविस ने उस लड़के को भी हाल से बाहर भेज दिया। इस दौरान मैं पंक्ति में अपनी जगह बदलकर सातवें नंबर पर आकर खड़ा हो गया। तभी एक और आदमी कमरे में प्रविष्ट हुआ, और सीधा मेरे सामने आकर खड़ा हो गया।

“यही वह बदमाश है।”

यह तीसरा आदमी वही डाकिया था, जिससे मैंने पार्सल छीना था।

डाकिये के हाल से बाहर निकलते ही पंक्ति भंग कर दी गई। तब मैंने जरविस से कहा, “तुम तो कह रहे थे कि डाकिये की हालत बहुत गंभीर है?”

“तुम्हें कैसे मालूम हुआ कि वह डाकिया है। तुमने उसे कैसे पहचान लिया?” जरविस ने मेरे प्रश्नों का उत्तर देने की बजाये मुझसे प्रश्न करते हुये पूछा।

मेरे पास कोई उत्तर नहीं था। मैं फंस चुका था।

तब मैंने स्केट से पूछा, “क्या आप वह बता सकते हैं कि मेरे बारे में आपको यह सूचना किस व्यक्ति ने दी थी?”

“उससे आपका कोई संबंध नहीं, मिस्टर रिअरडन। आप पर अभियोग लगाकर कल सुबह आपको मैजिस्ट्रेट की कचहरी में पेश किया जायेगा। मैंने आपके वकील मिस्टर मैसकल को सूचित कर दिया है। वह सुबह कचहरी पहुंच जायेंगे।” यह कहकर डिटेक्टिव इंस्पेक्टर मुझे हवालात में ले आया और एक कोठरी में बन्द कर दिया।

दो

अगले दिन सुबह मुझे ड्यूटी पर तैनात एक सरकारी कर्मचारी पर आक्रमण करके उससे सरकारी संपत्ति छीनने के आरोप में मजिस्ट्रेट के सामने पेश किया गया। मेरा वकील मैसकल भी वहां पहुंच गया था। उसने मुझे जमानत पर रिहा करवाने के लिये यथासंभव प्रयास किये किन्तु मेरे खिलाफ अभियोग इतने सप्रमाण थे कि मेरी जमानत नहीं हो पाई और मेरा केस अदालत के सुपुर्द करके मुझे हवालात वापस भेज दिया गया। वह सारी रात भी मैंने हवालात में काटी।

सुबह मेरा वकील मैसकल मुझसे मिलने आया। उसने मुझे बताया कि मेरे खिलाफ सबूत इतने ठोस हैं कि मेरे बचने का प्रश्न ही नहीं होता। अतएव यदि मैं अपना जुर्म स्वीकार लूं और

वह हीरे बरामद हो जायें तो मुझे अधिक से अधिक पांच साल की सजा होगी जो अपील करने पर घटा कर तीन साल कर दी जायेगी। और अगर जेल में मेरा आचार व्यवहार अच्छा रहा, तो मुझे दो साल के बाद ही छोड़ दिया जायेगा। इसके विपरीत यदि मैंने अपना अपराध स्वीकार नहीं किया और वह हीरे बरामद नहीं हुये तो मुझे कम से कम पंद्रह साल की सजा होगी।

"अब तुम ही बताओ कि तुम अपना जुर्म इकबाल करना चाहते हो या नहीं। मैंने तुम्हें पूरी स्थिति से अवगत कर दिया है।"

"मैंने कोई जुर्म किया हो तो इकबाल करूं। मैं बिलकुल बेगुनाह हूं।" मैसकल ने मुझसे और कुछ नहीं कहा। अपने कागज एकत्र किये और मेरे पास से चला गया।

❏ ❏

अदालत में जब यह केस पेश किया गया, तो इसकी शुरूआत ही इस ढंग से हुई कि मेरे बचने की हर उम्मीद पर पानी फिर गया। पुलिस ने तीन-तीन ऐसे चश्मदीद गवाह पेश किये थे, जिन्होंने मुझे डाकिये पर प्रहार कर उससे कुछ छीनकर बिल्डिंग से भागते देखा था।

डिटेक्टिव इंस्पेक्टर जॉहन स्केट इस केस का मुख्य गवाह था।

"जब हमें यह सूचना मिली तो मैं डिटेक्टिव सारजेन्ट जरविस को साथ लेकर मुलजिम से मिलने उसके होटल गया। मुलजिम के जवाब कुछ ऐसे थे कि मुझे उस पर शक होने लगा, और उसे गिरफ्तार कर लिया। तत्पश्चात हमने मुलजिम की उंगलियों के निशान लिये, और इनको किडिडकर टाइज के ऑफिस में पड़ी चीजों—मसलन चाय की केतली, कप, प्याले आदि पर पड़े निशानों से मिलाया। यह हूबहू वही थे।"

मेरे वकील मैसकल ने आपत्ति करते हुये स्केट से पूछा, "आपने अभी-अभी यह कहा कि जब आपको यह सूचना मिली...। आप मुझे यह बताइये कि आपको यह सूचना किसने दी?"

स्केट ने तनिक संकोच के पश्चात उत्तर देते हुये कहा, "अपने संपर्क सूत्रों का हवाला देना हमारे लिये हानिकार साबित हो सकता है। अगर पुलिस अपने सूत्रों का नाम प्रकट करने लगी, तो आइंदा से पुलिस को कोई सूचना नहीं देगा।"

मैसबल (मेरा वकील)—"आपके अपने मुखबिर का नाम प्रकट न करना मेरे मुवक्किल के लिये हानिकर साबित हो सकता है।"

जज (हस्तक्षेप करते हुये)—"आपके मुवक्किल का केस इस हद को पहुंच चुका है कि उसे और कोई हानि नहीं हो सकती।"

मैसकल—"बहरहाल मैं उस मुखबिर के बारे में जानना चाहता हूं।"

स्केट—हमें एक टेलीफोन और एक पत्र द्वारा यह सूचना प्राप्त हुई थी।

मैसकल—टेलीफोन काल और पत्र दोनों गुमनाम थे?

स्केट—हां।

मैसकल—क्या टेलीफोन एवं पत्र दोनों में यह संकेत दिया गया था कि इस मुलजिम ने ही यह अपराध किया है?

स्केट—हां।

मैसकल—क्या इन गुमनाम संदेशों में आपको यह भी बताया गया था कि मुलजिम ही किडिडकर टॉइज कंपनी का मालिक है?

स्केट (कुछ संकोच)—हां।

मैसकल—क्या किडिडकर टॉइज जैसी कंपनी का मालिक होना कोई अपराध है?

स्केट (कुछ अधीरता से)—नहीं तो।

मैसकल—इन्स्पेक्टर स्केट, आप मुझे यह बताइये कि क्या आप इस बात से इंकार कर सकते हैं कि यह केस किसी और ने आपके लिये हल किया?

स्केट—मैं समझा नहीं।

मैसकल—मेरे कहने का आशय है कि यदि आपको यह दो गुमनाम संदेश न मिले होते, तो क्या आपने मुलजिम को इतनी जल्दी से पकड़ लिया होता?

स्केट—मैं इस प्रश्न का कोई उत्तर नहीं देना चाहता। हर मुलजिम एक न एक दिन पकड़ा ही जाता है। यह भी पकड़ा ही जाता।

मैसकल—पर इतनी शीघ्रता से तो न पकड़ा जाता।

स्केट—शायद नहीं।

मैसकल—यानी आप इस बात को स्वीकार करते हैं कि मुलजिम आपके गुमनाम इन्फोरमर की सूचना की बुनियाद पर पकड़ा गया। दूसरे शब्दों में इसका मतलब यह हुआ कि आपके गुमनाम सूत्र को पहले से ही यह मालूम था कि यह घटना घटने वाली है। इससे साफ जाहिर होता है कि आपका मुखबिर इस अपराध में सहअपराधी है। उसने या उन्होंने अपनी जान बचाने के लिये आपको चुपचाप यह सूचना दे दी ताकि उसकी ओर आपका ध्यान ही न जा सके।

मैसकल की इस दलील का स्केट कोई उत्तर नहीं दे पाया लेकिन मैसकल की इस दलील से मुझ पर यह वास्तविकता स्पष्ट विदित हो गई कि वे गुमनाम मुखबिर मैकिनटॉश और मिसेज स्मिथ के अलावा और कोई नहीं हो सकते थे। मेरे वकील ने बहुतेरी दलील दी कि यह काम मेरे अकेले का नहीं है। अतः जब तक दूसरे अपराधी न पकड़े जायें तब तक यह फैसला नहीं किया जा सकता कि असली अपराधी कौन है, किन्तु जज ने मेरे वकील की एक नहीं सुनी और मुझे बीस वर्ष की कैद सुना दी।

▢ ▢

बीस वर्ष।

मैं नौंतीस वर्ष का हूं, और जब मैं रिहा होऊंगा, तो मेरी आयु चौवन वर्ष की हो चुकी होगी। हे ईश्वर!!

21

तत्पश्चात मेरे हाथों में हथकड़ी डालकर मुझे अदालत से बाहर लाया गया तथा जेलवाहन में बिठाकर जेल पहुंचा दिया गया। मेरे कपड़े उतरवाकर मुझे जेल के कपड़े पहनवाये गये—फिर मेरा मेडिकल करवाया गया, और उसके पश्चात मुझे एक बारह फुट गुणा सात फुट की कोठरी में बन्द कर दिया गया। संध्या होने को थी। सुबह से शाम तक कटहरे में खड़ा रहने के कारण मैं बहुत थक गया था। अतः कम्बल पर सिर रखते ही मेरी आंख लग गई।

❑ ❑

सुबह जब कैदियों के जागने के लिये जेल की घंटी बजी, और मेरी आंख खुली तो कुछ क्षण के लिये तो मुझे समझ ही नहीं लगी कि मैं कहां पर हूं। मैं आंखें मलता-मलता बिस्तरे से उठा, अपना बिस्तरा लपेट कर एक ओर को रखा, और वहीं बैठकर प्रतीक्षा करने लगा। कुछ देर बाद मुझे बाहर ले जाकर दूसरे कैदियों से कुछ फासले पर बिठा दिया गया। मेरे दोनों ओर दो सशस्त्र सिपाही खड़े कर दिये गये। तब नाश्ता लाकर मेरे सामने रखा गया।

मुझे अचरज होने लगा कि मुझे अन्य कैदियों के बीच बिठाकर नाश्ता क्यों नहीं दिया गया। जब मैंने एक सिपाही से पूछा, तो उसने मुझे कोई उत्तर नहीं दिया। नाश्ते के पश्चात अन्य कैदियों को काम पर भेज दिया गया किन्तु मुझे कोठरी में लाकर बन्द कर दिया गया। मुझे फिर आश्चर्य होने लगा कि मेरे प्रति यह खास रवैया क्यों अपनाया गया है। मेरी कोठरी के बाहर दो सशस्त्र सिपाही तैनात थे। मुझे इस पर भी हैरानी हो रही थी। सारांश में ये कि कुछ भी मेरे पल्ले नहीं पड़ रहा था।

ग्यारह बजे के करीब मुझे जेल के ऑफिस ले जाया गया। वहां पर कई जेल अधिकारी मौजूद थे। पहले वह मुझे जेल के नियमों के विषयों में बताते रहे। तब मुझे यह बताया गया कि यदि वे लोग मेरे आचार व्यवहार से संतुष्ट नहीं हुये, तो मेरा कारावास बढ़ा देने की सिफारिश करेंगे। अंत में जेल प्रबन्धक ने मुझे बताया कि मैं एक भयानक किस्म का कैदी हूं। अतः मुझे हर समय निगरानी में रखा जायेगा—रात को सोने से पहले मुझे कमीज के अलावा सब कपड़े उतार कर कोठरी के बाहर रखने होंगे—और समूची रात मेरी कोठरी की बत्ती जलती रहा करेगी। जब मैंने उससे यह अनुरोध किया कि मैं कुछ पढ़ना-लिखना चाहूंगा, और मुझे पुस्तकों एवं कापियों आदि की आवश्यकता होगी, तो उसने मुझसे कहा कि यह चीजें मेरे लिये उपलब्ध कर दी जायेंगी। जब मैं जेल प्रबन्ध से निवृत्त हुआ तो मुझे बताया गया कि स्काटलैंड यार्ड का कोई पुलिस अधिकारी मुझसे कुछ पूछने के लिये आया हुआ है।

मेरा विचार था जॉहन स्केट मेरा मगज चाटन आया होगा, पर वह कोई और था—उसका नाम डिटेक्टिव इन्स्पेक्टर फोरविस था।

"बैठ जाओ, मिस्टर रिअरडन।" फोरविस ने अपने सामने पड़ी कुर्सी की ओर इशारा करते हुये कहा।

"मेरा ख्याल है कि तुम्हें यह बता दिया गया होगा कि तुम एक हार्ड रिस्क कैदी हो।"

"हां।"

"वह सब कुछ जो तुम्हें बताया गया है कि तुम्हें हर रात अपने कपड़े कोठरी के बाहर रखने होंगे, और तुम्हारी कोठरी की बत्ती सारी रात जलती रहेगी, उन सबका तुमसे सीधा संबंध है, और यह सब तुम्हें खुद करना होगा। इसके अलावा एक और चीज भी है—वह तुम्हें नहीं बताई गई क्योंकि वह जेल वाले खुद करेंगे—वह यह है कि तुम्हें बताये बिना किसी समय भी तुम्हारी कोठरी तब्दील कर दी जायेगी—और कई बार तुम्हें सिर्फ शौचघर में ही रात व्यतीत करनी पड़ेगी।"

"मेरे साथ क्या बीतेगा, या मुझे कहां रखा जायेगा, उससे तुम्हारा क्या मतलब? अब पुलिस का मुझसे कोई संबंध नहीं।"

"मेरा वाकई कोई संबंध नहीं। मुझे तो खेद इस बात का है कि तुम अपनी मूर्खता के कारण स्वयं इस विपत्ति में फंस गये हो।"

"तुम कहना क्या चाहते हो?"

"मैं यह कहना चाहता हूं कि अब भी कुछ नहीं बिगड़ा—तुम अभी प्रोबेशन पर हो। अगर तुम सहयोग देने पर तैयार हो, तो मैं अपनी रिपोर्ट में तुम्हारे लिये यह सिफारिश कर दूंगा कि तुम्हारे कारावास की अवधि कम कर दी जाये, यदि तुम सहयोग देने पर तैयार होओ, तो।"

"तुम किस बात में मेरा सहयोग चाहते हो?"

"अब तुम बनने की कोशिश मत करो, रिअरडन। तुम जानते हो कि हमें किस बात में तुम्हारा सहयोग चाहिये—उन हीरों के बारे में।"

"कौन से हीरे? मुझे कुछ ज्ञान हो, तो मैं तुम्हें सहयोग दूं।"

"देखो रिअरडन, तुम जानते हो कि तुमने वह हीरे उड़ाये हैं तथा हमने तुम्हारा यह जुर्म सिद्ध कर दिया है इसके बावजूद तुम अपनी जिद पर अड़े रहे हो—तुम इस पहलू पर गौर क्यों नहीं करते कि बीस वर्ष पश्चात तुम्हारा पिंजर निकल आयेगा—तुम अपने आप तक को पहचान नहीं पाओगे।"

"तुम सिर्फ मुझे यह उपदेश देने ही यहां आये हो? क्या यह भी मेरी सजा का एक हिस्सा है?"

"तुम मेरी बात नहीं सुनना चाहते, तो तुम्हारी मर्जी। मैं तो महज तुम्हारी सहायता करना चाहता हूं। मुझे तो केवल एक ही बात में दिलचस्पी है कि तुम्हें यह कहां से पता चला था कि उस एड्रेस पर हीरों का पार्सल भेजा जा रहा है?"

"तुम फिर घूम फिर कर वहीं आ गये हो—मुझे कुछ मालूम हो, तो मैं तुम्हें बताऊं।"

फोरबिस काफी समय तक मेरे चेहरे की समीक्षा करता रहा।

"रियरडन, किसी ने तुम्हारा खूब उल्लू खींचा है—तुम्हें बेवकूफ बनाया है—तुम्हें धोखा दिया है।"

"मुझे तो समझ ही नहीं पड़ती कि तुम क्या बात कर रहे हो?" मैंने गुस्से भरे भाव से कहा।

"मैं तुम्हें समझाता हूं, रिअरडन—तुम पहली बार लंदन आये, और तीन दिन पश्चात तुमने वह कांड कर दिया—तीन दिन के अल्प समय में कोई भी चतुर से चतुर अपराधी एक अजनबी शहर में डाके की योजना बनाकर उसको कार्यान्वित नहीं कर सकता। इससे स्पष्टतया यह विदित होता है कि किसी अन्य ने यह योजना बनाई थी, और तुम्हें इसे कार्यान्वित करने के लिये यहां बुलाया था। कांड होते ही उसने या उन्होंने अपनी ओर से पुलिस का ध्यान बंटाने की खातिर तुम्हें कुरबानी का बकरा बना दिया और स्वयं तुमसे माल लेकर गायब हो गये। जहां तक मेरा अनुभव है उन्हीं लोगों ने हम पुलिस वालों को तुम्हारे बारे में गुमनाम संदेश दिये।"

मैंने कोई उत्तर नहीं दिया।

फोरबिस अपनी बात जारी रखते हुये बोला, "तुम्हारा हित इसी में है कि तुम मुझे उसके बारे में बता दो—फिर हम किसी न किसी भांति उसका पता लगाकर छोड़ेंगे—और तुम्हें इसका फायदा यह होगा कि तुम्हारा नाम हाई रिस्क कैदियों की सूची से हट जायेगा, और तुम साधारण कैदियों का-सा जीवन व्यतीत कर सकोगे। साथ ही मैं तुम्हारे बारे में रिव्यू बोर्ड को यह सिफारिश करूंगा कि तुम्हारे कारावास की अवधि कम कर दी जाये। और अगर तुमने सहयोग नहीं दिया, तो तुम्हें बीस वर्ष कोठरियों में व्यतीत करने पड़ेंगे।"

मैं मन ही मन में सोचने लगा कि एक डिटेक्टिव इन्स्पेक्टर की रिपोर्ट को कौन कोई महत्त्व देगा। यह फोरबिस मुझसे सच उगलवाकर श्रेय प्राप्त करना चाहता है। एक बार इसका मतलब हल हो गया, तो फिर यह अपनी सूरत भी नहीं दिखायेगा।

मैंने धीरे से कहा, "बीस वर्ष तो बहुत लंबा समय होता है। मैं तुम्हारी बात पर गौर करके फिर कोई उत्तर दूंगा।"

"हां हां जल्दी करने की कोई आवश्यकता नहीं। लो सिगरेट पियो।"

तीन

एक हफ्ते के पश्चात मुझे अन्य कैदियों के साथ डाईनिंग हाल में खाना दिया जाने लगा। वहां पर मुझे ज्ञात हुआ कि दूसरे कैदी मुझे प्रतिष्ठा की दृष्टि से देखते हैं। जेल का वातावरण अजीब प्रकार का होता है। जिसने जितना बड़ा अपराध किया हो, उसे दूसरे कैदी उतना ही अधिक महत्त्व देते हैं। मैं चूंकि एक हाई रिस्क कैदी था, अतः अन्य कैदी मुझे बहुत ही आदर की दृष्टि से देखते थे। अलबत्ता मैं दूसरों से अलग-थलग रहता था। उनमें से बस एक कैदी से मेरा दोस्ताना हो गया था। उसका नाम जॉहनी था, और वह सेंध मारने के अपराध में सजा काट रहा था। यह उसकी चौथी या पांचवीं जेल यात्रा थी। वह अक्सर मुझे परामर्श देता रहता था कि मुझे जेल में किस तरह का आचार व्यवहार करना चाहिये।

एक बार मैंने यों ही बातों-बातों में उससे कहा, "तुम जब भी सेंध मारते हो, पकड़े जाते हो—इससे तो बेहतर है कि तुम कोई ऐसा धंधा करो कि तुम पुलिस की गिरफ्त में ही न आ सको।"

जॉहनी विचारमग्न भाव से बोला, "अगर अपने लोग पुलिस की गिरफ्त में न आयें, और अपने को जेल न हुई, तो तुम जैसे हाई रिस्क कैदियों का क्या होगा। बाहर वालों का तो सारा धंधा ही ठप्प हो जायेगा।"

"मैं समझा नहीं।"

"शनैः शनैः सब समझ आ जायेगी। बस तुम सावधान रहा करो क्योंकि तुम पर हर समय निगरानी रखी जाती है।"

"कुछ तो बताओ।" मैंने आग्रह करते हुये जॉहनी से कहा।

जॉहनी अपनी दाढ़ी पर हाथ फेरता हुआ बोला, "तुमने स्कारपिर का नाम सुना है?"

"ना"

"स्कारपिर एक संस्था है। मैं निश्चित रूप से तो कुछ नहीं कह सकता, पर अफवाह यह है कि ये हाई रिस्क कैदियों को जेल से फरार करने में सहायता देते हैं। यह उनका धंधा है।"

"उनसे संपर्क कैसे स्थापित किया जा सकता है?" मैंने उत्सुकता से जॉहनी से पूछा।

"तुम उनसे संपर्क स्थापित नहीं कर सकते—यदि वह उचित समझेंगे, तो खुद ही तुमसे संपर्क स्थापित करेंगे। वे गारंटी के साथ काम करते हैं।"

मैंने जॉहनी से विनय करते हुये कहा, "मैं तो यहां के लिये बिलकुल अजनबी हूं। यदि तुम किसी से कहलवा दो, तो तुम्हारा बहुत भला होगा।"

"देखूंगा।" कुछ सोचते हुए जॉहनी ने कहा

☐ ☐

दो महीने बीत गये।

अब मुझे डाईनिंग हाल के झाड़ू पोंछे की ड्यूटी सौंप दी गई थी। अपने खाली समय में मैं शतरंज खेला करता—और दोपहर पश्चात जब मुझे कोठरी में बंद कर दिया जाता तो मैं रूसी भाषा पढ़ने लगता। इस दौरान फोरबिस कई बार मुझसे मिलने आया, और उन हीरों के बारे में पूछताछ करता रहा। पर मैंने उसे कुछ बताकर नहीं दिया। जिंदगी कुछ डगर पर चलने लगी थी। मैं यहां जेल के वातावरण से अभ्यस्त हो गया था। इसी तरह से एक साल बीत गया।

इन्हीं दिनों स्लेड से मेरी पहली भेंट हुई। वह नया-नया जेल में आया था। उसे जासूसी के अपराध में बयालीस वर्ष की कैद हुई थी। उसका रंग पीला था, और उसके शरीर से प्रतीत होता था कि किसी समय वह वाकई हृष्ट-पुष्ट रहा होगा। अब वह दो-दो डंडों के सहारे चलता था। बाद में मुझे पता चला था कि उसे पकड़ने से पहले उसकी टांगों और एक कूल्हे में गोली मारी गई थी। तथा वह आठ महीने तक अस्पताल में रहा था।

वह एक रूसी जासूस था और मुकदमे के मध्य में जाकर कहीं यह पता चला था कि वह के जी बी का एजेन्ट है। उसकी अंगरेजी इतनी अच्छी थी कि कोई अनुमान ही नहीं लगा सकता था कि वह एक रूसी हो सकता हे। स्लेड मुझे बहुत अच्छा लगा था—वह बहुत ही सभ्य,

25

व्यवहार कुशल और एक बहुत ही अच्छा मृदुभाषी था। मैं उससे रूसी भाषा सीखने लगा, और बहुत जल्दी ही उन्नति करने लगा। इस दौरान जॉहनी से मेरी बहुत कम मुलाकात हुई थी। उसने एक प्रकार से मुझसे मिलना जुलना बन्द कर दिया था। एक दिन मैं एक पेड़ के नीचे बैठा हुआ कोई रूसी किताब पढ़ रहा था कि जॉहनी ने इशारे से मुझे अपने पास बुलाया। मैंने पुस्तक बन्द की, और धीरे-धीरे चलता हुआ उसके पास चला आया। वह उस समय एक फुटबाल पर तबला बजा रहा था।

"क्यों यहां से बाहर जाने का इरादा है?" उसने बाल की टप्पा देते हुए मुझसे पूछा।

"क्यों कोई बात हुई है?" मैंने उत्साह से पूछा।

"बात तो कोई नहीं हुई—अलबत्ता मुझसे संपर्क स्थापित किया गया है। तुम कहो तो मैं बात आगे चलाऊं।"

"जरूर चलाओ—जल्दी से जल्दी चलाओ।"

"पैसे का प्रबंध कैसे करोगे?"

"कितना पैसा चाहिये?"

"पांच हजार पेशगी चाहिये, जो खर्चें में लग जायेगा। अपनी फीस तो वह तुम्हारी रिहाई के पश्चात ही वसूल करेंगे।"

"वह कितनी होगी?"

"उस बारे में कुछ भी ज्ञात नहीं। जो मुझे बताया गया था, सो मैंने तुम्हें बता दिया। वे यह जानना चाहते हैं कि तुम पांच हजार का प्रबंध कब तक कर सकते हो, ताकि वे अपना काम शुरू कर सकें।"

"मेरे पास यहां इंग्लैंड में तो कुछ भी नहीं, किन्तु दक्षिण अफ्रीका में मेरे पास काफी पैसा है। यदि तुम मुझे जोहान्सबर्ग के स्टैन्डर्ड बैंक के एक चैक का प्रबंध कर दो, तो वह मैं भर दूंगा। वह चैक निश्चित रूप से कैश हो जायेगा।"

"उसमें कुछ समय लग जायेगा।"

"कितना समय लग जायेगा, जॉहनी—मुझे तो उन्नीस साल यहां काटने हैं। चैक भुनने में दस नहीं तो पंद्रह दिन लग जायेंगे।"

"वह देखो जेल प्रबंधक आ रहा है। मैं फिर कभी तुमसे बात करूंगा।" कहकर जॉहनी बाल को टप्पा देते हुये आगे बढ़ गया।

दस दिन पश्चात एक अन्य कैदी ने मुझे चैक लाकर दिया।

"तुम इसे भर के शैरविन को दे देना।"

मैं शेरविन को पहचानता था—वह भी एक कैदी था, और कुछ ही दिनों में रिहा होने वाला था।

"कोई और भी संदेश है?" मैंने उत्सुकता से उस कैदी से पूछा, जिसने मुझे चैक लाकर दिया था।

"और कोई संदेश नहीं।" कहकर वह कैदी मेरे पास से चला गया। मैंने उस चैक को तह करके जेब में रख लिया।

❑ ❑

उस रात कोई आधी रात बीते मैंने वह चैक अपनी कमीज की जेब से निकाला और उसे पढ़ने लगा। उस पर दस हजार की रकम लिखी थी, जबकि जॉहनी ने मुझे पांच हजार बताये थे। बहरहाल मैंने चैक पर हस्ताक्षर कर दिये, और अगली सुबह वह चैक शैरविन को दे दिया। बीस दिन बीत गये, और मुझे कोई समाचार नहीं मिला।

एक दिन सुबह मैं अनमने से मन से डाईनिंग हाल का झाड़ू पोंछा कर रहा था कि जेल प्रबंधक मुझे लापरवाही से काम करने के लिये डांटने लगा। पास ही कासग्रोव खड़ा था। कासग्रोव एक अपहरण के सिलसिले में दण्ड भुगत रहा था। जब जेल प्रबंधक मुझे डांट डपटकर वहां से चला गया, तो कॉसग्रोव मुझसे कहने लगा—"यह डांट डपट तो चलती ही रहती है। आओ एक शतरंज की बाजी हो जाये।"

"आज मूड नहीं कर रहा, कोसी।" मैंने कॉसग्रोव को उत्तर देते हुये कहा।

पास ही जेल का एक अन्य अधिकारी खड़ा था।

कॉसग्रोव ले रहस्यमय भाव से कहा, "आओ एक बाजी खेलते हैं। आज मैं तुम्हें ऐसे टिप बताऊंगा। कि तुम जीतते ही जाओगे।" कहने के साथ वह मेरा हाथ पकड़कर एक मेज पर ले आया, और उस पर विसात बिछाकर मोहरे लगाने लगा।

"अब से मैं तुम्हारा मध्यस्थ। तुम मेरे अलावा किसी से कोई बात नहीं करोगे। तुम मेरा आशय समझ गये हो न?"

"हां समझ गया हूं। सबसे पहले तो मैं अपने पैसे के बारे में बात करना चाहता हूं। तुम लोग मुझसे दस हजार ले चुके हो, और अभी तक मुझे कोई परिणाम दिखाई नहीं दिया।"

"परिणाम तो तुम्हारे सामने है," कासग्रोव ने शांत स्वर में कहा, "मैं उसका परिणाम हूं।"

"तो बताओ अब क्या करना है?" मैंने अधीरता से कासग्रोव से पूछा।

"देखो रिअरडन, जो तुमने वह रकम दी है, वह तो पेशगी है। वह खर्चे में बराबर हो जायेगी। बाकी रही यहां से भागने की फीस की बात—तुमने डेढ़ लाख का हाथ मारा था—हम उसमें से आधा लेंगे।"

"तुम्हारा दिमाग चल गया है। मैं तुम्हें आधा कैसे दे सकता हूं। यह काम मेरे अकेले का नहीं था। इस कांड में हम तीन साझेदार थे। उन्होंने योजना बनाई थी, और मैंने उसे कार्यान्वित किया था। हम तीनों के बीच यह फैसला हुआ था, कि मुझे एक तिहाई मिलेगा—अतः मैं तुम्हें उस समूची रकम का आधा कहां से दे सकता हूं?"

"वे कौन हैं?" कासग्रोव ने मुझसे पूछा।

"मैंने तो पुलिस को यह नहीं बताया—तुम्हें क्यों बताऊं? तुम मेरा काम पर सवारते हो तो ठीक है, नहीं तो मेरा पैसा वापस कर दो।"

"तुम्हारा पैसा कहीं नहीं जायेगा—तुम यह तो बता सकते हो कि उस डेढ़ लाख में तुम्हारा कितना हिस्सा था।"

"तुम्हें बताया तो है—एक तिहाई यानी पचास हजार।"

"वह पैसा कहां है यानी तुम्हारे हिस्से की रकम कहां है?"

"एक स्विस बैंक के नम्बर अकाऊंट में!"

"तो ठीक है," कासग्रोव ने कहा, "तुम्हें बीस वर्ष की सजा हुई है—तुम हमें एक हजार पाऊंड प्रति वर्ष के हिसाब से दे दो, अर्थात तुम हमें बीस हजार पाऊंड दे दो—हम तुम्हें जेल की दीवार फंदवा कर इंग्लैंड से बाहर भेज देंगे। वह हमारी गारंटी है—किन्तु अगर तुम फिर वापस लौट आये, तो यह तुम्हारी जिम्मेदारी होगी। साथ ही मैं तुम पर यह विदित कर दूं कि जेल से बाहर पहुंचते ही तुम्हें बाकी रकम का भुगतान करना होगा—और यदि तुमने नहीं किया, तो तुम्हें खत्म कर दिया जायेगा। बोलो मंजूर है?"

"मुझे मंजूर है। तुम लोग मुझे यहां से निकलवा दो—मैं तुरन्त तुम्हें पैसा दे दूंगा। पर कोसी मुझे एक बात बताओ—यदि तुम्हारी संस्था दूसरों को यहां से निकलवा सकती है, तो उन्होंने तुम्हें यहां से क्यों नहीं निकलवाया?"

"अगर वे मुझे यहां से निकलवा लें, तो मध्यस्थ का काम कौन करेगा? मुझे यहां दो साल और गुजारने हैं, और यहां पर बीसियों हाई रिस्क कैदी हैं—उनमें से हर कोई यहां फरार होना चाहता है। इन दो सालों में मैं कम से कम छः सात को तो यहां से फरार करवा दूंगा। मेरे पास इतना पैसा हो जायेगा कि मुझे अपराध करने की जरूरत ही नहीं रहेगी। तुम मुझे एक बात बताओ, रिअरडन—स्लेड से तुम्हारे क्या संबंध हैं?"

"कोई विशेष संबंध नहीं। मैं उससे रूसी भाषा सीखता हूं—वह एक बहुत ही अच्छा अध्यापक है।"

"स्लेड जो भी हैं, तुम आज से उससे किसी प्रकार का मेल जोल नहीं रखोगे।" यह कहकर कासग्रौव मेरे सामने से उठकर चला गया।

⬤ ⬤

मुझे समझ नहीं लगी कि कासग्रौव ने मुझे स्लेड के साथ संबंध तोड़ने को क्यों कहा है। बहरहाल मैंने उसकी इच्छानुसार स्लेड से मिलना जुलना बन्द कर दिया। ज्यों-ज्यों समय बीतता गया, त्यों-त्यों मेरे भीतर तनाव बढ़ता गया। कासग्रौव मेरे पास से निकलता पर मुझसे आंख तक न मिलाता। जब तीन हफ्ते बीत गये, तो एक दिन मैं जबरदस्ती उसके पास आकर खड़ा हो गया।

"कोसी, मेरा शतरंज की बाजी खेलने का मूड है—आओ।"

"मेरे पास समय नहीं है।"

"समय तो निकालना ही पड़ेगा।" मैंने उसकी आंखों में झांकते हुये कहा।

कासग्रौव मेरी आंखों में देखते हुये बोला, "तो चलो उस मेज पर चलते हैं।"

कासग्रौव ने मेज पर बिसात बिछा दी, और मोहरे लगाने लगा।

"कोसी, मैं बहुत चिंतित हूं—मेरे ऊपर निगरानी तो और कड़ी कर दी गई है। यह कैसे होगा? आज तीन सप्ताह होने को लाये हैं।"

"तुम्हारा दिमाग खराब है। ऐसे कामों में समय तो लगता ही है। योजना मिनटों में तैयार हो जाती है किन्तु उसकी अंतिम रूप देने में काफी समय दरकार होता है। जेल की दीवार फांदना कोई मुश्किल काम नहीं होता। असली काम दीवार फांदने के पश्चात शुरू होता है कि किस रास्ते से फरार किया जाये ताकि अगर किसी को शक पड़ भी जाये तो भी न रोक सके।"

उसी समय हमें जेल प्रबंधक दिखाई दिया। वह हमारी ओर आ रहा था। हम दोनों खामोशी से शतरंज खेलने लगे।

⬜ ⬜

दो दिन और बीत गये।

मैं डाईनिंग रूम के झाड़ू पोंछे से निवृत्त होकर बाहर निकला ही था कि कासग्रौव मेरे पास पहुंच गया।

"तुम्हारा प्रबंध हो गया है।"

"मेरी तो कोठरी बदल दी गई है।"

"उससे कोई अंतर नहीं पड़ता।"

"मुझे क्या करना होगा?"

"तुम्हें दिन के समय दीवार फांदनी होगी।"

"दिन के समय दीवार फांदनी होगी।"

"दिन के समय?"

"हां। दीवार के पास के दो-खंबों की ट्यूब लाईट्स फ्यूज हो गई हैं। उनको बदलने के लिये एक आधे दिन में दोपहर पश्चात के समय एक ट्रक आएगा। जिस समय वह ट्रक यहां पहुंचेगा, वह कैदियों की दोपहर पश्चात की हाजरी का समय होगा। तुम्हें पंक्ति से बुलाया जाएगा, और ट्रक पर लगी लिफ्ट में ऊपर चढ़ कर ट्यूब लाईट्स को उतारने के लिये कहा जाएगा। वह दो खंबे जिनकी ट्यूब लाईट खराब है, वह बिलकुल दीवार से जुड़े हुये हैं। उन खंबों के ऐन पीछे दो मोटे पीतल के रस्से लटका दिये गये हैं। उन रस्सों पर अरंडी का तेलज लगा हुआ है ताकि तुम्हें नीचे फिसलने में किसी कठिनता का सामना न करना पड़े। जब तुम ट्रक की लिफ्ट से दीवार के पास पहुंचो, तो नीचे की ओर कोई ध्यान मत देना। तुम्हारे ऊपर पहुंचते ही नीचे शोर शराबा शुरू हो जायेगा, और एक साथ कई विस्फोटों की आवाज आने लगेगी, मानो गोलियां चल गई हों। तुम नीचे की ओर बिलकुल कोई ध्यान मत देना। और दीवार पर पहुंचते ही पीतल के रस्सों को पकड़कर नीचे फिसल जाना। यह तो रहा तुम्हारा काम। अब मुझे तुम्हें एक संदेश देने को

कहा गया है—वह यह कि बाहर पहुंचने के पश्चात अगर तुमने बाकी का भुगतान नहीं किया, तो तुम्हें ईश्वर भी नहीं बचा सकेगा।"

"तुम लोगों को मांगने से पहले पैसा मिल जायेगा।" मैंने कासग्रौव को आश्वासन देते हुये कहा।

"तो ठीक है। अब मैं शनिवार तुमसे मिलने आऊंगा।" कहकर कासग्रौव आगे बढ़ गया। और फिर अचानक पीछे मुड़ कर मेरे निकट आते हुये बोला, "मैं तुम्हें एक जरूरी बात तो कहना ही भूल गया था—तुम्हारे साथ एक और आदमी भी जायेगा, तथा तुम्हें उसकी पूरी सहायता करनी होगी।"

"वह कौन है?"

कासग्रौव भावशून्य दृष्टि से मेरी ओर देखने लगा।

"स्लेड।"

चार

मैं अविश्वास भरी दृष्टि से कासग्रौव की ओर देखने लगा, "तुम्हारा दिमाग तो नहीं चल गया?"

"क्यों-क्या बात हो गई?" कासग्रौव ने मुझसे पूछा, "तुम्हें दूसरों की आजादी से ईर्ष्या ही होती है क्या?"

"क्या बात हो गई?" मैंने तनिक ऊंची आवाज में कहा, "वह दो-दो डंडों के सहारे चलता है। वह बिलकुल अपंग है।"

"चिल्ला क्यों रहे हो। धीरे बोलो।"

मैंने कटु स्वर में कहा, "वह लंगड़ा तो दौड़ तक नहीं सकता—वह दीवार कैसे फांद सकेगा?"

"तुम जो उसकी सहायता के लिये होओगे।" कासग्रौव ने शांत स्वर में कहा।

"मेरी बला से। मेरी तरफ से वह जाये जहन्नुम में। मैं अपने आपको देखूंगा या उसकी सहायता करूंगा।"

"मैं तुम्हें एक बात बताऊं, रिअरडन—स्लेड की वह छड़ियां एकदम दिखाने के लिये हैं। जब से वह अस्पताल से आया है, वह यह अभिनय करता रहा है। वह तुम्हारी तरह तो नहीं, पर अच्छा खासा दौड़ सकता है।"

"यदि वह अच्छा खासा दौड़ सकता है, तो अपने बलबूते पर फरार क्यों नहीं होता? तुम यह तो सोचो कि अगर मैं उसकी सहायता करते-करते पकड़ा गया, तो मुझे दरहम में समुद्र के किनारे एक काल कोठरी में बन्द कर दिया जायेगा।"

"स्लेड का भी वही हाल होगा। और फिर तुम यह मत भूलो, रिअरडन कि स्लेड को चालीस वर्ष का कारावास मिला है। तुम कान खोलकर सुन लो, रिअरडन कि तुम्हारी अपेक्षा

स्लेड हमारे लिये कहीं अधिक महत्त्व रखता है। तुम अनुमान भी नहीं लगा सकते कि उसकी फरारी के लिये हमने कितना दांव पर लगा रखा है। और जहां तक दरहम की काल कोठरी का संबंध है वहां तो वैसे भी तुम्हें इस इतवार को स्थानांतरित कर दिया जायेगा।”

“तुमने मुझे जाल में फंसा दिया है।”

“तुम्हें स्लेड से इतनी घृणा क्यों हैं?”

“मुझे उससे कोई घृणा नहीं—मुझे तो उसकी हालत से भय होता है कि कहीं उसकी लंगड़ी टांगें मेरे लिये मुसीबत न बन जायें।”

“तुम कोई चिंता मत करो,” कासग्रौव ने किंचित हास्य भाव से कहा, “तुम्हारे और हमारे बीच यह तय है कि यहां से फरार होने के पश्चात तुम हमें बीस हजार पाऊंड दोगे। तुम एक बार स्लेड को सही सलामत जेल की दीवार पार करवा दो। इतने से काम के लिये हम तुम्हें दस हजार पाऊंड देंगे—अर्थात हम तुमसे बीस हजार पाऊंड की बजाय दस हजार पाऊंड लेंगे।”

“क्या तुम्हें ऐसी पेशकश करने की इजाजत है?” मैंने दिलचस्पी से कासग्रौव से पूछा।

“बिलकुल इजाजत है। लेकिन तुम तसवीर के दूसरे रुख पर भी गौर कर लो—अगर तुम स्लेड को सही सलामत बाहर नहीं पहुंचा पाये, तो हम तुम्हें तुम्हारे हाल पर छोड़ देंगे। जेल के बाहर हम तुम्हारी कोई सहायता नहीं करेंगे। और यदि तुमने स्लेड को सही सलामत बाहर पहुंचा दिया, तो हम अंत तक अपना वचन निभायेंगे। इससे तुम अंदाजा लगा सकते हो कि स्लेड की रिहाई हमारे लिये कितना महत्त्व रखती है।”

“मेरा काम स्लेड को दीवार पार करवा के हिफाजत से बाहर पहुंचाना है या कुछ और भी?” मैंने कासग्रौव से पूछा।

“बस इतना ही। तुम दोनों के दीवार पार करते ही हमारे आदमी तुम दोनों को संभाल लेंगे। मैं फिर तुम से साफ-साफ कह दूं कि स्लेड तेजी से नहीं दौड़ सकता—उसकी टांगों में स्टील की प्लेट लगी हुई हैं—तुम्हें ही उसकी सहायता करनी होगी।”

“उसके बाजुओं में भी ताकत है कि वे भी नकली हैं?”

“पूरी ताकत है, पर चूंकि उसका नीचे का धड़ गोली लगने के कारण कुछ कमजोर है अतः तुम्हें उसे नीचे से ऊपर की ओर धकेलना होगा।”

“तो ठीक है—मैं उससे बात कर लेता हूं।”

“बिलकुल नहीं।” कासग्रौव ने कहा, “उससे बात करने की कोई जरूरत नहीं। उसे सब कुछ बता समझा दिया गया है। उसे मालूम है कि उसे क्या करना है। तुमने जो बात करनी है, मुझसे करो।”

तभी जेल की घंटी बजने लगी और दोनों की बातचीत समाप्त हो गई।

“अच्छा तो मैं तुम्हें शनिवार को हाजिरी के मैदान में मिलूंगा।” यह कहकर कासग्रौव वहां से चला गया।

शनिवार के अभी काफी दिन पड़े थे। अगले तीन दिनों में दो बार मेरी कोठरी तब्दील की गई। कई बार मुझे संदेह होने लगता कि कहीं किसी को इस साजिश का सुराग न मिल गया हो।

दिन के समय मुझे जब भी मौका मिलता, मैं स्लेड की टांगों की ओर देखने लगता। उसकी टांगें देखकर मुझे निश्चय हो गया कि वे काफी कमजोर हैं, और उसे दीवार पार करवाने में मुझे काफी कठिनता का सामना करना पड़ेगा। इन दो तीन दिनों में मैंने कासग्रौव को एक बार भी स्लेड से बात करते नहीं देखा था। इससे मुझे निश्चय हो गया कि वह किसी अन्य के द्वारा उससे संपर्क बनाये हुये है।

आखिर शनिवार भी आन पहुंचा। मैंने रोजमर्रा के अनुसार डाईनिंग हाल का झाड़ू पोंछा किया। तत्पश्चात दोपहर के भोजन से निवृत्त होकर मैं ढाई बजने की प्रतीक्षा करने लगा। ढाई बजने से कुछ देर पहले ही मैं हाजिरी के मैदान में चला आया। कासग्रौव पहले से वहां मौजूद था। मैं टहलते-टहलते उसके पास चला आया। अभी दोपहर पश्चात की हाजिरी लगने में कुछ समय बाकी था। कासग्रौव मुझे अपने साथ एक जगह ले आया।

"तुम दीवार पर वह चाक का निशान देख रहे हो।"

"हां।"

उसकी दोनों ओर जो खंबे हैं, उनकी ट्यूब लाईट्स फ्यूज हैं। वह ट्रक ठीक चाक के निशान के पास आकर खड़ा होगा। उस समय तुम पंक्ति में खड़े होओगे। हाजिरी लेने वाला आज देर से आयेगा। तुम चुपचाप पंक्ति से खिसककर ट्रक के पास चले आना, और उसकी लिफ्ट में बैठ आना।"

"और स्लेड?"

"उसे मैं ट्रक के पास पहुंचा दूंगा, और वहां से पीछे हट जाऊंगा। ज्यों ही तुम्हें स्लेड दिखाई दे, तुम उसे खींच कर अपने साथ लिफ्ट में बिठा लेना।"

"अगर किसी ने देख लिया तो?"

"उससे तुम्हारा कोई संबंध नहीं। वह मेरा काम है। तुम बस इतना करना कि जैसे ही तुम्हें स्लेड दिखाई दे, तुम उसे खींच कर अपने साथ बिठा लेना। यह सरासर तुम्हारी जिम्मेदारी होगी।" यह कहकर कासग्रौव मुझे फिर उसी जगह ले आया। जहां पर हाजिरी की लाईन लगनी थी।

"अभी बीस मिनट बाकी हैं।" कासग्रौव ने मुझसे कहा, "तुम यहीं खड़े रहो।"

तनिक देर पश्चात हमें एक ट्रक की आवाज सुनाई देने लगी।

"देखो रिअरडन, अब मैं चलता हूं। अभी थोड़ी देर में वहां, पर छोटा सा झगड़ा शुरू हो जायेगा, जो शनैः शनैः गंभीर रूप धारण कर लेगा। झगड़ा शुरू होते ही तुम उस चाक के निशान की तरफ चलना शुरू कर देना।"

"तुम तो कह रहे थे कि मुझे पंक्ति से खिसककर ट्रक के पास पहुंचना होगा?"

"बहस मत करो—जो मैं कहता हूं, करते जाओ। ज्यों ही तुम यहां से चाक के निशान की ओर आगे बढ़ना शुरू करोगे, स्लैड तुम्हारे पीछे-पीछे चला जायेगा। तभी वहां पर वह ट्रक आकर खड़ा होगा। तुम स्लेड को कंधों पर उठाकर ट्रक की लिफ्ट में बिठा देना।"

"जेल के बाहर जो क्लोज सर्कट टी. वी. लगे हैं, उनका क्या होगा। हमारी हर नक्लोहरकत उनके पर्दों पर आ जायेगी?" मैंने कासग्रौव से पूछा।

“तुम फिर बहस करने लगे हो।” कासग्रौव ने रुष्ट भाव से कहा, “उनका प्रबंध किया जा चुका है।” यह कहकर कासग्रौव वहां से चला गया।

मैं उस चाक के निशान की ओर आगे बढ़ने लगा। तभी मुझे स्लेड दिखाई दिया। वह मेरे पीछे-पीछे आ रहा था। कासग्रौव दूर एक अन्य कैदी के पास खड़ा गप्पे हांकने का बहाना कर रहा था।

कोई पंद्रह मिनट पश्चात एक ट्रक उस निशान के पास पहुंचकर खड़ा हो गया। ट्रक चालक अपनी सीट से नीचे उतरा, तथा एक निगाह इधर उधर गहरी नजरों से मेरी ओर देखने लगा। तत्पश्चात वह ट्रक के पिछवाड़े के पास आया, और उसका पिछला हिस्सा खोल दिया, और अपनी सीट पर जाकर वापस बैठ गया। तभी वहां से थोड़ी दूरी पर झगड़ा शुरू हो गया। मैंने उस ओर कोई ध्यान नहीं दिया। स्लेड ऐन मेरे पीछे खड़ा था। मैंने उसे अपनी गोद में उठाया, और ट्रक के ऊपर बिठा दिया। फिर मैं खुद ट्रक के ऊपर चढ़ा, और एक बार फिर स्लेड को गोद में उठाया और ट्रक की लिफ्ट में बिठाया। उसके साथ उछलकर मैं खुद भी लिफ्ट में बैठ गया। ट्रक चालक अपनी सीट की खिड़की से पीछे हमारी तरफ देखे जा रहा था। मेरे लिफ्ट में बैठते ही लिफ्ट ऊपर की ओर सरकने लगी। कासग्रौव दूर खड़ा तिरछी नजरों से हमारी ओर देखे जा रहा था। सब कैदियों का ध्यान उस झगड़े की ओर था। तभी एक जोर का धमाका हुआ, और जेल के समस्त अधिकारी उपस्थिति मैदान की ओर दौड़ने लगे। जो गार्ड दीवारों के पास नियुक्त थे, वह भी घटनास्थल की ओर दौड़ने लगे। उसी समय वह लिफ्ट दीवार के ऊपर पहुंच गई। वहां पर, जैसा कि कासग्रौव ने मुझे बताया था दो मोटे-मोटे पीतल के रस्से किसी मजबूत सी चीज के साथ हुकों द्वारा अटका दिये गये थे। मैंने स्लेड को अपनी पीठ पर लेटने को कहा, और एक रस्से को कसकर पकड़ लिया, और अपना पूरा बोझ पीतल के रस्से पर डाल दिया। पीतल के रस्से पर इतनी चिकनाई थी कि मेरे दोनों हाथ अपने आप नीचे की ओर फिसलने लगे।

कुछ ही क्षणों पश्चात हम दोनों जेल के बाहर थे।

हम नीचे उतरे ही थे कि एक ट्रक ठीक हमारे सामने आकर खड़ा हो गया। उसमें कई आदमी थे। वह विद्युत गति से ट्रक से नीचे उतरे और हम दोनों को उठाकर ट्रक के अन्दर यूं फेंका, मानो हम दोनों कोई बेजान वस्तु हों। मुझे कुछ समझ नहीं लग रही थी कि क्या हो रहा था। मुझे दीवार से नीचे उतरे अभी पंद्रह सेकंड भी न हुये होंगे, कि मैं उस ट्रक में पड़ा न जाने किधर को जा रहा था। ट्रक साधारण गति से सड़क पर चल रहा था, ताकि किसी को कोई शक ही न हो। तभी ट्रक चालक की पीछे की सीट का दरवाजा खुला, और एक आदमी पीछे मेरे पास चला आया।

“तुम तैयार हो जाओ।”

मुझे कुछ समझ नहीं लगी। उसी समय ट्रक एक वैन के पास रुका, और मुझे ट्रक से नीचे उतार कर उस वैन में बिठा दिया गया।

“स्लेड कहां है? आपने हम लोगों को अलग क्यों किया है?” मैंने वैन चालक से पूछा, किन्तु उसने मुझे कोई उत्तर नहीं दिया।

"आप लोग कम से कम मुझे यह तो बताईये कि आप मुझे किधर ले जा रहे हैं।"

"तुम चुपचाप बैठे रहो—तुम्हें अभी मालूम हो जायेगा।"

उन लोगों की बात मानने के अतिरिक्त मेरे पास और कोई चारा ही नहीं था। मैं चुपचाप उस वैन में बैठा रहा। मुझे तनिक भी ज्ञात नहीं था कि मुझे किधर ले जाया जा रहा है। थोड़ी देर बाद वैन सड़क से घूमकर एक अंधेरी सी गली में मुड़कर रुक गई। मैं वैन की खिड़की से बाहर देखने लगा। सामने एक बहुत बड़ा लकड़ी का फाटक था। फाटक के दोनों पट खुले हुये थे। फाटक के अन्दर एक महाकाय ट्रक धीमी गति से पीछे की तरफ सरक रहा था। ट्रक के पिछवाड़े का पट खुला हुआ था। वह ट्रक सरकता-सरकता हमारे वाली वैन के पास आकर बोनट से भिड़ गया। ट्रक और वैन के स्पर्श होते ही हमारे वाली वैन का अगला हिस्सा यों ऊपर उठने लगा, मानो वह कोई शटर हो। अब वैन एवं ट्रक एक ही नल पर थे। तथा उन दोनों के बीच बहुत थोड़ा-सा अन्तर था। तभी एक आदमी ट्रक से बाहर आया और वैन को ट्रक के साथ टोकर के फाटक के अंदर ले गया। वैन और ट्रक के अन्दर पहुंचते ही फाटक बन्द हो गया। अब चारों ओर अंधेरा हो गया था तथा कुछ दिखाई नहीं दे रहा था। तभी हमारे वाली वैन का दरवाजा खुला।

"अब आप नीचे उतर जाइये।" यह एक स्त्री की आवाज थी।

अंधेरा होने के कारण मैं वैन से उतरते-उतरते उस स्त्री से टकरा गया।

"क्या तुम वैन के अन्दर की बत्ती भी नहीं जला सकते!" उस स्त्री ने वैन चालक को डांटते हुये कहा।

वैन चालक ने तुरन्त बत्ती रोशन कर दी।

वह स्त्री बहुत ही सुन्दर थी। उसका कद लंबा, बाल सुनहरे, और आंखें नीली-नीली-सी थीं। उसने अपने लिबास पर एक सफेद कोट पहन रखा था, और अपनी पोशाक से एक डाक्टर प्रतीत हो रही थी। उसने मेरा हाथ पकड़ा और ट्रक के एक कंपार्टमेन्ट के अंदर ले आई।

"अब आप अपने कपड़े उतार दीजिये—हमारे पास ज्यादा समय नहीं है।"

"मैं हक्का-बक्का-सा उसकी ओर देखने लगा। एक स्त्री के सामने अपने कपड़े उतार दूं!!!"

"जल्दी कीजिये। मेरी ओर आंखें फाड़-फाड़ कर मत देखिये। अपने कपड़े उतारिये।"

मैं ज्यों का त्यों अपनी जगह पर बैठा रहा।

"आप बुत बनकर मत बैठिये। अपने कपड़े उतारिये। आप पहले आदमी नहीं जिसको मैं नंगा देखूंगी—मैं कईओं को नंगा देख चुकी हूं।"

मैं संकोच से कपड़े उतारते हुये उसकी ओर देखने लगा।

वह एक सूटकेस से मरदाना बनियान, अंडरवीयर, पतलून, कमीज, तथा जुराबें निकालने में लगी हुई थी। उधर ट्रक चलने लगा था। मैंने चलते हुये ट्रक में जैसे-तैसे करके अंडरवियर, पतलून एवं बनियान आदि पहन लिये। जब मैं कमीज पहनने लगा तो उस स्त्री ने कहा, "अभी कमीज मत पहनो।"

मैंने कमीज एक ओर को रख दी। तभी ट्रक में बैठे हुये एक आदमी ने मुझसे पूछा, "जेल से बाहर कैसा अनुभव हो रहा है?"

"अभी मैं क्या कह सकता हूं?" मैंने उत्तर देते हुये कहा, "मुझे तो तब कुछ महसूस होगा जब मैं बिलकुल आजाद हो जाऊंगा।"

"तुम बिलकुल आजाद हो जाओगे।" उस आदमी ने मुझे आवश्वासन देते हुये कहा।

मैंने पूछा, "आपने जो यह कपड़े मुझे दिये हैं, यह मुझे बिलकुल फिट आये हैं। आप लोगों को मेरे माप का कहां से पता चला?"

"हम तुम्हारे बारे में सब कुछ जानते हैं। केवल एक चीज के अलावा।"

"वह क्या?"

उस आदमी ने सिगरेट सुलगाते हुये कहा, "कि तुम्हारा पैसा कहां हैं, पर वह भी तुम हमें बता ही दोगे।"

"समय आने पर बताऊंगा।"

"इधर आओ।" उस स्त्री ने मुझे अपनी ओर बुलाते हुये कहा।

वह एक बड़े बाशबेसन के सामने स्टूल पर बैठी हुई थी।

"मुझे तुम्हारे बाल शैम्पू करने हैं। तुम यहीं मेरे सामने बैठ जाओ।"

मैं उस स्त्री के सामने बैठ गया। वह मेरे सर में शैम्पू डालकर अपनी लंबी-लंबी उंगलियों से मेरे बालों को मलने लगी। उसने तीन बार ऐसा किया।

तत्पश्चात वह मेरी ठोड़ी को ऊपर उठाते हुये बोली, "अब मुझे तुम्हारी भौंहें ठीक करनी हैं।" कहकर वह मेरी भौंहों को काटने छांटने लगी।

तब मेरे हाथ में आईना देते हुये बोली, "अब तुम अपने आपको देखो कि कैसे लग रहे हो।"

मैं आईने में अपना प्रतिबिम्ब देखकर आश्चर्यचकित रह गया। मेरे काले बाल भूरे हो चुके थे, भौंहों का आकार एकदम बदल गया था। अगर इस समय मैकिनटॉश भी मुझे देख लेता, तो बिलकुल भी पहचान न पाता।

तभी वह स्त्री अपनी उंगलियों से मेरे गालों का स्पर्श करते हुये बोली, "तुम्हें दिन में दो शेव करनी होगी—एक बारा सुबह और एक बार शाम को—कहीं ऐसा न हो कि सिर के बालों और दाढ़ी के बालों का रंग अलग-अलग होने के कारण कोई तुम्हें पहचान ले। तुम तुरन्त दाढ़ी बनाओ। शेव का सामान सूटकेस में है।"

मैं उस स्त्री के पास से उठा और सूटकेस से बैट्री से चलने वाला शेवर निकाल कर दाढ़ी बनाने लगा।

जब मैं शेव बना चुका, तो उस स्त्री ने मुझसे कहा, "अब से तुम्हारा नाम रेमांड क्रूसीशैंक होगा। यह लो अपनी कमीजों के लिये कफ लिंक्स। इन पर तुम्हारे नये नाम के आरंभिक अक्षर अंकित हैं। इसके अलावा सूटकेस पर भी यही अक्षर अंकित हैं। तुम इन चीजों का पूरा ध्यान रखना। तनिक-सी भी चूक तुम्हें संदिग्ध बना देगी।"

"और कुछ?" मैंने उस स्त्री से पूछा।

"तुम आस्ट्रेलिया में रह चुके हो। कुछ साल पूर्व जब तुम वहां पर थे, तो तुमने किसी के साथ मिलकर सिडनी में एक कांड किया था। सो हमने तुम्हें एक आस्ट्रेलियन का रूप दिया है— क्योंकि यहां के लोग एक आस्ट्रेलियन एवं दक्षिण अफ्रीका के एक गोरे के बीच अन्तर नहीं कर सकते। अतएव अब तुम एक आस्ट्रेलियन हो। यह रहा तुम्हारा पासपोर्ट।"

पासपोर्ट के साथ-साथ उस स्त्री ने मुझे एक बटुआ भी दिया। बटुए में सिडनी क्लब के कुछ क्रेडिट कार्ड थे, कुछ आस्ट्रेलियन डॉलर थे, आस्ट्रेलिया का मेरे नये नाम का ड्राईविंग लाइसेन्स था, मेरे नये नाम के चंद एक विजिटिंग कार्ड थे—विजिटिंग कार्डस में मुझे मशीनों के पुर्जे आयात करने वाली एक आस्ट्रेलियन कंपनी का प्रबंध संचालक दिखाया गया था। बटुए के एक खाने में एक तसवीर थी। तसवीर में मेरे बाल सुनहरे थे—बिलकुल वैसे जैसे इस समय थे—उस चित्र में मैंने अपना दाहिना हाथ एक सुन्दर-सी स्त्री की कमर में डाल रखा था—तथा हम दोनों के आगे दो छोटे बच्चे खड़े थे।

"यह तुम्हारे परिवार की तसवीर है।" उस स्त्री ने शांत स्वर में मुझसे कहा।

इस तसवीर ने मुझे विस्मित कर दिया था। बहुत बारीकी से देखने पर भी कोई यह अनुमान नहीं लगा सकता था कि यह तस्वीर एक ट्रिक फोटोग्राफी का कमाल है।

इन लोगों ने अपना कार्य बहुत ही कुशलता से अन्जाम दिया था।

"बहुत खूब—आपने बहुत ही अच्छा किया है।" मैंने प्रशंसा भाव से कहा।

"यह सब चीजें किसी प्रकार के खतरे के प्रति आपका बीमा है। आपके पास इन चीजों के होते हुये आपको कोई हाथ नहीं लगा सकता। यह आपका बीमा है।"

मैंने वह सब चीजें संभालकर सूटकेस में रख दीं, और कमीज पहनकर उसके कफ लगाने लगा।

"इस आदमी को कसकर पकड़ लो।" उस स्त्री ने अपने लोगों से कहा।

उस स्त्री के मुंह से यह शब्द निकलते ही तीन-चार हट्टे-कट्टों ने मुझे अपनी जकड़ में ले लिया।

"यह क्या है...?" मैंने रुष्ट भाव से उस स्त्री से पूछा।

"मिस्टर क्रूसीशैंक, यह हमारा बीमा है ताकि आपके मुंह से कोई ऐसी बात न निकल जाये जिसे कि हमारे लिये कोई विपत्ति उत्पन्न हो जाये।"

उसी समय उस स्त्री ने अपना दाहिना हाथ पीठ के पीछे से सामने किया। उसके हाथ में एक सिरिंज थी। सिरिंज में कोई दवाई भरी थी। उसने बड़े कुशल अंदाज से सिरिंज को ऊपर उठाकर देखा, तथा मेरी ओर आगे बढ़ आई। तब उसने मेरी कमीज की आस्तीन ऊपर चढ़ा दी।

"इसमें बुरा मानने की कोई बात नहीं।" कहकर उसने सुई मेरे बाजू में घोंप दी।

❑ ❑

जब मेरी आंख खुली, तो मुझे ऐसा अनुभव होने लगा, मानो मैं बहुत देर से सोता रहा होऊं। मेरा सर बहुत भारी हो रहा था। मुझे ऐसा लग रहा था, मानो मेरे सिर पर कोई हथौड़े मार रहा हो। मैं काफी समय तक आंखें बन्द किये बिस्तरे पर लेटा रहा।

थोड़ी देर पश्चात मुझे जोर की प्यास लगने लगी। मैं आंखें खोलकर आस-पास पानी का गिलास देखने लगा। तभी मुझे महसूस हुआ कि कोई धीरे से दरवाजा बन्द करके कमरे से बाहर गया है। मैं आहिस्ता से उठकर बिस्तरे पर बैठ गया और सोचने लगा कि मैं कहां हूं—मेरे साथ क्या हो रहा था। मुझे कुछ समझ नहीं लग रही थी। न ही मुझे कुछ याद पड़ रहा था। मैं कमरे की समीक्षा करने लगा।

कमरा बहुत सजा हुआ था। फिर मैं अपने बिस्तरे की ओर देखने लगा।

बिस्तरा बहुत ही आरामदेह था। बिस्तरे पर नजर पड़ते ही मेरी निगाह अपनी नाईट ड्रेस पर चली गई। मैंने सिल्क का पाजामा और कुर्ता पहना रखा था।

अपनी नाईट ड्रैस देखते ही मेरी स्मृति जागृत हो गई। यह सिल्क की नाइट ड्रैस मैंने सूटकेस में देखी थी—और सूटकेस मैंने ट्रक के कंपार्टमेन्ट में देखा था। तभी मुझे स्मरण हुआ कि अब मेरा नाम रेमांड क्रूसीशैंक है यह नाम मुझे उस स्त्री ने बताया था।

उस स्त्री का ख्याल आते ही मुझे याद आया कि जब मैं कमीज का कफ कस रहा था, तो उस स्त्री ने मुझे अपने आदमियों से पकड़वाकर मुझे एक सूई लगाई थी, और फिर मुझे कुछ होश नहीं रहा था।

उस स्त्री ने ऐसा क्यों किया? रह रहकर यही प्रश्न मेरे मस्तिष्क में उठ रहा था।

मैंने रोष से अपने ऊपर ओढ़ी हुई चादर हटाई और बिस्तरे से उठ खड़ा हुआ। तभी मेरा सिर चकराने लगा, और मुझे जोर की मिचली होने लगी। मैं लड़खड़ाता हुआ बाथरूम में चला आया और बेसिन पर झुककर उल्टियां करने लगा। पेट चूंकि खाली था, अतः पित्त के अलावा और कोई चीज भी बाहर नहीं निकली। मैं नलका खोलकर कुल्ला करने लगा। उसी क्षण मेरी दृष्टि बेसन के ऊपर लगे आईने पर चली गई।

मैं अपना प्रतिबिम्ब देखकर घबरा गया। मेरी दाढ़ी उग आई थी। मेरे सिर के बालों का रंग सुनहरा था, और दाढ़ी के बालों का रंग काला। मेरा ध्यान फिर उस स्त्री की ओर चला गया। उसने मुझे सावधान किया था कि मुझे हर सुबह और हर शाम शेव करनी चाहिये, अन्यथा सिर के बालों के रंग और दाढ़ी के बालों के रंग के फर्क से मुझ पर संदेह हो सकता है।

तभी मेरी जांघ में खुजली होने लगी। मैं पाजामे की मोहरी ऊपरी चढ़ाकर जांघ को खुजलाने लगा जहां पर मुझे खुजली हो रही थी, वहां पर सूईयों के निशान थे। इसका आशय था कि मेरे बाजु में सूई लगाने के पश्चात मेरी जांघ में भी पांच और सूईयां लगाई गई थीं—अर्थात कुल मिलाकर मुझे छः सूईयां लगाई गई थीं। मैं कोई अनुमान नहीं लगा सकता था कि मैं कितनी देर बेहोशी की नींद सोता रहा था।

तत्पश्चात मैंने जोर-जोर से अपने चेहरे पर पानी के छींटे मारे और अपना चेहरा तौलिये से पोंछकर बैडरूम में चला आया। वहां एक खूबसूरत सी ड्रैसिंग टेबल पर मेरे शेव का सामान

और दूसरी चीजें करीने से सजी हुई रखी थीं। मैंने उन चीजों की ओर कोई ध्यान नहीं दिया, और बिस्तरे पर बैठकर पास पड़ा आईना उठाकर अपना चेहरा देखने लगा। आईने में अपने पीछे का प्रतिबिम्ब देखकर मैं और शशोपंज में पड़ गया। मैं जिस बिस्तरे पर बैठा था, वह एक डबल बैड था। उस बैड के जिस भाग पर मैं बैठा था, उस पर सलवटें पड़ी हुई थीं, जबकि दूसरा बिस्तरा बिलकुल साफ था। तभी मेरी दृष्टि बिस्तरे के पास पड़े समाचार-पत्र पर पड़ गई। मैं वह समाचार-पत्र उठाकर पढ़ने लगा।

पहले पृष्ठ पर एक कैदी (मेरी) फोटो छपी हुई थी, नीचे यह ब्यौरा दिया हुआ था कि यह कैदी जेल की दीवार फांद कर जेल से फरार हो गया है। फरार होने से पहले क्लोज सर्कट टी बी के पर्दे पर पेंट छिड़क दिया गया था। तथा अचानक यह घटना उस समय घटी थी जब जेल में दो गुटों के बीच उपद्रव हो गया था। इस उपद्रव में जेल प्रबंधक की टांग टूट गई थी, और उसे अर्धचेतना की अवस्था में अस्पताल पहुंचाया गया था। समाचार के अंत में यह लिखा हुआ था कि जेल से कुछ फासले पर एक छोड़ा हुआ ट्रक पाया गया जिसका दावा करने के लिये अभी तक कोई नहीं आया।

समाचार-पत्र के संपादक ने अपने संपादकीय में जेल अधिकारियों के तीव्र शब्दों में निंदा की थी। यह समाचार तथा संपादकीय पढ़कर मेरा सर दर्द काफी हद तक कम हो गया था।

मैंने समाचार-पत्र पढ़कर एक ओर रखा ही था कि मुझे दरवाजा खुलने की आवाज सुनाई दी। एक आदमी सफेद कोट पहने नाश्ते की ट्रॉली धकेलकर अंदर ला रहा था। उसके पीछे एक और आदमी था। उसका कद कुछ लंबा था।

"हम आपके लिये हल्का नाश्ता लाये हैं।"

"मेरी तबियत ही ठीक नहीं है मैं नाश्ता क्या क्रूंगा।"

"आपकी तबीयत तो अब तक ठीक हो जानी चाहिये थी। हमने पहले ही आप की बैड टेबल के पास एक एस्परीन की शीशी और पेट ठीक करने की दवा रख दी थी। आपने शायद ध्यान नहीं दिया होगा।"

"मेरा ध्यान इस तरफ था।" मैंने उंगली से समाचार-पत्र की ओर इशारा करते हुये कहा।

"यह तो कोई विशेष समाचार नहीं है।" यह कहकर वह ट्रॉली लाने वाले को संबोधित करते हुये बोला, "तुम जा सकते हो।" तब मेरी ओर देखते हुये कहने लगा, "अगर मैं चाय के लिये यहीं रुक जाऊं, तो आपको अखरेगा तो नहीं?"

"मुझे क्यों अखरने लगा—आप तशरीफ रखिये।"

तब वह ट्रॉली वाला मेज पर नाश्ता लगाकर कमरे से बाहर चला गया। और वह दूसरा आदमी मेरे सामने बैठ गया। उसकी आकृति बड़ी अजीब सी थी...कद लंबा, शरीर दुबला-पतला और चेहरा एकदम भारी और मोटा।

"आपकी तारीफ?" मैंने उससे पूछा।

"मेरी कोई तारीफ नहीं है।"

"मैंने आपका नाम पूछा है।"

"मेरा कोई नाम हो, तो मैं आपको बताऊं।" वह यह उत्तर देने के साथ-साथ विषयांतर करता हुआ बोला, "बाथरूम में आपके इस्तेमाल के लिये एक गाऊन टांग दिया गया है। आप एस्परीन की दो गोलियां ले लीजिये—आप अभी थोड़ी देर में ठीक हो जायेंगे।"

मैं अपनी जगह से उठा और एस्परीन की शीशी उठाकर बाथरूम में चला आया। एस्परीन की दो गोलियां खाईं, और गाऊन पहनकर बाहर कमरे से वापस पहुंचा। वह मोटे चेहरे वाला—यानी फैटफेस—चाय बनाने में लगा हुआ था।

मैं उसके सामने बैठ गया और टमाटो सूप पीने लगा।

"यदि तुम्हें कष्ट न हो, तो मेरे लिये भी चाय बना दो।" मैंने फैटफेस से कहा।

"कष्ट काहे क्या।" कहकर फैटफेस मेरे प्याले में चाय उड़ेलने लगा। "और कोई सेवा?"

"और सेवा यह है कि मुझे यह बताओ—मैं इस समय कहां पर हूं?"

"मुझे खेद है मिस्टर रिअरडन कि यह बात मैं आपको नहीं बता सकता।"

मुझे पहले ही ज्ञात था कि इस बारे में वह मुझे कुछ नहीं बतायेगा।

मैंने दूसरे बिस्तरे की ओर इशारा करते हुये उससे पूछा, "यह किसके लिये है?"

"स्लेड के लिये।" वह बोला।

"वह कहां पर है?"

"वह स्वास्थ्य लाभ कर रहा है।" कहने के साथ फैटफेस ने चाय की प्याली मेरे सामने सरकाते हुये कहा, जब तक आपको यहां से स्थानांतरित करने का समय नहीं आ जाता, तब तक आपको इन दो कमरों की चारदीवारी तक ही सीमित रहना पड़ेगा।"

"तो वह समय कब आयेगा?"

"यह तो आप पर निर्भर है। जब तक आप यहां पर हैं आपको किसी प्रकार का कष्ट नहीं होने दिया जायेगा। आपको जिस सुविधा की आवश्यकता होगी, वह आपके लिये उपलब्ध कराई जायेगी। हम आपको आराम पहुंचाने का हर संभव प्रयास करेंगे।" कहकर वह अपनी जगह से उठा, और दीवार पर लगी एक अलमारी खोलता हुआ बोला, "इसमें हर प्रकार की व्हिस्की मौजूद है। आपका जब जी चाहे, आप कोई भी व्हिस्की पी सकते हैं। इसके लिये कोई रोकथाम नहीं। आप मुझे यह बता दीजिये कि आप सिगरेट कौन-सी पीते हैं?"

"राथमैन फिलटर।"

फैटफेस अपनी नोट बुक में नोट करते हुये बोला, "इसका प्रबन्ध भी कर दिया जायेगा। और कुछ?"

"मुझे डिनर के साथ अंगूरी शराब चाहिये।"

"उसका इंतजाम भी कर दिया जायेगा। अब आप बताइये कि आप अपना इंतजाम कब कर रहे हैं। मैंने सुना है कि आपको बीस हजार पाउंड का इंतजाम करना है।"

"तुमने बिलकुल गलत सुना है। मुझे केवल दस हजार पाऊंड का प्रबन्ध करना है। दस हजार पाउंड तो," मैंने डबल बैड के दूसरे भाग की ओर इशारा करते हुये कहा, "दस हजार

पाऊंड तो इसे अपने साथ लाने के तय हुये थे। वह बीस हजार पाऊंड से कम कर दो—इस तरह अब मुझे केवल दस हजार पाऊंड देने हैं।"

"आप जितनी जल्दी अपना भुगतान कर देंगे, उतनी ही जल्दी आपको यहां से रवाना कर दिया जायेगा।"

"मुझे यहां से कहां के लिये रवाना किया जायेगा?"

"यह आप हम पर छोड़ दीजिये। बहरहाल आपको इंग्लैंड से कहीं बाहर ही भेजा जायेगा।"

"पर मुझे यह तो ज्ञान होना चाहिये कि मुझे यू-के से बाहर कौन-सी जगह भेजा जायेगा?"

फैटफेस ने अपने दोनों हाथ हवा में फैलाते हुये कहा, "मुझे खेद है, मिस्टर रिअरडन—यह बात हम आपको पहले से नहीं बता सकते। यहां से जाने के पश्चात आपके मुंह से कोई बात निकल गई, और उन लोगों को यह पता चल गया कि मैंने उनका भेद आप पर प्रकट कर दिया था तो मेरी साख पर कलंक लग जायेगा। बहरहाल आप पर यह तो विदित कर ही दिया गया होगा कि यदि आपने अपना वचन न निभाया तो उसका क्या परिणाम होगा।"

मैं तुरन्त समझ गया कि फैटफेस ढके छिपे शब्दों में मुझे धमकी दे रहा है।

"तुम मुझे ज्यूरिज के हैन्डले बैंक का एक चैक ला दो।"

"आपका अकाऊंट नंबर?"

"वह मैं अपने आप भर दूंगा। तुम उसमें 2 लाख स्विस फ्रेंक्स की रकम भर दो। तुम लोग अपना हिस्सा लेकर बाकी की रकम मुझे उस देश की करंसी में देना, जिस देश में तुम लोग मुझे यहां से स्थानांतरित करना चाहते हो।"

"आप बहुत ही समझदार हैं। बहुत ही बुद्धिमान हैं—आप बहुत अक्ल से काम ले रहे हैं।" फैटफेस ने उपदेशात्मक स्वर में कहा।

"प्रशंसा का धन्यवाद—अब तुम मुझे यह बताओ कि मुझे हर समय यही कपड़े पहनने होंगे, या मेरे लिये कुछ और कपड़े भी हैं?"

"वार्डरोब आपके माप के कपड़ों से भरा हुआ है। आप कौन-सा लिबास चाहें पहन लें।"

मैं वार्डरोब के पास चला आया। वार्डरोब में अनेक प्रकार के सूट टंगे हुये थे। कमीजें तह हुई पड़ी थी। एक ओर शू रैक में दो जोड़े लाल और दो जोड़े काले जूतों के रखे हुये थे। हर जोड़ा पालिश किया हुआ था, और चमचमा रहा था। मैंने समूची अलमारी खंगाल मारी पर मुझे वह पासपोर्ट और बटुआ कहीं दिखाई नहीं दिये।

"मेरा पासपोर्ट और बटुआ तो गायब है।"

"इस समय आपको उनकी आवश्यकता ही क्या है।" फैटफेस ने मुझसे कहा, "समय आने पर वह आपको मिल जायेंगे।"

मुझे विश्वास होने लगा कि ये लोग बहुत ही फूंक-फूंक कर कदम उठाने वालों में से हैं। जिस चीज की जिस समय आवश्यकता हो, वह खुले दिल से देते हैं, और जिस चीज की आवश्यकता न हो, उसके पास तक नहीं फटकने देते। और किस चीज की किस समय आवश्यकता होगी, यह वह खुद निर्धारित करते हैं।

“मिस्टर रिअर्डन उर्फ मिस्टर क्रुसीशैंक, आपको यदि किसी चीज की भी आवश्यकता पड़े, तो आप घंटी का बटन दबा देना। बंदा आपकी सेवा में हाजिर हो जायेगा।”

तभी कमरे का दरवाजा खुला और वह ट्राली धकेलने वाला कमरे के अन्दर चला आया।

फैटफेस ने मुझे उसका परिचय देते हुये कहा, “यह हर समय आपकी सेवा में उपस्थित रहेगा।” कहकर फैटफेस मेरे चेहरे की ओर देखने लगा, “आप शेव कर लें तो बेहतर है।” कहने के साथ वह कमरे से बाहर निकल गया।

फैटफेस के कमरे के बाहर निकलते ही मैं बाथरूम में घुस गया और शेव बनाकर नहाने के लिये कपड़े उतारने लगा। अनायास ही मुझे विचार आया कि अगर मैकिनटॉश ने मेरा हिस्सा बैंक में जमा न कराया हुआ, तो? इसी के साथ मुझे एक और भी ख्याल आया कि मैं इस समय हूं कहां पर? फैटफेस ने तो इस बारे में मुझे तनिक भी संकेत नहीं दिया था। टफि...फैटफेस ने अभी-अभी मुझसे कहा था कि टैफि हर समय मेरी सेवा में उपस्थित रहेगा। टैफि एक अंग्रेजी नाम नहीं है। कहीं ऐसा तो नहीं कि मुझे पहले से ही यू-के से बाहर पहुंचा दिया गया हो। और इस समय मैं किसी और मुल्क में होऊं। खैर, समय आने पर सब कुछ पता चल जायेगा।

तत्पश्चात मैं बाथटब में बैठ गया।

पांच

फैटफेस मेरी एवं स्लेड की यों देखभाल करता, मानो हम दोनों वी-आई-पी हों। हमें किसी चीज की कमी महसूस नहीं होने दी जाती थी। किन्तु हम यह पता नहीं लगा पाये कि हम कहां पर हैं। हम समाचार-पत्र मांगते, तो वह पेश कर दिया जाता। खाने के लिये मुर्गा मच्छी के लिये कहते, तो वह मेज पर चुन दिये जाते, पीने के लिये यदि स्कॉच के लिये मन करता, तो वह हमारे आगे लाकर रख दी जाती।

लेकिन जब मैं और स्लेड ने एक टेलीविजन के लिये फैटफेस से अनुरोध किया, तो वह भावशून्य दृष्टि से हमारी ओर देखने लगा, और कोई उत्तर दिये बिना कमरे से बाहर निकल गया।

“यह टेलीविजन देने से क्यों संकोच कर रहा है?” मैंने स्लेड से पूछा।

स्लेड मेरी ओर हिकारत की दृष्टि से देखते हुये बोला, “क्योंकि टेलीविजन से हमें तुरन्त पता चल जायेगा कि हम कहां पर हैं।”

“लेकिन समाचारपत्र तो हमें नियमित रूप से दिये जा रहे हैं?”

“हे ईश्वर।” स्लेड ने निराशा का दीर्घश्वास छोड़ते हुये कहा, “तुम्हारी अक्ल पर न जाने क्यों पत्थर पड़ गये हैं—समाचार-पत्रों से हमें कुछ भी पता नहीं चल सकता।” कहकर स्लेड नीचे से समाचार पत्र उठाकर मेरे सामने करता हुआ बोला, “यह लंदन का ‘टाईम्ज’ समाचार पत्र है। यह पांच तारीख का है। कल जो समाचार पत्र हमें दिया गया था, वह चार तारीख का था—और जो समाचार पत्र हमें दिया जायेगा, वह छः तारीख का होगा। लेकिन इससे हम यह कैसे निर्धारित कर सकते हैं कि आज पांच तारीख है। हो सकता है कोई और तिथि हो। हमें समय और जगह का तो कोई आभास ही नहीं। इसके अतिरिक्त यह भी तो हो सकता है कि हम फ्रांस

में हों, यह समाचार पत्र एयर मेल के संस्करण हों। इन समाचार पत्रों से कोई भी अनुमान नहीं लगाया जा सकता।”

“तुम्हारा क्या विचार है? हम क्या फ्रांस में हैं?”

स्लेड खिड़की से बाहर देखते हुये बोला, “मुझे तो यह फ्रांस प्रतीत ही नहीं होता।” तब एक लंबा-सा सांस खींचकर कहने लगा, “और न ही यहां की वायु में फ्रांस की गंध है। हम कहां पर हैं, इस बारे में कोई भी अनुमान नहीं लगाया जा सकता। और न ही मैं जानना चाहता हूं।”

“तुम्हें इस बारे में तनिक भी चिंता नहीं कि तुम कहां पर हो?” मैंने स्लेड से पूछा।

“न....मुझे तो केवल इतना पता है कि मैं अपने वतन वापस लौट रहा हूं। मुझे अपनी मातृभूमि की सर जमीन पर कदम रखे अड्डाईस वर्ष हो चुके हैं।”

मैंने स्लेड से कहा, “उन लोगों ने जो तुम्हें रिहा करवाने के लिये मुझे दस हजार छोड़े हैं, तो इसका आशय है कि उन लोगों के लिये तुम्हारा काफी महत्त्व होगा। एक अन्य व्यवसाय का पेशेवर होने के नाते उनके बारे में तुम्हारी क्या राय है?”

“वे सही मानो में पेशेवर हैं—जैसा कि मैं।”

“पर तुम तो पकड़े गये थे।”

“अड्डाईस साल बाद पकड़ा गया था—और वह भी निरे संयोग से।”

“तुम जरा तफसील से बताओ कि इस समूह के बारे में तुम्हारी क्या राय है।”

“इनके सुरक्षा उपाय बहुत ही उत्तम हैं, और इनकी संस्था सर्वथा त्रुटिहीन है। जैसा उनमें तालमेल है, वैसा तालमेल मामूली संस्थाओं में नहीं पाया जाता।”

मैंने भी कुछ ऐसा ही अनुभव किया था कि ये लोग कोई साधारण अपराधी नहीं हैं। वे अपराध को एक व्यवसाय समझते हैं, और उसे धंधे के रूप से चलाते हैं। मैं स्लेड से और कुरेद करने लगा।

“तुम्हारे विचार में उनका पेशा भी वही तो नहीं जो तुम्हारा है?”

“हो भी सकता है और नहीं भी। एक संस्था को ढंग से चलाने के लिये काफी पैसा दरकार होता है। और ऐसी संस्था को चलाने के लिये एक तगड़ी पुश्त पनाह की आवश्यकता होती है।”

“तुम्हारे विचार में इनको किसकी पुश्त पनाह हो सकती है?”

“हो सकता है इन्हें हमारे लोगों की पुश्त पनाह प्राप्त हो।”

“हमारे लोगों से तुम्हारा आशय?”

“के-जी-बी।” स्लेड ने सपाट लहजे में कहा।

मुझे पहले से ही इस बात का संदेह था।

स्लेड ने मुझसे पूछा, “मेरे बारे में तुम्हारी क्या राय है?”

“तुम्हारे बारे में मेरी कोई राय नहीं। मेरा तुमसे कोई संबंध ही नहीं, जो मैं तुम्हारे बारे में कोई राय कायम करूं।”

“मैंने आखिर तुम्हारे देश में जासूसी की है—तुम्हारी कोई न कोई राय तो होनी ही चाहिये।”

"यह मेरा देश है ही नहीं—मैं तो दक्षिण अफ्रीका का रहने वाला हूं।"

॥ ॥

कोई एक सप्ताह पश्चात एक दिन वे स्लेड को नीचे ले गये। जब वह वापस आया, तो उसने मुझे कुछ नहीं बताया, और बस यही कहकर टाल दिया कि मुझे एक बिजनेस कांफ्रेंस में भाग लेने के लिये नीचे बुलाया था।

अगले दिन फिर मुझे नीचे ले जाया गया। और एक खूबसूरत से कमरे में एक सुखद से सोफे पर बिठा दिया। तनिक देर पश्चात फैटफेस वहां पहुंचा। उसके हाथ में ज्यूरिच के हैन्डले बैंक का चैक था।

"आप इस पर अपना अकाऊंट नंबर लिख दीजिये। रकम मैं खुद भरूंगा।" मैंने संकोच से अपना अकाऊंट नंबर उस पर लिख दिया।

"देखो, अगर तुमने 2 लाख स्विस फ्रैंक्स से एक कौड़ी भी ऊपर निकलवाई, तो तुम जहां भी होओगे, मैं तुम्हारा पीछा करके तुम्हें जिंदा दफन कर दूंगा।"

"मुझे ढूंढ़ निकालना कोई सहज काम नहीं।" फैटफेस ने अविचलित भाव से कहा।

"तुम इस भरोसे में मत रहना कि तुम मुझे धोखा देकर गायब हो सकते हो। मैं तुम्हें पाताल से भी ढूंढ़ लाऊंगा। तुम लोगों को यदि मेरे बारे में पूरी जानकारी है तो तुम्हें मालूम होगा कि जो मेरा रास्ता काटता है, मैं उसे ही काट देता हूं।"

फैटफेस ने थूक निगलते हुये कहा, "हमारी शोहरत भी आपसे कुछ कम नहीं हैं। जिन लोगों का हमारे साथ वास्ता पड़ा है वे इस बात से परिचित हैं कि हम अपने धंधे में न कोई बेईमानी करते हैं, और ना ही किसी को अपने साथ बेईमानी करने देते हैं।"

"तो ठीक है।" मैंने फैटफेस से पूछा, "यह चैक कब तक भुन जायेगा?"

"यही कोई एक हफ्ते में।" यह कहने के साथ फैटफेस कमरे से बाहर चला गया।

॥ ॥

तीन दिन पश्चात वे स्लेड को वहां से ले गये—और फिर वह वापस नहीं आया। मुझे उसकी कमी महसूस होने लगी। उसकी संगति में मेरा मन लगा रहता था—और अब उसके बिना मेरा मन यहां से ऊबने लगा था।

उधर जब मैंने फैटफेस को धमकाया था, उसने भी मेरे पास आना जाना कम कर दिया था। और जब भी मेरे पास आता बड़े अनमने भाव से मुझसे बातचीत करता। उसे यकीन था कि मेरा चैक नहीं भुनेगा, तथा वापस लौट आयेगा। मुझे भी यही चिंता लगी रहती थी कि यदि मैकिनटॉश ने मेरा हिस्सा बैंक में जमा न कराया हुआ, तो मेरा क्या होगा!

और फिर वह दिन भी आन पहुंचा।

मैं अपने कमरे में बैठा हुआ था कि फैटफेस वहां पहुंच गया।

“तुमने तो कमाल कर दिया।”

“क्यों क्या हुआ?”

“तुम्हारा चैक भुन गया है।”

“मैं तो शुरू से ही तुमसे यह कहता था कि तुम लोगों को पैसा मिल जायेगा। तुम्हें ही विश्वास नहीं होता था। अब तुम मुझे बताओ कि मेरी मुक्ति कब होगी?”

“बैठ जाओ।” फैटफेस ने कुर्सी की ओर इशारा करते हुये कहा, “मैं तुमसे कोई बात करना चाहता हूं।”

“अब क्या बात बाकी रह गई है—मैंने जो कहा था, वह पूरा कर दिया—अब तुम अपना वचन निभाओ और मुझे यहां से मुक्त करो।”

“यहां से तो तुम चले ही जाओगे, किन्तु एक बाधा उत्पन्न हो गई है, और उसे तुम ही दूर कर सकते हो।”

“वह क्या बाधा है?” मैंने फैटफेस से पूछा।

“बात यह है कि प्रशासनिक एवं पुलिस रिकार्ड के अनुसार तो तुम वाकई रिअरडन हो, पर वास्तव में तुम कोई और हो। तुम मुझे यह बताओ कि तुम हो कौन?”

फैटफेस के इस प्रश्न ने मेरे समूचे अस्तित्व को झकझोर दिया।

“तुम पागल तो नहीं हो गये?” मैंने अपने आप पर अधिकार रखते हुये कहा।

“यह तो तुम भली-भांति जानते हो कि मैं पागल नहीं हूं और सोच समझकर मुंह से कोई बात निकालता हूं।”

“यदि तुम पागल नहीं हुये, तो क्या तुम्हारे मन में खोट आ गया है। अब तुम मुझसे पैसा लेकर अपने दायित्व से जी चुराना चाहते हो। और यदि तुम्हारे दिल में यह खोट आ गई है, तो उसे अपने दिल से निकाल दो। मैं तुम लोगों को दिन में तारे दिखा दूंगा।”

“तुम इस स्थिति में नहीं हो कि हमें धमकी दे सको।” फैटफेस ने शांत स्वर में कहा, “तुम अभिनय छोड़कर मेरे प्रश्न का स्पष्ट उत्तर दो—तुम रिअरडन नहीं हो। यह तुम जानते हो—और अब हम भी जानते हैं।” मेरा गला खुश्क होने लगा।

“तो तुम साबित करो कि मैं रिअरडन नहीं हूं।”

“बेवकूफों जैसी बातें मत करो। हमने तुम्हारे विषय में पूरी तहकीकात करने के पश्चात तुम्हारे सामने यह सवाल उठाया है कि तुम्हारी असलियत क्या है? तुम वास्तव में कौन हो?”

“मैं रिअरडन हूं।”

“यदि तुम वाकई रिअरडन हो तो जॉहन वारस्टर स्कवेअर (जोहानसबर्ग शहर की कोतवाली) से भली-भांति परिचित होओगे। वहां की हवालात में तो तुम्हें कई बार बन्द किया गया होगा।”

“बन्द तो उन्होंने मुझे अनेक बार किया था, पर एक बार भी मेरे विरुद्ध कोई जुर्म साबित नहीं कर सके। इससे बढ़कर और क्या प्रमाण हो सकता है कि मैं रिअरडन हूं।”

“इसी से तो साबित हुआ है कि तुम रिअरडन नहीं हो।”

“वह कैसे?”

“क्योंकि तुम्हें हर बार छोड़ दिया जाता था।”

“मैं तुम्हारी चिकनी चुपड़ी पहेलियों में नहीं आने वाला, कि चूंकि पुलिस मेरे खिलाफ कोई मुकदमा नहीं बना सकी, अतएव मैं रिअरडन नहीं हूं। तुम कहीं अफीम खाकर तो नहीं आये?”

“मैं अफीम खाकर नहीं आया—अलबत्ता तुमने जो अपनी वास्तविकता पर झूठ का गाढ़ा रंग चढ़ा रखा है, उसे उतारने का प्रयास कर रहा हूं।”

“तो उतारो फिर—मुझे भी तो पता चले कि मैं कौन हूं।” मैंने फैटफेस से कहा।

फैटफेस शांत स्वर में उत्तर देते हुये बोला, “जॉहन वारस्टर स्कवेअर के एक प्रवर पुलिस अधिकारी से हमारे घनिष्ठ संबंध हैं। हमें जब भी दक्षिण अफ्रीका का कोई काम पड़ता है, तो हम उससे सहायता लेते हैं। हमने उससे रिअरडन की उंगलियों के निशान मंगवाये हैं। तुम्हारी उंगलियों के निशान हम चाय की प्यालियों, शीशे के गिलासों पर से उतारते रहे हैं। तुम्हारे और रिअरडन की उंगलियों के निशान बिलकुल भी मेल नहीं खाते। अतएव तुम्हारे रिअरडन होने का कोई प्रश्न ही पैदा नहीं होता।”

“हाथों के निशानों से क्या होता है। तुम मुझे अपनी उंगलियों के निशान दो—मैं तुम्हारे सामने उनका अपनी उंगलियों के निशानों से मेल खिला दूंगा।”

“मुझे मंजूर है।” फैटफेस ने उत्तर देते हुये कहा, “किन्तु मैं तुम पर यह रगष्टतया विदित कर देना चाहता हूं कि जब तक हमें यह पता नहीं चलेगा कि तुम वास्तव में कौन हो, और वहां क्या करने आये हो, तब तक तुम यहां से जीवित वापिस नहीं लौट सकते।”

“तुम भली भांति जानते हो कि मैं यहां क्या करने आया था—अब मैंने तुम्हें पैसा दे दिया है—तुम लोग अपना वायदा पूरा करो और मुझे यू-के से बाहर पहुंचाओ।”

फैटफेस अपनी जगह से उठता हुआ बोला, “अब मैं चलता हूं। मैं कल सुबह फिर आऊंगा। तब तक तुम्हारे पास काफी समय है। तुम सोचकर मुझे जवाब दे देना, पर जवाब सही होना चाहिये।” कहकर फैटफेस कमरे से बाहर चला गया।

फैटफेस के कमरे के बाहर जाते ही मैं यह सोचने लगा कि झूठ तो मैं बहुत खूबसूरती से बोल सकता हूं, किन्तु झूठ से फैटफेस को काइल करना असंभव था। उसे निरुत्तर करने के लिये एक लंबे-चौड़े अफसानों की आवश्यकता थी—और मैं अफसाने घड़ने में बिलकुल कोरा था।

मैं बहुत भारी मुश्किल में फंस गया था।

❑ ❑

समझ में नहीं आता कि इस वृत्तांत को कहां से आरंभ करूं। यह उन दिनों की बात है जब मैं जोहानसबर्ग के एक दफ्तर में काम करता था, और अकेला एक कमरे में रहता था।

45

एक दिन सुबह मैं नियमानुसार दफ्तर जाने के लिये तैयार होकर अपने अपार्टमेंट से नीचे उतर आया, तथा अपने लैटरबक्स से पत्र निकाल कर दफ्तर पहुंचने से पहले उनको पढ़ने लगा। उनमें से एक लिफाफे से मधुर सुगंध आ रही थी। यह ल्यूसी का पत्र था ल्यूसी से मुझे मिले छः वर्ष हो चुके थे। न ही इस दौरान हमारे बीच कोई पत्र वार्ता हुई थी। वह लिफाफा खोलकर उसका पत्र पढ़ने लगा। लिखा था—

डार्लिंग,

मैं एक संक्षिप्त यात्रा पर यहां जोहानसबर्ग आई हुई हूं। पुरानी यादों को ताजा करने के लिये तुमसे मिलने को बहुत मन कर रहा है। मैं आज दोपहर 'जू लेक रेस्तरां' में तुम्हारी बाट देखूंगी। मुझमें बहुत परिवर्तन आ गया है, डार्लिंग। संभवतः तुम मुझे पहचान भी न सको। मैंने एक सफेद रंग का गाऊन देखते ही मेरे पास पहुंच जाना। मैं उत्कंठा से तुम्हारी राह देखूंगी।

हमेशा तुम्हारी
ल्यूसी

यह पत्र पढ़ते ही मेरा मन गवाही देने लगा कि ल्यूसी फिर कोई छल करने के लिये यहां आई है। मैंने उसका पत्र अपनी जेब में डाला, और दफ्तर जाने के बजाय वापस ऊपर अपने अपार्टमेंट में चला आया। वहां से मैंने अपने दफ्तर फोन किया, और उस दिन की छुट्टी ले ली। तत्पश्चात मैं अपने अपार्टमेंट से सर्विस स्टेशन चला आया। वहां पर मैंने अपनी कार मरम्मत होने के लिये छोड़ रखी थी। सर्विस स्टेशन से मैंने अपनी कार ली, और जू लेक रेस्तरां की और रवाना हो गया। वहां पर मैंने चारों ओर निगाह दौड़ाई, पर मुझे सफेद रंग के गाऊन वाली कोई स्त्री दिखाई नहीं दी। अलबत्ता वहां पर एक तरफ को एक आदमी सफेद रंग का ओवर कोट पहने बैठा था, और सिगरेट फूंके जा रहा था। मैं मन ही मन में सोचने लगा कि आदमी तो सफेद रंग का ओवर कोट बहुत कम पहनते हैं। मैं संकोच से उसके समीप आकर खड़ा हो गया। "ल्यूसी!"

उस आदमी ने विषाक्त स्वर में कहा, "जंग के दौरान स्विट्जरलैंड में—के-जी-बी की उस कार्रवाई के पश्चात सुरक्षा विभाग वालों को हर स्त्री पर ल्यूसी का बहम होने लगता है। कहकर वह आदमी अपने सर पर हैट रखते हुये अपना परिचय देते हुये बोला, "मैं जानता हूं—तुम कौन हो—मेरा नाम मैकिनटॉश है।"

"आपसे मिलकर बड़ी खुशी हुई।" मैंने सौम्यता से उत्तर देते हुये कहा।

"किसी ऐसी जगह पर बैठते हैं कि आराम से बात कर सकें और किसी को कोई शक भी न हो।"

मैं चुपचाप उसके पीछे चला आया और एक एकान्त कोने में सजी मेज के पास पहुंचकर उसके सामने बैठ गया। जहां पर हम बैठे थे वहां सामने एक छोटी-सी झील थी। झील के आस-पास हरे भरे पौधे थे। वह बहुत ही आरामदेह जगह थी।

"तुम दक्षिण अफ्रीकियों को सही मानो में सुखद जीवन व्यतीत करना आता है।" मेकिनटॉश ने मुझसे कहा।

"यदि आप मुझे जानते हैं—जैसा कि आपने अभी कहा—तो आपको यह भी ज्ञात होगा कि मैं दक्षिण अफ्रीकी नहीं हूं।"

"मुझे भली भांति मालूम है कि आप कौन हैं।" यह कहकर वह अपनी जेब से एक नोट बुक निकालते हुये बोला, "आपका नाम ओवन ऐडवर्ड स्टैन्नर्ड है। आप 1934 में हांगकांग में पैदा हुये थे—आस्ट्रेलिया में आपकी तालीम हुई। स्कूल पास करने के पश्चात आपने विश्वविद्यालय में एशियाई भाषाओं का विशेष अध्ययन किया। आप विश्वविद्यालय में ही थे कि आपको एक ऐसे विभाग में भरती कर लिया गया जिसका कोई उल्लेख न करना ही उचित है। फिर आप भिन्न-भिन्न नामों और बहानों से कंबोडिया, वियतनाम और इंडोनेशिया के क्षेत्रों में काम करते रहे। तत्पश्चात जब इंडोनेशिया में सुकार्तो की सरकार का तख्ता पलटा गया, तो उस समय आपको हिरासत में ले लिया गया था। मैंने सुना है कि वहां पर आपकी काफी दुर्दशा की गई थी।" यह कहकर उसने वह नोट बुक अपनी जेब में रख ली, और अपनी बात पूरी करते हुये बोला, "चूंकि सुदूर पूर्वी देशों में कोई योजना कार्यान्वित करने के लिये आप बेकार हो चुके थे, अतः आपको एक निष्क्रिय एजेन्ट के रूप में यहां दक्षिण अफ्रीका भेज दिया गया। इस बात को कोई सात वर्ष होने को आये हैं। यह उस समय की बात है जब दक्षिण अफ्रीका भी राष्ट्रमण्डल का एक सदस्य था।"

"आप बिलकुल ठीक कह रहे हैं।"

मुझे गुप्तचरी विभागों में तनिक भी भरोसा नहीं, वे कहते कुछ हैं, और करते कुछ और हैं।"

तभी वेटर नाश्ते की ट्रे लेकर हमारी मेज के पास पहुंच गया, और हमें अपनी वार्ता स्थगित करनी पड़ी। जब वेटर नाश्ता मेज पर लगाकर वापस चला गया, तो मैकिनटॉश ने मुझसे कहा, "मैं किसी अन्य विषय पर आपसे बात करना चाहता हूं।"

"फरमाईये।"

"पहले आप मुझे यह बताईये कि क्या यहां का पुलिस विभाग या गुप्तचर विभाग आपकी विगत गतिविधियों से परिचित हैं?"

"नहीं।"

"क्या आपका कोई पुलिस रिकार्ड है?"

"नहीं।"

"कोई दीवानी मुकदमा आदि?"

"नहीं, अलबत्ता दो-तीन बार गलत पार्किंग करने के अपराध में मेरे चालान जरूर हुये हैं।"

मैकिनटॉश ने मुस्कराते हुये कहा, "मुझे यह सब ज्ञात है—मैं तो केवल आपकी प्रतिक्रिया जानने की कोशिश कर रहा था। सारांश में यह कि जहां तक पुलिस का संबंध है आपका रिकार्ड बिलकुल स्वच्छ है।"

"हां।"

“अब आप मुझे यह बताईये कि आप कभी इंग्लैंड गये हैं?”

“नहीं।”

“मैं जो काम आपको सौंपना चाहता हूं वह आपको इंग्लैंड जाकर करना होगा।”

“मैं वहां जाकर कर दूंगा।” मैंने मैकिनटॉश को उत्तर देते हुये कहा।

“किन्तु वह काम इस प्रकार का है कि शायद आप उसे करना पसंद न करें।”

“आप मुझे काम तो बताइये।” मैंने मैकिनटॉश से पूछा।

“पहले आप मुझे यह बताइये कि आप ब्रिटिश जेल की प्रणाली के बारे में कितना जानते हैं?”

“बिलकुल कुछ भी नहीं।”

“मैं इस संबंध में आपको माउंटबैटन रिपोर्ट दूंगा—आप उसे पढ़ना। ब्रिटिश जेल प्रणाली इतनी त्रुटिपूर्ण है कि आप अनुमान नहीं लगा सकते। माउंटबैटन ने इस रिपोर्ट में आकड़ों का हवाला देते हुये कहा है कि अगर औसत ली जाये, तो कोई दिन ऐसा नहीं होता जब हमारी मुख्य जेलों से एक आदमी भाग न निकलता हो। और यह स्थिति दिन प्रतिदिन गंभीर रूप धारण करती जा रही है।” कहकर मैकिनटॉश चुप कर गया।

तनिक चुप रहने के पश्चात मैकिनटॉश ने विचारमग्न भाव से पुनः कहा, “जेल से हर रोज कितने हत्यारे, कितने बलात्कारी, कितने ढकैत भाग निकलते हैं, मुझे उससे तनिक भी संबंध नहीं—मेरी ओर से चाहे सारे के सारे भाग जायें। वह जेल अधिकारियों की सरदर्दी है। मेरा संबंध देश की सुरक्षा से है, तथा यह दिन ब दिन हाथ से निकलती जा रही है। प्रधान मंत्री भी इस विषय में बहुत चिंतित हैं। उन्होंने मुझे इसका कोई उपाय करने को कहा है।”

“मैं कुछ समझ नहीं पाया।”

“मैं तुम्हें कोई विशेष उदाहरण देने की स्थिति में तो नहीं हूं—अलबत्ता मैं तुम्हें एक परिकल्पित उदाहरण देता हूं—तुम यों समझो कि हम किसी जासूस को—मान लो उसका नाम ब्लैक है—बयालीस वर्ष का कारावास देते हैं। उसको सजा देने के उद्देश्य से नहीं बल्कि इस अभिप्राय से उसे कैद में रखा जाता है कि रूसी उसके साथ किसी प्रकार का संपर्क स्थापित न कर सकें। फिर वह पांच वर्ष के पश्चात जेल से गायब होकर मास्को में प्रकट हो जाता है। मास्को वाले इसका इतना प्रचार करेंगे और हमारी वह धज्जियां उड़ायेंगे कि हम कहीं मुंह दिखाने के काबिल नहीं रहेंगे। अब तुम तसवीर के दूसरे रूप पर गौर करो। मान लो कि जेल से पलायन करने के एक महीने पश्चात ब्लैक पकड़ा जाता है। जेल वाले और पुलिस वाले उसके पकड़े जाने पर ऐसा हर्षोल्लास मनायेंगे, मानो उन्होंने कोई बड़ा मैदान मार लिया हो—पर मेरे लिये यह एक अति चिंता का विषय होगा कि वह इस एक महीने के दौरान कहां रहा, क्या करता रहा, किससे मिला, क्या योजनायें बनाता रहा आदि। तुम मेरा मतलब समझ गये हो ना?”

“हां।” मैंने मैकिनटॉश को उत्तर देते हुये कहा—“पर मेरा इससे क्या संबंध हो सकता है—मैं इसमें आपकी क्या सहायता कर सकता हूं—मुझे तो यही समझ नहीं लग रही कि आप मुझसे चाहते क्या हैं?”

"शनैः शनैः आपको हर चीज समझ लग जायेगी। आप मुझे यह बताइये कि आपने रिअरडन नामी व्यक्ति का नाम सुना है? उसका पूरा नाम जोजफ ऐलॉयसियस रिअरडन है।"

"नहीं।" मैंने मैकिनटॉश को उत्तर देते हुये कहा।

"रिअरडन एक अपराधी था—चतुर, बुद्धिमान, और साधन संपन्न।"

"हां, अब मुझे याद आया, किन्तु वह तो मर चुका है।"

"वह स्वाभाविक मौत नहीं मरा था बल्कि एक कार दुर्घटना घटा कर उसे मारा गया था, पर इस बारे में कोई भी नहीं जानता कि वह मर चुका है। सो जब प्रधान मंत्री ने बाहरी सुरक्षा संबंधित जिम्मेदारी मुझे सौंपी, तो मैं रिअरडन से मिलते जुलते ऐसे व्यक्तियों को ढूंढ़ने लगा जो कैनेडा, आस्ट्रेलिया, न्यूजीलैंड जैसे देश में रहता हो, और इंग्लैंड से अपरिचित हो। ऐसा करने के लिये मैंने रिअरडन की कंप्यूटर फोटो एवं उससे संबंधित विस्तृत सामग्री कंप्यूटर में संभरण कर दी। कंप्यूटर से मुझे यह उत्तर मिला।" यह कहकर मैकिनटॉश ने अपनी जेब से कुछ कागज निकालकर मेरे सामने रख दिये। उनमें से सबसे ऊपर वाले कागज पर मेरी कंप्यूटर फोटो थी, और उसके नीचे मेरा नाम व पता लिखा था। अन्य कागजों पर मेरे अब तक के जीवन का ब्यौरा दिया हुआ था।

"यानी आप मुझे रिअरडन के रूप में प्रस्तुत करना चाहते हैं," मैंने मैकिनटॉश से कहा।

"बिलकुल।"

"मैं ऐसे कामों से परिचित हूं, पर अगर मैं पहचान लिया गया तो—मेरा आशय है कि अगर किसी को यह मालूम हो गया कि रिअरडन मर चुका है, और मैं उसका बहुरूप भर रहा हूं, तो उस स्थिति में क्या होगा?"

"ऐसा नामुमकिन है," मैकिनटॉश ने विश्वास के साथ कहा, "आपको जो काम करना है, वह इंग्लैंड में करना है—और रिअरडन कभी इंग्लैंड गया ही नहीं था। अतः आपके पहचाने जाने का प्रश्न ही नहीं उठता।"

मैंने तनिक संकोच से मैकिनटॉश से पूछा, "रिअरडन के शव का क्या हुआ था?"

"अब मैं समझ गया कि आपको किस बात से डर लग रहा है—कि कहीं रिअरडन के मृत्यु के रिकार्ड से आपकी पोल न खुल जाये कि आप रिअरडन का बहुरूप भर रहे हैं। यही न?"

"हां।"

"मैंने आपको बताया तो है कि रिअरडन की मृत्यु घटाई गई थी। उसकी मृत्यु के पश्चात मैंने अपना रसूख इस्तेमाल करके उसे एक अन्य नाम से दफनवा दिया था।"

"उसके परिवार वालों को कोई पता नहीं चला था?" मैंने मैकिनटॉश से पूछा।

"वह अविवाहित था—जहां तक उसके माता पिता का संबंध है, उन्होंने उसकी कभी कोई खबर नहीं ली।"

मैकिनटॉश के इस प्रस्ताव ने मुझे बहुत मुश्किल में डाल दिया था। हां करने में जोखिम था—तथा न मैं कर नहीं सकता था क्योंकि वास्तव में मैं एक गुप्तचर ऐजेन्ट था, और मेरा संबंध

ऐसी गुप्तचर संस्था से था जो ब्रिटिश गुप्तचर विभाग की एक शाखा थी एवं दक्षिण अफ्रीका में ब्रिटिश सरकार के लिये काम करती थी। सात वर्ष पूर्व जब मैं इंडोनेशिया से अपनी जान बचाकर भाग निकलने में सफल रहा था और मेरी हालत एकदम खसता थी, तो इसी संस्था ने मुझे किसी पूर्वी देश में नियुक्त करने की बजाय मुझे यहां जोहन्सबर्ग में आराम की नौकरी दी थी। अब सात वर्ष पश्चात जब इन्हें मेरी आवश्यकता पड़ी थी, तो मेरे न करने का प्रश्न ही नहीं होता था।

"तो इसका आशय है कि अब से मैं रिअरडन हूं।" मैंने मैकिनटॉश से कहा।

"हां।"

"और इंग्लैंड में मुझे क्या काम करना होगा?"

"धीरज करो। इतने अधीर मत होओ—समय आने पर वह भी बता दिया जायेगा। तुम मुझे यह बताओ कि यहां की जेलों के बारे में कुछ जानते हों?"

"नहीं।"

"तो कुछ जानकारी प्राप्त कर लो। वह काम आयेगी।" यह कहकर मैकिनटॉश अपनी जगह से उठता हुआ बोला, "अब यहां भीड़ होने लगी है—आओ चलें।"

जब हम जू लेक रेस्तरां से बाहर पहुंचे, तो मैकिनटॉश ने मुझसे कहा, "देखो स्टैनर्ड, जो काम तुम्हें सौंपा जायेगा वह बहुत ही जोखिम भरा है। अतः कोई निर्णय करने से पहले अच्छी तरह से सोच समझ लो। अगर तुमसे तनिक सी भी चूक हो गई, तो तुम्हारी जान जोखिम में पड़ जायेगी—हम तुम्हारी तनिक भी सहायता नहीं करेंगे। तुम किसी पर यह प्रकट नहीं करोगे कि तुम्हें यह काम करने के लिये कहा गया था। और यदि तुम्हारे मुंह से कोई ऐसी बात निकल गई या तुमने किसी पर अपनी वास्तविकता व्यक्त कर दी, तो हम तुम्हें मौत के घाट उतारने में भी संकोच नहीं करेंगे। सच बात तो यह है कि यदि मैं तुम्हारी जगह होता, तो मैं यह काम करने की हामी न भरता। अतः तुम अच्छी तरह से सोच समझ लो।"

"मैं यह काम करूंगा।" मैंने दृढ़ स्वर में कहा, "आप मुझे केवल इतना बता दीजिये कि मुझे क्या भूमिका निभानी होगी? तथा इंग्लैंड में कौन से देश की गुप्तचर संस्था में घुसपैठ करनी होगी?"

"तुम्हें किसी भी देश की गुप्तचर संस्था में नहीं घुसना होगा।"

"तो फिर मुझे क्या करना होगा?"

"तुम्हें एक 'स्कारपिर' संस्था के बारे में मालूम करना होगा।"

"मैंने तो इस संस्था का नाम तक नहीं सुना।"

"मैं तुम्हें बताता हूं—यह एक पेशेवर संस्था है। इनका बिजनेस लंबी अवधि के कैदियों को जेल से फरार करवाना है। वे कैदी से पैसे तय कर लेते हैं, और तत्पश्चात उसको जेल से भगाकर देश से बाहर पहुंचा देते हैं। लेकिन उनमें अनोखी बात यह है कि वह हर ऐसे लंबी अवधि वाले कैदी से जो पैसे का बन्दोबस्त कर सकता हो, और जेल से भागना चाहता हो, उससे संपर्क

स्थापित नहीं करते। वह अपनी इच्छानुसार ऐसे कैदी का चयन करके उसके साथ संपर्क स्थापित करते हैं। हमने कई बार नकली कैदी जेल भेजे हैं—इस आशा के साथ कि वे उनके साथ संपर्क स्थापित करेंगे, और अपने आप हमारे जाल में फंस जायेंगे, किन्तु उन्होंने इन नकली कैदियों में से किसी एक के साथ भी संपर्क स्थापित नहीं किया। अब तुम ही बताओ इससे क्या साबित होता है?”

“इससे तो यह साफ जाहिर होता है कि उनकी अपनी एक प्राईवेट गुप्तचर संस्था है, जिसके द्वारा वह पता लग लेते हैं कि किसके साथ संपर्क स्थापित करना चाहिये, तथा किसके साथ नहीं।”

“तुम बिलकुल ठीक समझे हो। अतः तुम्हें उनकी कसौटी पर खरा उतरना होगा—अर्थात उन लोगों को तुम्हें जेल से भगाने में कोई संकोच नहीं होना चाहिये।”

“आपके कहने का आशय है कि मुझे लंबी अवधि के लिये जेल जाना होगा?”

“बिलकुल।”

“वह कैसे?”

“वह इस तरह कि मैं एक योजना बनाऊंगा—और तुम उसे कार्यान्वित करोगे।”

“वह योजना क्या होगी?”

“इसका ब्यौरा मैं तुम्हें योजना को कार्यान्वित करने से दो तीन दिन पहले बताऊंगा। बहरहाल तुम्हें किसी सरकारी ड्यूटी पर नियुक्त मुलाजिम से सरकारी संपत्ति छीननी होगी। वह संपत्ति काफी तगड़ी रकम की होगी। फिर तुम पकड़े जाओगे। और तुम पर केस चलाया जायेगा। तुम अपना अपराध बिलकुल स्वीकार नहीं करोगे। उधर हम अपना रसूख लगाकर यह कोशिश करेंगे कि तुम्हें लंबे अरसे तक की जेल हो। जब तुम जेल पहुंच जाओगे तो ‘स्कारपिर संस्था’ तुम्हारी जांच पड़ताल शुरू कर देगी। यह संस्था हर लंबी अवधि वाले कैदी के जीवन का बड़ी बारीकी से अध्ययन करती है। कई बार तो इसमें उन्हें दो-दो साल तक लग जाते हैं। अगर तुम उनकी कसौटी पर पूरे उतर आये, तो वे खुद ही तुमसे संपर्क स्थापित करेंगे।”

“और यदि उन्होंने मुझसे संपर्क स्थापित न किया तो?” मैंने मैकिनटॉश से पूछा। “तो इसका आशय होगा कि तुम उनकी कसौटी पर पूरे नहीं उतरे तथा उस सूरत में तुम्हें पूरी जेल काटनी होगी। मैंने तुम्हें पहले ही बताया था कि यह काम जोखिम भरा है।”

“और यदि उन्होंने मुझसे संपर्क स्थापित किया, तो मैं उनके दाम कैसे चुकाऊंगा?” “वह हमारी जिम्मेदारी है। योजना कार्यान्वित करने से पहले तुम्हें बता दिया जायेगा कि तुम्हारे पास कितना पैसा और कहां पर होगा। उस बारे में तुम्हें चिंता करने की कोई आवश्यकता नहीं। तुम जो अपराध करोगे वह कोई अभिनय नहीं होगा। वह एक प्रामाणिक अपराध होगा—तथा लोग हा-हा कार करने लगेंगे—समाचार पत्र वर्ग सरकार की धज्जियां उड़ायेगा कि देखो यह वर्तमान सरकार बिलकुल निकम्मी है—बिन विहाड़े डाके पड़ते हैं। और न जाने क्या क्या। तुम जो करोगे, वह सही मानी में एक अपराध होगा।”

“अभी-अभी तुमने कहा कि यदि स्कारपिर संस्था ने मुझसे संपर्क स्थापित न किया, तो मुझे पूरी जेल काटनी पड़ेगी—तुम तो मानते हो कि मैं एक पेशेवर गुप्तचर हूं और दुश्मन की जेल से भागने का मुझे पूरा प्रशिक्षण दिया गया था। मैं तो कभी भी जेल से फरार हो सकता हूं।”

“तुम ऐसा कोई कदम नहीं उठाओगे। तुम जेल ही में रहोगे। जब हमें निश्चय हो जायेगा कि तुम उन लोगों की कसौटी पर पूरे नहीं उतरे तो उसके उपाय हम सोचेंगे। तब तक तुम्हें जेल ही में रहना होगा।”

मैंने मैकिनटॉश से कहा, “आपकी बातों से स्पष्टतया विदित होता है कि आप स्कारपिर संस्था के बारे में कुछ भी नहीं जानते, फिर आपको यह कैसे ज्ञात होगा कि मैं उनकी कसौटी पर पूरा उतरा हूं या नहीं।”

“तुमने बहुत समझदारी का सवाल किया है। बात यूं है कि हमने हाल ही में एक रूसी जासूस को पकड़ा है। उनका नाम स्लेड है—उसे जिंदा पकड़ने के लिये हमें उसे गोलियां मारकर जख्मी करना पड़ा था। उसको जेल होने ही वाली है। हमें निश्चय है कि यह स्कारपिर संस्था उसे जेल से भगाने के लिये हर संभव प्रयास करेगी। स्लेड की शारीरिक अवस्था ऐसी है कि जेल से फरार कराने के लिये उसे सहायता की जरूरत पड़ेगी। उधर चूंकि तुम्हारा अपराध असली होगा, और तुम्हें लंबी अवधि की सजा हुई होगी, मैं समझता हूं कि स्कारपिर संस्था वाले निश्चित ही तुम्हारे सामने यह प्रस्ताव रखेंगे कि यदि तुम जेल से भागना चाहो, तो वह तुम्हारी सहायता कर सकते हैं अलबत्ता इस शर्त के साथ कि तुम्हें स्लेड को भी साथ ले जाना होगा। यह मेरा अनुमान है—बाकी तो तुम्हें जेल जाने के पश्चात ही मालूम होगा।”

मैंने मैकिनटॉश से कहा, “यदि यह संस्था एक रूसी जासूस को जेल से भागने के लिये मेरी सहायता करने पर तैयार होगी तो इसका एक ही अर्थ है कि इस संस्था को रूस की पुश्तपनाह हासिल है।”

“लेकिन हमारे पास इसका सबूत क्या है?”

“यह स्लेड पकड़ा कैसे गया था?”

“बिलकुल संयोग से। वह इतना चतुर जासूस है कि तुम अनुमान नहीं लगा सकते। वह इधर-उधर से सूचनायें एकत्र नहीं करता था—वह गत बीस वर्षों से ब्रिटिश गुप्तचर विभाग में नौकरी करता रहा था, और उन्नति करते-करते डेप्यूट डायरेक्टर के पद पर पहुंच गया था। तथा जिस आदमी ने स्लेड को रंगे हाथों पकड़ा था, उसे हमारी सरकार ने कार्य कुशलता के आरोप में उसकी सीट से हटाकर उसे रिवर्ट (पदावन्नति) कर दी थी।”

इस बातचीत के पश्चात मैकिनटॉश ने जोहन्सबर्ग की पुलिस से रिअरडन का पुलिस रिकार्ड प्राप्त किया, और मुझे अध्ययन करने के लिये दे दिया। तत्पश्चात मुझे हर रोज प्रशिक्षण दिया जाने लगा कि रिअरडन किस तरह से अपराध करता था। कोई पंद्रह दिन के इस प्रशिक्षण के पश्चात जब मैकिनटॉश को यह निश्चय हो गया कि मैं रिअरडन की भूमिका निभा सकता हूं, तो लंदन रवाना होने से पहले उसने मुझे अपने कमरे में बुलाया और मुझे इस विषय में अन्य बातें समझाने लगा।

“देखो स्टैन्डर्ड, यह बात केवल तीन व्यक्तियों को मालूम है—मुझे, तुम्हें, और मिसेज स्मिथ को। मिसेज स्मिथ मेरी सेक्रेटरी है, तथा बहुत ही योग्य है।” मैंने मैकिंटॉश से पूछा, “मान लो कि मैं जेल से भाग निकलने में सफल रहा, और स्लेड वहां से फरार न हो सका तो?”

“तो भी काफी हद तक हमारा मतलब हल हो जायेगा—हमें स्कारपिर संस्था का पता चल जायेगा कि वे कौन लोग हैं।”

“और मान लो कि स्लेड तो फरार हो गया, और मैं न हो पाया?”

“तो उसमें तुम्हारा कोई दोष नहीं—वह तो भाग्य की बात है।”

“और अगर हम दोनों कामयाब रहे तो?”

“तो तुम्हें स्लेड पर कड़ी निगरानी रखनी होगी। वह तुम्हारी आंखों से दूर नहीं होना चाहिये। अगर वह मर-मरा जाये, तो कोई बात नहीं—लेकिन जेल से भागने के पश्चात इंग्लैंड से फरार न होने पाये—और न ही किसी तीसरी पार्टी से संपर्क स्थापित कर सके। उसके साथ तुम कैसे निबटो इसके लिये तुम्हें खुली छुट्टी है।”

“आपके कहने का आशय है कि अगर उसकी हत्या भी करनी पड़े तो मैं उससे भी कोई संकोच न करूं?”

“बिलकुल।”

और उसके बाद हमारी मीटिंग समाप्त हो गई थी। और उसके बाद मैं किस-किस तरह जेल में पहुंचा और स्कारपिर के ऐजेंटों से क्या-क्या बातें हुई—ये आप पढ़ ही चुके हैं।

छ:

फैटफेस को कमरे से गये काफी समय हो चुका था। मेरे सामने व्हिस्की से भरा हुआ गिलास ज्यों का त्यों रखा था। मैंने उसे हाथ तक नहीं लगाया था। मैं सोचे जा रहा था, पर कुछ समझ नहीं पड़ रही थी।

हर चीज योजनानुसार कार्यान्वित हुई थी—पहले डाकिये से पार्सल छीनना, फिर मेरा पकड़ा जाना, उसके पश्चात मेरा जुर्म साबित होना, मुझे जेल की सजा होना, जेल में स्कारपिर संस्था का मुझसे संपर्क स्थापित करना, तत्पश्चात स्लेड के साथ जेल से भाग निकलना—सारांश में हर घटना टाईम टेबल के अनुसार घटी थी। लेकिन अब ठीक अंत में मैं फंस गया था। यही नहीं स्लेड भी मेरे हाथ से खिसक गया था, जबकि मैकिनटॉश ने स्पष्ट शब्दों में मुझ पर यह स्पष्ट कर दिया था कि स्लेड को आंखों से ओझल तक न होने दूं, तथा अगर जरूरत पड़े तो उसकी हत्या करने से भी कोई संकोच न करूं। स्लेड की हत्या तो दरकिनार, अब तो मुझे अपनी जान के लाले पड़ गये थे।

मैं बिस्तरे पर लेटकर अपनी परिस्थिति पर गौर करने लगा। फैटफेस ने मुझसे यह कहा था कि उन्होंने रिअरडन के उंगलियों के निशान जोहन्सबर्ग से मंगवाये हैं, जो मेरी उंगली छाप से बिलकुल मेल नहीं खाते, अतः मैं रिअरडन नहीं हूं।

53

मुझे निश्चय था कि उसने मुझसे झूठ बोला है, क्योंकि रिअरडन की मृत्यु के पश्चात उसका समूचा पुलिस रिकार्ड गायब कर दिया गया था। उसके अंगुलि छाप प्राप्त होने का कोई सवाल ही नहीं था। इससे एक ही परिणाम निकलता था कि फैटफेस को मेरे बारे में शक हो गया था, और कोई सबूत न होने के कारण वह मेरे मुंह से स्वीकार करवाना चाहता है कि मैं रिअरडन नहीं हूं। किन्तु प्रश्न यह होता था कि उसे मेरे बारे में शक कैसे हुआ। मैं सोचने लगा कि मुझसे कहां गलती हुई हैं?—पर अपनी समझ में तो मैंने कोई गलती नहीं की थी।

जब मैं किसी नतीजे पर नहीं पहुंच पाया, तो मैंने अपना ध्यान इस ओर से हटा दिया, और यह सोचने लगा कि फैटफेस के चंगुल से कैसे मुक्त हुआ जा सकता है। मैं कमरे को हर चीज की समीक्षा करने लगा, किन्तु यहां पर कोई ऐसी चीज नहीं थी जिसको हथियार के रूप में इस्तेमाल किया जा सकता था। मैं सारा दिन यही सोचता रहा और इसी सोच में मेरी आंख लग गई।

अगले दिन सुबह मुझे कोई नाशता भी नहीं दिया गया। टैफि, जो हर रोज सुबह मेरे लिये नाशते से भरी ट्रॉली लाया करता था, खाली हाथ मेरे कमरे में आया और मुझे नीचे चलने के लिये कहने लगा। मैंने कपड़े पहने और तैयार होकर उसके पीछे-पीछे चला आया। मेरे कमरे के बाहर लान में एक सोफे पर एक वृद्ध दंपत्ति बैठा था। मैंने उन पर एक दृष्टि डाली और टैफि के पीछे-पीछे नीचे चला आया। वहां पर फैटफेस अपने ऑफिस में अपने डेस्क के पीछे बैठा था।

"मैंने तुम्हें रात भर का समय दिया था। अब तुम मुझे ठीक-ठीक बताओ कि तुम्हारी वास्तविकता क्या है—तुम कौन हो?"

"मैं रिअरडन हूं।"

"तुम बिलकुल झूठ बकते हो। और मैंने अभी-अभी दूसरी बार साबित कर दिया है कि तुम रिअरडन नहीं हो।"

मुझे कुछ समझ नहीं लगी।

"तुमने दूसरी बार कैसे साबित कर दिया है कि मैं रिअरडन नहीं हूं?"

"तुम्हारे कमरे के बाहर जो वृद्ध दम्पति सोफे पर बैठा है, वह रिअरडन के माता-पिता हैं। यदि तुम रिअरडन होते, तो उन्होंने तुम्हें पहचान लिया होता, और तुम भी अपने मां बाप को पहचान गये होते। खैर अब तुम मुझे यह बताओ कि तुम्हारा नाम क्या है, और यह मैकिनटॉश कौन है?"

फैटफेस के इस आकस्मिक प्रश्न ने मुझे झकझोर कर रख दिया। मैंने किसी तरह अपने आप पर अधिकार पाते हुये कहा, "कौन मैकिनटॉश—मैं तो किसी मैकिनटॉश को नहीं जानता। मैंने तो आज पहली बार ही तुम्हारे मुंह से यह नाम सुना है।"

"तुमने यह नाम पहली बार सुना है या कई बार, इसके लिये मैं तुम्हें दो घंटे का और समय देता हूं। दो घंटे पश्चात यदि तुमने मेरे प्रश्नों का सही-सही उत्तर नहीं दिया, तो हमें तुम्हारे साथ सख्ती बरतनी पड़ेगी।" यह कहकर फैटफेस ने टैफि के साथ मुझे मेरे कमरे में वापस भेज दिया। मैं कमरे में एक आरामकुर्सी पर बैठकर अपनी इस ताजा परिस्थिति पर गौर करने लगा—मेरे पास अब यहां से भाग निकलने के अलावा और कोई चारा नहीं था।

लेकिन कैसे?

मैं इस बात पर गौर करने लगा कि फैटफेस जब मेरे कमरे में आता है, तो अन्दर आकर कहां पर बैठता है। वह जब भी कमरे में आता था, तो जब तक बाहर से कमरे का दरवाजा बन्द नहीं कर दिया जाता था, वह वहीं दहलीज पर ही खड़ा रहता था। जब दरवाजा बन्द हो जाता था, तो वह आगे आकर मेरे सामने बैठ जाता था। मुझे कोई ऐसा चांस ही नहीं दिखाई देता था कि मैं अचानक उस पर हमला कर सकूं। अनायास मुझे एक उपाय सुझाई दिया। मैं अपनी जगह से उठा, और अलमारी खोलकर अपने मोजे टटोलने लगा। अलमारी से मोजे निकाल कर मैं खिड़की के पास चला आया, और खिड़की खोलकर बाहर पड़े गमलों से मिट्टी खोद-खोद कर उन मोजों में भरने लगा। तत्पश्चात मैं वह मिट्टी भरे मोजे अपने साथ लेकर वापस अपनी जगह पर आकर बैठ गया।

जब दो घंटे बीतने को कुछ ही समय बाकी रह गया, तो मैं आरामकुर्सी से उठकर बाथरूम में चला आया। तनिक पश्चात जब मुझे दरवाजा खुलने और किसी के अन्दर आने की आवाज सुनाई दी, तो मैंने कमौड की टंकी की चैन खींच दी, और अपने कान बाहर की ओर लगाये रखे। जैसे ही मुझे कमरे का दरवाजा बाहर से बन्द होने की आवाज सुनाई दी, मैं बाथरूम के दरवाजे के पास चला आया।

फैटफेस कमरे के मध्य की तरफ आ रहा था। उसके हाथ में बंदूक थी। उसी क्षण मैंने वे मिट्टी से भरे मोजे उसकी आंखों पर फेंक दिये। मिट्टी आंखों में पड़ते ही वह अपने हाथों से आंखें मलने लगा। इस चेष्टा में उसकी बंदूक उसके हाथ से गिर गई थी। उसी क्षण मैं उस पर पिल पड़ा और यथा-शक्ति दो घूंसे उसकी पसलियों में जड़ दिये। वह नीचे गिरना ही चाहता था कि मैंने उसे संभाल कर बिस्तरे पर लिटा दिया।

वह बेहोश हो चुका था। मैंने उसकी बंदूक अपने अधिकार में की और उसकी तलाशी लेने लगा। उसकी जेबों में बटुए के अलावा और जो कुछ भी मिला, वह मैंने निकाल कर अपनी जेबों में डाल लिया। उसकी सांस कुछ बराबर होने लगी थी। तभी मैं अलमारी के पास आया, और व्हिस्की की एक पूरी बोतल निकाल कर उसके पास पहुंचा। मैंने उसका मुंह खोला, और पूरी की पूरी बोतल उसके हलक में उंड़ेल दी। वह जोर-जोर से खांसने लगा। मुझे यह भय होने लगा कि उसकी खांसने की आवाज से दरवाजे के बाहर खड़ा गार्ड सतर्क न हो जाये।

मैंने एक तकिया फैटफेस के मुंह पर रखा और अपने गाउन की डोरी से उसके गले के साथ बांध दिया। मैंने बंदूक उठाई और दरवाजे के पास आकर फैसफेस की तरह दो बार दरवाजे पर दस्तक दी। ज्यों ही दरवाजा खुला, मैंने बन्दूक का कुंदा गार्ड के सिर पर दे मारा। गार्ड लड़खड़ाता हुआ घुटनों के बल फर्श पर गिर गया। मैं उसके पास से गुजरता हुआ नीचे उतरने की बजाये ऊपर चढ़ गया, और बत्ती की ओट में होकर नीचे देखने लगा। वहां फाटक के पास एक और गार्ड खड़ा था।

गुप्तचरी के प्रारंभिक प्रशिक्षण में हमें यह शिक्षा दी गई थी, कि अगर तुम दूसरी या तीसरी मंजिल पर कैद होओ, तो नीचे आने की बजाये हमेशा ऊपर जाओ क्योंकि ऐसी जगहों पर नीचे

हमेशा सशस्त्र गार्ड होते हैं, और उनसे बच निकलना असंभव होता है। साथ ही प्रशिक्षण के दौरान इस बात पर बल दिया जाता था कि किसी ऐसी जगह से भागने के समय किसी की हत्या नहीं करनी चाहिये क्योंकि ऐसा करने से आस पास के लोगों या उस बिल्डिंग में रहने वालों का ध्यान घटना स्थल की ओर केन्द्रित हो जाता है, और ऐसी स्थिति में बचकर भाग निकलना असंभव हो जाता हैं। इस समय यह शिक्षा मेरे लिये बहुत ही उपयोगी साबित हो रही थी।

मैंने आसपास नजर दौड़ाई—वहां पर और कोई इमारत नहीं थी। उधर नीचे शायद फैटफेस होश में आ गया था, और अपने लोगों को नीचे जाने के आदेश दे रहा था। तभी मुझे वहां पर दो भारी-भारी पत्थर दिखाई दिये। मैंने भारी वाला पत्थर उठाया, और नीचे फाटक के पास खड़े गार्ड के सिर पर फेंक दिया। पत्थर ठीक उसके सर पर जा लगा। उसका सिर फट गया और उससे खून की अविराल धारायें बहने लगी थीं। इतनी देर में उसके साथी पहुंच गये थे, और उसकी देखभाल में लग गये थे। मैं बत्ती की ओट में खड़ा यह सब देख रहा था। तभी फैटफेस वहां पहुंचा था, और उसने कुछ आदमियों को ऊपर जाने को कहा। मैं अपनी जगह से हटा और वहां से भागने का रास्ता ढूंढ़ने लगा।

नीचे जाने का प्रश्न ही नहीं होता था। सीढ़ियों पर कदमों की तेज-तेज आवाज सुनाई दे रही थी। वे लोग ऊपर पहुंचना ही चाहते थे। मैं ऊपर छत पर खुलने वाले दरवाजे की ओट में होकर खड़ा हो गया। दरवाजे के ऐन पीछे गंदी हवा निकलने वाला पाईप लगा हुआ था। मैं उस पाईप के पास सरक आया। वे लोग ऊपर पहुंचे ही थे कि मैं पाईप के साथ लटक कर उस बिल्डिंग के पिछवाड़े में उतर आया। पिछवाड़े से कुछ ही फासले पर खेत ही खेत थे। मैं दौड़कर खेतों में घुस गया और दुबककर नीचे बैठ गया।

सौभाग्यवश उसी समय मूसलाधार वर्षा शुरू हो गई। मैं खेतों के बीचोंबीच आगे सरकने लगा। थोड़ी दूर आगे जाकर मुझे एक सड़क दिखाई दी। मैं उस सड़क के किनारे पहुंच गया। वहां से कुछ फासले पर तीन चार आदमी खड़े थे। मुझे भय होने लगा कि कहीं वे फैटफेस के आदमी न हों। किन्तु उनके हाथों में कोई शस्त्र नहीं था। साथ ही उनके हाथ अपनी जेबों से बाहर थे। मैं निसंकोच उनकी ओर आगे बढ़ गया। तभी मेरी दृष्टि उस खंबे पर चली गई जिसके पास वे लोग खड़े थे।

खंबे के ऊपर बस रुकने का बोर्ड लगा हुआ था। वह एक बस स्टाप था। मैं भी उनके पास आकर खड़ा हो गया। थोड़ी देर बाद जब बस आई, तो इसके बोर्ड पर जो गंतव्य स्थान का नाम लिखा हुआ था, वह मैं बिलकुल समझ नहीं पाया। अक्षर अंग्रेजी के थे पर शब्द न जाने कौन-सी भाषा के थे। किसी से यह पूछना यह कौन-सी जगह और कौन-सा देश है अपने लिये मुश्किल मोल लेने के समान था। अकारण दूसरों को शक होने लगता।

दूसरी चीज जिससे मुझे बहुत हैरानी हुई थी वह यह थी कि बस सड़क के बायीं ओर चल रही थी। इससे मुझे बिलकुल ही समझ नहीं लगी कि मैं कहां पर हूं। बस के बोर्ड पर लिखे हुये शब्द अंग्रेजी भाषा में नहीं थे, और बस सड़क की दायीं ओर आगे बढ़ रही थी। जब कि मुझे

अच्छी तरह से मालूम था कि इंग्लैंड को छोड़कर हर देश में यातायात सड़क की बांये ओर को आगे बढ़ता है।

बहरहाल मैं चुपचाप बस में बैठ गया, और बस का किसया देने के लिये अपनी जेब से वह बटुआ निकाल लिया, जो मैंने फैटफेस की जेब से चुराया था। उसी समय बटुये से कुछ सिक्के बस के फर्श पर गिर गये। मैं सिक्कों को अपने हाथ से ऊपर उठा रहा था कि मेरी निगाह सिक्के की पुश्त पर पड़ गई। उस पर आयर लिखा हुआ था। मेरे चेहरे पर आश्चर्य झलक आया। हे भगवान...तो क्या मैं आयरलैंड में हूं?

<h1 style="text-align:center">सात</h1>

मैं आयरलैंड से बिलकुल अपरिचित था। मुझे कोई ज्ञान नहीं था कि बस किधर जा रही है। सो मैं चुपचाप बस की सीट पर बैठा रहा।

"आपको कहां तक जाना हैं?" कंडक्टर ने मेरी सीट के पास आकर मुझसे पूछा।

"आखिर तक।"

"एक पाऊंड दस पैंस।"

मैंने पांच पाऊंड का नोट कंडक्टर के हाथ में थमा दिया। उसने टिकट के साथ जो बाकी पैसे मुझे दिये उनमें कुछ मुद्रा आयरलैंड की थी, और कुछ इंग्लैंड की। मैंने बाकी पैसों को चुपचाप वापस बटुए में रख लिया। इससे मुझे यह मालूम हो गया कि यहां पर इंग्लैंड की मुद्रा भी चलती है।

बस न जाने कौन-कौन से रास्तों से गुजरती हुई किधर जा रही थी, मुझे कुछ मालूम नहीं था। मैं खिड़की से बाहर का नजारा देखने लगा। थोड़ी देर पश्चात मुझे आकाश पर एक हवाई जहाज मंडराता हुआ दिखाई दिया। उसकी बत्तियां जल बुझ रही थीं, जिससे यह विदित होता था कि वह कंट्रोल टावर से नीचे उतरने की अनुमति मांग रहा है। इससे मैंने यह अनुमान लगा लिया कि पास ही में कोई हवाई अड्डा है। इसी क्षण मुझे शैनन एयरपोर्ट का स्मरण हुआ कि वह आयरलैंड का एक मात्र अंतर्राष्ट्रीय एयरपोर्ट है। पर मुझे तो यही नहीं मालूम था कि आयरलैंड है कहां पर।

फिर मैं अपने मस्तिष्क में उन चीजों की सूची को क्रम देने लगा जिनकी मुझे तत्काल आवश्यकता थी। बस रास्ते में मुसाफिर उतार चढ़ाकर आगे बढ़ती जाती थी। आगे जाकर मुझे कुछ मकान दिखाई दिये, अर्थात बस अब किसी शहर के निकट पहुंच रही थी। तभी थोड़ी देर बाद मुझे एक जगह पर उस शहर का नाम लिखा दिखाई दिया। इस शहर का नाम लाई मैरिक था। और आगे जाकर जब मुझे बड़े बड़े कोठीनुमा मकान दिखाई दिये, तो मेरे मन में शांति-सी होने लगी। इसका मतलब था कि लाईमैरिक एक बड़ा शहर है, और मैं अपने आपको वहां की भीड़-भाड़ में गुम कर सकता हूं।

तनिक पश्चात जब बस लाइमैरिक के मुख्य बाजार से गुज़र रही थी, तो मुझे किताबों की एक दुकान दिखाई दी। अगले स्टाप पर मैं बस से उतर गया और उस दुकान की ओर चला

आया। वहां से मैंने शहर का नक्शा और कुछ स्टेशनरी खरीदी और पास में एक चाय की दुकान पर बैठ गया। सबसे पहले मैंने शहर के नक्शे का अध्ययन किया। नक्शे से मुझे विदित हुआ कि लाईमैरिक शहर शैनन एयरपोर्ट से उत्तर की दिशा में है और वह जगह जहां पर मैं फैटफेस की कैद में था, वह जगह यहां से लगभग पंद्रह मील दूर है।

तत्पश्चात् मैं फैटफेस वाला बटुआ खोलकर देखने लगा कि मेरे पास कितने एक पैसे हैं। बटुए में कुल मिलाकर 78 पाउंड थे। पैसों के अलावा रिचर्ड ऐलन जीनज के नाम का मोटर ड्राइविंग लाइसेन्स और एक छोटी-सी डायरी थी। डायरी में कुछ ऐड्रेस लिखे हुये थे। वह आयरलैंड और इंग्लैंड के कुछ ऐड्रेस थे। अंत में ऐन्गलो स्कॉटिश होल्डिरज का पता दर्ज था। यह मैकिनटॉश का ऐड्रेस था। इससे साफ जाहिर होता था कि मैकिनटॉश का भेद इन लोगों पर खुल गया है।

मैंने अपनी चीजें समेटी, चाय का भुगतान किया, और वहां से बाहर आकर टेलीफोन बूथ खोजने लगा। वहां से थोड़े फासले पर तीन चार टेलीफोन बूथ थे। मैं वहां पहुंच गया। वहां पर मैंने एक टेलीफोन बूथ का नंबर नोट किया और दूसरे टेलीफोन बूथ में घुसकर अन्दर से चटखनी लगा दी। उस बूथ से मैंने लंदन में एन्गलो स्कॉटिश होल्डिग्ज का फोन नंबर मिलाया। दूसरी ओर से मिसेज स्मिथ ने फोन रिसीव किया। इससे पहले कि वह मुझसे मेरा नाम पता पूछती, मैंने उससे कहा, "हो सकता है तुम्हारा फोन किसी ने टैप कर रखा हो, अतः तुम किसी और फोन से इस नंबर पर फोन करो।" यह कहने के साथ मैंने मिसेज स्मिथ को पहले वाले फोन बूथ का नंबर दे दिया, और उस बूथ में आकर मिसेज स्मिथ के फोन की प्रतीक्षा करने लगा। तनिक देर पश्चात उस बूथ के फोन की घंटी बजने लगी। यह मिसेज स्मिथ ही का फोन था।

"मैं स्टैनर्ड बोल रहा हूं।" मैंने मिसेज स्मिथ से फोन पर कहा।

"तुम वहां लाईमैरिक में क्या कर रहे हो?"

"मैं मैकिनटॉश से बात करना चाहता हूं।"

"वह यहां पर नहीं है।"

"तो उसे कहीं से भी वहां पर लाओ।"

तनिक देर के लिये मिसेज स्मिथ ने कोई उत्तर नहीं दिया।

"वह तो अस्पताल में है। उसकी कार का एक्सीडेंट हो गया था।"

"उसे बहुत चोट आई है क्या?"

"डाक्टरों को उसके बचने की कोई आशा नहीं है।" मिसेज स्मिथ ने सपाट लहजे में कहा।

"यह तो बहुत बुरा हुआ। यह कब की बात है?"

"परसों की। यह एक हिट ऐंड रन केस था।"

मुझे कुछ-कुछ समझ आने लगी क्योंकि परसों ही फैटफेस ने मेरे सामने यह सवाल उठाया था कि मैं रिअरडन नहीं हूं—और अभी थोड़ी देर पहले मैंने उसकी डायरी में मैकिनटॉश का पता लिखा हुआ देखा था।

"यह कोई साधारण दुर्घटना नहीं है, मिसेज स्मिथ। यह दुर्घटना घटाई गई है।"

"असंभव।"

"इसमें असंभव की क्या बात है?"

"क्योंकि हम तीनों के अतिरिक्त इस योजना का किसी और को मालूम ही नहीं है।"

"तुम भ्रम में हो। मैं अभी-अभी स्कारपिर संस्था के नर्गे से निकलकर आया हूं, और उनकी डायरी में मैकिनटॉश का ऐड्रेस लिखा हुआ है। तभी मैंने तुमसे कहा था कि हो सकता है तुम्हारे फोन को किसी ने टैप कर रखा हो। बहरहाल अब तुम अपने लिये पूरी सावधानी बरतना।"

मुझे मन ही मन में यह हौल उठने लगा कि मैकिनटॉश का भेद स्कापिर संस्था वालों पर खुल चुका है। और अब यह स्कारपिर संस्था वाले मेरा पीछा करके मुझे पुलिस के हवाले करके ही दम लेंगे, और मुझे जीवनपर्यन्त जेल में सड़ना पड़ेगा। मैं टेलीफोन वापस चोगे में रखना ही चाहता था कि मुझे मिसेज स्मिथ की आवाज सुनाई दी—

"उनका हमारा ऐड्रेस कहां से मालूम हो गया?"

"इस प्रश्न का उत्तर जानने के लिये बहुत देर हो चुकी है। इस समय तो प्रश्न यह है कि हमारा भेद उनको मालूम हो चुका है, और हम बहुत भारी मुश्किल में है।"

"वह स्लेड कहां है?" मिसेज स्मिथ ने तीव्र स्वर में पूछा।

"वह गायब है।"

"कहां गायब है?"

"मुझे कोई ज्ञान नहीं।"

"तुम जरा लाईन होल्ड करो।"

तनिक देर पश्चात फिर मिसेज स्मिथ की आवाज सुनाई दी—

"मैं तीन घंटे के अन्दर-अन्दर शैनन एयरपोर्ट पहुंच रही हूं। तुम्हें किसी चीज की आवश्यकता है?"

"मेरी जेब में केवल 78 पांड है। मुझे पैसा चाहिये, और साथ ही एक नया व्यक्तित्व चाहिये।"

"तुम अपनी असली शिनाख्त में हो जाओ। तुम्हारा असली पासपोर्ट, कपड़े, सूटकेस आदि सब कुछ मेरे पास हैं। वह मैं अपने साथ ला रही हूं।"

"तुम एंग्लो स्कॉटिश ऑफिस से दूर रहना।" मैं मिसेज सिमथ को सावधान करते हुये कहा, 'हो सकता है कोई तुम्हारा पीछा करने लगे। पीछा करने वाले को जुल देना तो तुम्हें आता ही होगा।

मिसेज स्मिथ ने ठंडे स्वर में उत्तर देते हुये कहा, "मेरे दूध के दांत निकले मुद्दत हो चुकी है। मैं तीन घंटे पश्चात तुम्हें शैनन एयरपोर्ट पर मिलूंगी।"

"तुम मुझे एयरपोर्ट पर मिलने की बजाय सेट जार्ज होटल चली आना। मेरे जैसे भगौड़े के लिये एयरपोर्ट बहुत ही असुरक्षित जगह साबित हो सकती है।"

"तो ठीक है—मैं सीधी सेंट जार्ज होटल पहुंचूंगी।" कहकर मिसेज स्मिथ ने फोन बन्द कर दिया।

❑ ❑

मिसेज स्मिथ के साथ फोन पर बातचीत करने के पश्चात मैं टेलीफोन बूथ से बाहर निकल आया। मैंने एक कार किराये पर ली, और सेंट जार्ज होटल के बाहर कार रोककर उसकी प्रतीक्षा करने लगा।

सवा तीन घंटे पश्चात मिसेज स्मिथ एक टैक्सी से वहां पहुंची, और टैक्सी का भुगतान करके जब तक वह टैक्सी आंखों से ओझल नहीं हो गई, वहीं पर खड़ी रही। उसके पास दो सूट केस थे। उसने अभी तक मुझे नहीं देखा था। कुछ देर वहीं इंतजार करने के पश्चात् उसने वे दोनों सूटकेस उठायें, और होटल के अन्दर प्रवेश करने लगी। तभी मैंने अपनी कार स्टार्ट की और उसके पास लाकर खड़ी कर दी। मुझे देखते ही मिसेज स्मिथ ने वे दोनों सूटकेस पिछली सीट पर रख दिये और कार का अगला दरवाजा खोलकर मेरे बराबर बैठ गई। मैंने कार स्टार्ट की और उस दिशा में रवाना हो गया, जहां पर फैटफेस ने एक बिल्डिंग में मुझे अपनी हिरासत में रखा था। मिसेज स्मिथ लगातार विंड स्क्रीन से सामने देखे जा रही थी।

"तुम्हें यहां की उड़ान समय पर मिल गई थी?" मैंने मिसेज स्मिथ से पूछा।

"मैं अपने विमान से आई हूं। तुम मुझे यह बताओ कि तुमने स्लेड को अपने हाथ में क्यों निकल जाने दिया?"

"मैंने उसे कहां निकल जाने दिया था। वही लोग उसे ले गये थे।"

"तुम्हें कुछ करना चाहिये था।"

"मैं क्या कर सकता था। वे लोग कोई साधारण अपराधी नहीं है। वह जो काम भी करते हैं बहुत सोच समझकर करते है। स्लेड के विचार में रूसी उस संस्था को आर्थिक सहायता देते हैं—और तुम तो जानती ही होगी कि रूसी अपने काम को किस कुशलता से अन्जाम देते हैं।"

"पहले तुम मुझे यह बताओ कि हम जा किधर रहे है?" मिसेज स्मिथ ने मुझसे पूछा।

"मैं तुम्हें वह जगह दिखाने ले जा रहा हूं, जहां उन लोगों ने मुझे नजरबन्द कर रखा था। हो सकता है वहां से उनकी अगली कार्रवाई का कोई संकेत मिल जाए।"

थोड़ी देर बाद जब हम वहां पहुंचे, तो वह बिल्डिंग पूरी तरह से जल चुकी थी।

"इस जगह को आग कैसे लगी?" मिसेज स्मिथ ने मुझसे पूछा।

"मेरे विचार में उन लोगों ने ही लगवाई होगी कि उनके यहां आकर रुकने का कोई सबूत ही बाकी न रहे। अब तुम मुझे यह बताओ कि मैकिनटॉश का क्या हाल है?"

"मैंने यहां आने से पहले अस्पताल फोन किया था। उसकी हालत ज्यों की त्यों है—उसमें कोई सुधार नहीं हुआ।"

"उसका ऐक्सीडेन्ट हुआ कैसे था?" मैंने मिसेज स्मिथ से पूछा।

60

"वह सड़क पार कर रहा था। तब उसे जख्मी हालत में सड़क के किनारे पाया गया। वह जिस कार से टकराया था, वह वहां पर रुकी नहीं—वहां से भाग गई थी। तुमने फोन पर यह कैसे कहा था कि यह दुर्घटना घटाई गई है।"

"क्योंकि परसों ही, जब मैकिनटॉश का यह ऐक्सीडेन्ट हुआ था, लगभग उसी समय फैटफेस ने मुझसे यह कहा था कि मैं रिअरडन नहीं हूं।"

"उसको यह कहां से पता चला कि तुम वास्तव में रिअरडन नहीं हो?" मिसेज स्मिथ ने प्रश्नसूचक दृष्टि से मुझे देखते हुये पूछा।

"मैं तो उसे बताने से रहा। तुमने उसे बताया होगा या मैकिनटॉश ने।"

"मेरे बताने का तो प्रश्न ही नहीं होता, और जहां तक मैकिनटॉस का संबंध है, वह ऐसा कभी नहीं कर सकता।"

"बाकी तो मैं ही रह जाता हूं।"

"हो सकता है, तुम ही ने बताया हो।"

"मैं क्यों बताता?"

"यह जानने के लिये कि उस लूट में तुम्हारा हिस्सा स्विस बैंक के नंबर अकाउंट में जमा कराया गया है कि नहीं।"

मैंने अपनी जेब से फैटफेस वाली बन्दूक निकालकर मिसेज स्मिथ के सामने रखते हुये कहा, "यदि तुम्हें निश्चय है कि मैंने तुम लोगों के साथ विश्वासघात किया है, तो तुम मुझे गोली मार दो। इससे बढ़कर मैं अपनी निष्कपटता का और क्या प्रमाण दे सकता हूं।"

मिसेज स्मिथ ने मेरे चेहरे की ओर देखते हुये कहा, "अगर तुम्हें मेरी बात बुरी लगी है, तो मैं तुमसे माफी मांगे लेती हूं। मैंने वही कहा था, जो मेरे दिल में था। किन्तु तुम्हारे उत्तर से मुझे तुम्हारी निर्दोषता पर विश्वास हो गया है।"

"तुमने अच्छा किया जो अपना उद्गार निकाल दिया, नहीं तो यह शक तुम्हारे हृदय में पनपता ही रहता, और तुम्हें मेरी किसी भी बात पर विश्वास न होता। अब इससे एक ही परिणाम निकलता है—तुम्हें मुझ पर विश्वास है कि मैंने यह भेद किसी के आगे नहीं खोला और मुझे यह यकीन है कि तुम्हारे मुंह से भी ऐसी कोई बात नहीं निकली—इसका एक ही आशय है कि मैकिनटॉश ने ही यह रहस्योद्घाटन किया है।"

"मैं यह बात बिलकुल नहीं मान सकती।"

"खैर! अब यह बताओ कि कार दुर्घटना से पहले मैकिनटॉश किससे मिला था?"

"वह प्रधान मंत्री और विपक्षी नेता से मिलने गया था।"

"और किससे मिला था?"

"टैगार्ट से और चार्ल्स व्हीलर से। व्हीलर एक सांसद है।"

"टैगार्ट के नाम से तो मैं परिचित हूं—वह ब्रिटिश गुप्तचर विभाग का एक प्रवर अधिकारी है। इस व्हीलर से मैकिनटॉश की क्या बातचीत हुई थी?"

"मुझे कोई ज्ञान नहीं।"

"इसका आशय है कि मैकिंनटॉश इस योजना की उन्नति के बारे में तुम्हें भी अंधेरे में रखता था।

"वह मुझे हर बात बताता था, पर जब वह व्हीलर से भेंट करके वापस लौट रहा था, तो रास्ते में उसका ऐक्सीडेन्ट हो गया। वह मेरे पास पहुंच ही नहीं पाया।"

मैं काफी समय तक इस विषय में सोचता रहा, किन्तु किसी नतीजे पर नहीं पहुंच पाया।

"अच्छा अब तुम मुझे अपना असली नाम तो बताओ।" मैंने मिसेज ल्यूसी स्मिथ से कहा।

"तुम बहुत ही जिद्दी हो—मेरा नाम ऐलिसन है।"

"तुम्हारी क्या सलाह है—अब हमें क्या करना चाहिये?"

ऐलिसन निर्णयात्मक स्वर में बोली, सबसे पहले हम उन ऐड्रेसों की छानबीन करेंगे, जो तुम्हें फैटफेस यानी रिचर्ड ऐलन जोनज की डायरी से मिले हैं।

"वह तो बहुत मुश्किल होगा—एक ऐड्रेस तो कलोनगलास का है और दूसरा बैलफास्ट का।"

"कालीनालास तो पास ही में है। तुम जरा वह डायरी मुझे दिखाओ।"

मैंने बटुए से वह डायरी निकालकर ऐलिसन को दे दी। डायरी के अंतिम पृष्ठ पर लिखा था—"टैफि को कलोनगलास इस ऐड्रेस पर भेजो।"

ऐलिसन ने मुझे कहा, "कार को कलोनगलास की तरफ मोड़ लो।"

"मुझे पता ही नहीं कि कलोनगलास किधर है।"

"तुम मुझे व्हील के पीछे बैठने दो।" कहकर ऐलिसन व्हील के पीदे सरक आई, और मैं दरवाजा खोलकर उसकी जगह पर जाकर बैठ गया।

▢ ▢

उसके बाद हमने पास के गालवे नामी कस्बे में एक होटल में रात व्यतीत करने के लिये कमरा रिजर्व करवाया, और फिर कालोनगलास की ओर रवाना हो गये। कालोनगलास वहां से पच्चीस मील की दूरी पर स्थित था। वहां की आबादी छितरी हुई थी। मकानों की छतें छप्पर की थी। ऐलिसन ने एक जगह पर ले जाकर कार रोक दी।

"अब क्या करना है?" मैंने ऐलिसन से पूछा।

"तुम चिंता मत करो—जो मैं कहती जाऊं, करते जाओ।" यह कहकर वह कार से उतर गई और राह चलती एक औरत को रोककर उससे आयरिश भाषा में कुछ पूछताछ करने लगी। मेरे कुछ भी पल्ले नहीं पड़ा। तब वह फिर से कार में आकर बैठ गई, और कार आगे बढ़ा दी।

"अब कहां?"

"अब हम यहां के एक रेस्टोरेंट में चल रहे हैं। इस औरत ने मुझे बताया है कि वहां पर नाना प्रकार की अफवाहें सुनने को मिलती हैं, और वहां पर हमें यहां के हर रहने वाले के विषय में पता चल सकता है।"

थोड़ी देर पश्चात हम उस चाय खाने के बाहर पहुंच गये। कार को एक तरफ पार्क करके हम दी हाउस के अन्दर चले आये। टी हाउस लोगों से भरा हुआ था, और लोग गप्पे हांकने में व्यस्त थे। मैं और ऐलिसन एक बेंच पर जाकर बैठ गये। वहां पर एक और आदमी भी बैठा हुआ था। उस टी हाउस की एक विशेषता यह थी कि वहां पर व्हिस्की भी उपलब्ध थी। वहां पर मर्द और औरतें दोनों इधर-उधर की बातें करने में लगे हुये थे। ऐलिसन उस आदमी से आयरिंग भाषा में बातें करने लगी।

मैं चुपचाप उनका मुंह देखता रहा। तनिक देर पश्चात ऐलिसन ने उस आदमी से मेरा परिचय कराते हुये कहा, "तुम मिस्टर सीन ओ डोनोवान से बातें करो—मैं उधर औरतों के बीच आकर बैठती हूं।"

"मुझे उनकी बात समझ नहीं लगेगी, और इन्हें मेरी बात पल्ले नहीं पड़ेगी।"

"मिस्टर डोनोवान अच्छी तरह से अंगरेजी में बातचीत कर सकते हैं, तुम दोनों व्हिस्की पियो। मैं उधर औरतों में चलती हूं।" यह कहकर ऐलिसन वहां से उठकर चली गई और मैं डोनोवोन से बातें करने लगा।

"आप लोग यहां पर छुट्टियां मनाने आये हैं?" डोनोवोन ने मुझसे पूछा।

"हां।"

"इधर कैसे?"

"इंग्लैंड में एक आदमी से मेरी आकस्मिक भेंट हुई थी। उसने मुझे यहां का पता दिया था। और उसका पता मैं वहीं इंग्लैंड में भूल आया हूं। मैंने सोचा शायद यहां से उसका पता मालूम हो जाये।"

"उसका नाम क्या है?"

"जोन्ज।"

डोनोवोन ने अपने मस्तिष्क पर जोर डालते हुये कहा, "यह नाम तो मैंने कभी सुना नहीं। हो सकता है यहां की हवेली में रहता हो। वे हवेली वाले अपने आपको लाट साहब समझते हैं। स्थानीय लोगों से उनका कोई मेल-जोल नहीं है। वे अपने रोजमर्रा का सौदा तक लंदन से खरीदते हैं। शायद हवेली में इस नाम का कोई आदमी हो।"

"तुम्हारे कहने का आशय है कि हवेली वाले बहुत ही घमंडी व्यक्ति है।"

"हवेली का मालिक तो घमंडी नहीं है पर वह खुद भी यहां यदा-कदा ही आता है।"

"वह भी आयरिश है?"

"नहीं! वह इंग्लैंड का रहने वाला है तथा वह काफी मशहूर आदमी है। उसकी अक्सर समाचारपत्रों में चर्चा होती रहती है।"

"समाचारपत्रों में चर्चा होती रहती है?"

"हां! वह एक सांसद है।"

"तो यहां कैसे रहता है?" मैंने डोनोवान से पूछा।

"उसने यहां हवेली बनवा रखी है—नाम की हवेली है (वास्तव में वह एक महल है। उसका अपना याट है। जब लंदन में उसका मन ऊबने लगता है, तो यहां आ जाता है। उसके पास तो आनासिस से भी अधिक धन है।"

"उसका नाम क्या है?"

"व्हीलर।"

"व्हीलर!"

"हां।"

मेरा माथा ठनकने लगा—यह तो उसी सांसद का नाम था, जिससे मैकिनटॉश भेंट करने गया था, और जब उसके यहां से वापस लौट रहा था, तो रास्ते में उसका एक्सीडेंट हो गया था।

मैंने कुछ कहने के लिये मुंह खोला ही था कि डोनोवान ने मुझसे कहा, "तुम्हें चिंता करने की कोई जरूरत नहीं। मैं समझ गया हूं कि तुम किसी समाचारपत्र से हो। व्हीलर के बारे में जानने के लिये कई इंगलिश और अमरीकन संवाददाता यहां आ चुके हैं, पर किसी में इतनी अक्ल नहीं थी कि अपने साथ किसी आयरिश को लाये होते हैं तुमने वह आयरिश लड़की अपने साथ लाकर बहुत अक्लमंदी का सबूत दिया है। यहां के लोग भाषा के मामले में बहुत ही कट्टर है।"

"मैं वाकई इसीलिये उसे साथ लाया हूं।" मैंने डोनोवान की हां में हां मिलाते हुये कहा।

डोनोवान ने व्हिस्की का गिलास उठाकर मेरे पीछे दरवाजे की ओर देखते हुये कहा, "सीमांस लिच आ रहा है—वह हवेली में रहता है। मैं उसे ये नहीं बताऊंगा कि तुम कौन हो।"

मैं सीमांस लिच की ओर देखने लगा—उसका कद लंबा, शरीर हृष्ट-पुष्ट और रंग सांवला था।

"आओ सीमांस इधर आओ।" डोनोवान ने उसे हाथ लगाते हुए अपने पास आने को कहा।

सीमांस बारटेन्डर से व्हिस्की का गिलास लेकर डोनोवान के पास आकर बैठ गया।

"सुनाओ," डोनोवान ने सीमांस से पूछा, "तुम्हारे तथाकथित हाईनेस, अपने याट में कब रवाना हो रहे हैं?"

"जब उनका मूड होगा।"

तब डोनोवान ने मेरी ओर इशारा करते हुये सीमांस लिच से कहा, "यह मेरे एक परिचित हैं—यह आयरलैंड की सैर करने आये हुये हैं।"

"तो तुम्हें आयरलैंड कैसा लगा है?"सीमांस ने मुझसे पूछा। उसने मुझे संबोधित किया था, मानो उसे मेरी उपस्थिति अखर रही हो।

"मुझे तो अच्छा लगा है।"

"अब आप यहां से कहां जाईयेगा?" डोनोवान ने मुझसे पूछा।

मेरे लिये यह बिलकुल अप्रत्याशित प्रश्न था। मैंने सच का सहारा लेते हुये कहा, "मेरे नाना यहीं के रहने वाले थे। वह स्लिगो बंदरगाह पर एक प्रवर अधिकारी थे। मैं यहां से स्लिगी जाऊंगा। हो सकता है वहां पर ननिहाल के किसी रिश्तेदार से भेंट हो जाए।"

सीमांस लिंच ने घृणायुक्त स्वर में कहा, "जिस अंग्रेज से भी मिलो वह अपने आयरिश वंशक्रम की बात करता है। यह तो आजकल कुछ रिवाज सा हो गया है। अंग्रेज अपने ननिहाल को ढूंढ़ने यहां चला आता है।"

मुझे लिंच की बात पर बहुत गुस्सा आ गया। मैंने शांत स्वर में कहा, "जिस तरह अंग्रेज अपने ननिहाल को ढूंढ़ने वहां आते हैं, उसी भांति तुम लोग भी तो अपने रिश्तेदारों को ढूंढ़ने के लिये इंग्लैंड जाते हो।"

"मेरा आशय यह है कि तुम लोग अपनी औरतों को नहीं संभाल सकते, अतः ये अंग्रेजों को आयरिश लोगों पर तरजीह देकर उसके साथ विवाह करना पसंद करती है, और इसी कारण तुम्हें अपनी वंशावली इंग्लैंड में ढूंढ़नी पड़ती है।"

मेरा यह उत्तर सुनकर सीमांस लिच गुस्से से सुलगने लगा। वह अपनी जगह से उठकर मुझ पर आक्रमण करना ही चाहता था कि डोनोवान की चेतावनी भरी आवाज सुनकर वहीं का वहीं रुक गया।

"खबरदार जो तुमने हाथ उठाया तो। तुमने जैसा कहा था, उसका उत्तर तुमने सुन लिया। चुपचाप अपनी जगह पर बैठ जाओ।"

उसी समय मेरी दृष्टि ऐलिसन पर पड़ गई। वह इशारे से मुझे अपनी तरफ बुला रही थी।

"मैं अभी आया," यह कहकर मैं डोनोवान के पास से उठा और ऐलिसन की ओर चला आया। ऐलिसन अपनी जगह से उठी और टी-हाउस से बाहर निकलने वाले दरवाजे की ओर चल पड़ी। मैं भी उसके पीछे-पीछे चल पड़ा। मैं दरवाजे से बाहर निकलना ही चाहता था कि मुझे एक तरफ को हटकर रुकना पड़ा। दरवाजे से एक भारी भरकम शरीर का आदमी टी हाउस के अन्दर प्रविष्ट हो रहा था।

यह अन्दर आने वाला व्यक्ति टैफि था।

उसे देखते ही मेरी जान निकलने लगी। टैफि ने मुझे पहचान लिया था। इससे पूर्व की वह कुछ कार्यवाई करता, मैं तेजी से दौड़ता हुआ ऐलिसन के पीछे दौड़ लिया।

भागो यहां से—मैं बोला—"उसका एक आदमी अभी-अभी टी हाउस से पहुंचा है, और उसने मुझे पहचान लिया है।"

एलिसन ने कोई प्रश्नोत्तर नहीं किया, और कार की ओर दौड़ने लगी। वह इतनी तेज दौड़ रही थी कि मैं उसके बराबर नहीं पहुंच पा रहा था। मेरे पीछे से मुझे किसी के भागते हुये कदमों की आवाज सुनाई दे रही थी। ऊपर से अंधेरा हो रहा था—मुझे कुछ भी साफ दिखाई नहीं दे रहा था। मैं अंधाधुंध दौड़े जा रहा था। अचानक मेरा पैर किसी तार में उलझ गया और मैं वहीं पर गिर पड़ा।

उसी क्षण टैफि मेरे पास पहुंच गया। और उसने अपने बूट से मेरे सिर पर कसकर ठोकर मार दी। मैंने उसका पैर अपने हाथों से पकड़कर उसे गिराना चाहा, पर उसने अपना पैर मेरे हाथों की जकड़ से मुक्त कर लिया। उधर ऐलिसन ने कार का इंजन स्टार्ट कर दिया था। टैफि मेरे सिर पर दूसरी ठोकर मारना ही चाहता था कि कार को हैडलाइट्स की चौंधियाती हुई रोशनी उसकी आंखों में पड़ने लगी। मैंने विद्युतगति से अपना सिर घुमा लिया।

टैफि का पैर मेरे सिर में लगने की बजाय हवा में ऊपर उठ गया, जिससे उसका संतुलन बिगड़ गया, और वह जमीन पर गिर गया। किन्तु ऐसा प्रतीत होता था, मानो उस पर कोई भूत सवार हो। वह उसी क्षण जमीन से उठकर मेरे ऊपर खड़ा हो गया। उसके हाथ में एक ईंट थी। वह अपना हाथ ऊपर उठाकर ईंट मेरे सर पर मारना ही चाहता था कि मुझे एक पटाखा सा छूटने की आवाज सुनाई दी। दूसरे क्षण टैफि मेरे ऊपर गिर पड़ा। वह दर्द से कराह रहा था। मैंने उसके शरीर को अपने ऊपर से परे धकेला और वहां से उठकर कार की तरफ भाग लिया। ऐलिसन ने कार का दरवाजा पहले से ही खोल रखा था। जब मैं कार के अन्दर बैठ रहा था तो ऐलिसन एक रिवाल्वर कार के सामने वाले खाने में रख रही थी।

"तुमने उसे गोली कहां मारी थी?" मैंने ऐलिसन से पूछा।

"उसके घुटने में।" कहकर ऐलिसन ने पूरी रफ्तार पर कार आगे बढ़ा दी। ऐलिसन ने ऐसे साधारण स्वर में उत्तर दिया था, मानो मौसम के विषय में कुछ कह रही हो।

मैंने कार की खिड़की से सिर बाहर निकालकर जमीन पर पड़े हुये टैफि की ओर देखा। उस पर एक आदमी झुका हुआ था।

वह आदमी सीमांस लिंच था।

▢ ▢

तत्पश्चात हम होटल आये, और खाना खाकर सो गये।

अगले दिन सुबह हमने डाईनिंग हाल में जाने की बजाय अपने कमरे में ही नाश्ता मंगवा लिया क्योंकि पिछले दिन के हो हल्ले के कारण मैं किसी का ध्यान अपनी ओर आकर्षित नहीं करना चाहता था।

"वह व्हीलर कौन है? तुम इसके बारे में क्या जानती हो?" मैंने ऐलिसन से पूछा।

ऐलिसन ने टोस्ट पर मक्खन लगाते हुये कहा, "वह हारलिंगस्डन ईस्ट निर्वाचन क्षेत्र का सांसद है। और बहुत पैसे वाला है, किन्तु वह अपने साथी सांसदों में जरा भी लोकप्रिय नहीं है।"

"जहां तक मुझे ज्ञान है व्हीलर तो एक विदेशी है।"

"है तो विदेशी, पर उसे इंग्लैंड आये काफी समय हो चुका है। उसने यहां की नागरिकता प्राप्त कर ली है।"

"इसका आशय है कि इंग्लैंड में एक विदेशी सांसद बन सकता है?"

"कई बन चुके है।" ऐलिसन ने टोस्ट प्लेट में रखते हुये कहा।

“यहां की राजनीति में उसका क्या महत्व है? मेरा मतलब है कि वह कोई मंत्री है या किसी मंत्रालय से संबंध किसी सलाहकार समिति का सदस्य आदि है?”

“वह बस चिल्लाकर बोलना जानता है—और कुछ नहीं।”

“है तो वाकई हुल्डबाज। मेरे और स्लेड के जेल से फरार होने के पश्चात उसने काफी शोरगुल मचाया था कि इंग्लैंड के हर गली मोहल्ले में बदमाश गुंडे बसते हैं, और सरकार उनके विरुद्ध कोई कार्रवाई नहीं करती। उसने मंत्री पर भी आरोप लगाया था।”

“मुझे याद है,” ऐलिसन ने कहा, “पर प्रधानमंत्री ने उसका मुंह बन्द कर दिया था।”

“मुझे तो यह संदिग्ध व्यक्ति प्रतीत होता है—तुम जरा इस बात पर गौर करो—मैकिनटॉश इस व्हीलर से मिलने गया और वहां के वापसी पर उसका हिट एंड रन ऐक्सीडेन्ट हो गया। लगभग उसी समय मुझ पर यह प्रकट किया गया कि मैं रिअरडन नहीं हूं। तत्पश्चात जब मैंने फैटफेस यानी रिचर्ड ऐलन जोनज को मार-पीटकर उसका बटुआ छीना, तो बटुए के अन्दर डायरी में कलोनगलास का पता लिखा हुआ था—और यह दर्ज था—टैफि को कलोनगलास इस पते पर भेजो। यहां कलोनगलास आने पर हम पर इस पते का राज खुला कि यह पता व्हीलर का है। साथ ही टैफि वहां पर मौजूद था। इन सब बातों को मात्र संशय नहीं कहा जा सकता। इससे साफ विदित होता है कि रिचर्ड ऐलम जोनज और टैफि एवं व्हीलर एक ऐसे ही श्रृंखला की कड़ियां है। दूसरे शब्दों में यह कि व्हीलर का स्कारप्रिर संस्था (कैदियों को भगाने वाली संस्था) से गहरा संबंध है—और जैसा कि तुम जानती हो स्कारपिर संस्था के प्रायोजक रूसी है। मतलब यह कि व्हीलर की रूसियों के साथ साठ गांठ है।”

“उसकी रूसियों के साथ सांठ-गांठ तो नहीं, पर वह एक उबल एजेन्ट हो सकता है।” ऐलिसन ने मक्खन टोस्ट बाते हुये शांत स्वर कहा, “मुझे अचरज इस बात का है कि जब मैंने टैफि के घुटने पर गोली मारी थी, तो वह चिल्लाया क्यों नहीं था?”

“मेरे ख्याल में तो चिल्ला नहीं सकता था, जहां तक मैं समझता हूं, वह गूंगा है। मैंने उसे कभी बोलते नहीं देखा। तुम मुझे यह बताओ कि तुमने सोच-समझकर उसके घुटने का निशाना बांधा था या संयोगवश ही गोली उसके घुटने में जा लगी थी? मैंने ऐलिसन से पूछा।

एलिसन ने अपना रिवाल्वर मेरे सामने रखते हुए कहा, “यह बहुत हल्का सा हथियार है। मैंने उसके घुटने का ही निशाना बांधा था, क्योंकि वह इतना लंबा तगड़ा है कि मैं अगर उसके शरीर में कहीं और गोली मारती, तो जमीन पर ही न गिरता तथा तुम उससे बच न पाते। और यदि मैं उसकी खोपड़ी का निशाना बांधती, तो वह मर जाता। अतएव उसकी हत्या किये बिना तुम्हें उसकी गिरफ्त से आजाद कराने के लिये उसके घुटने का निशाना बांधने के अतिरिक्त मेरे पास और कोई चारा ही नहीं था।”

मैं मन ही मन ऐलिसन की सूझ-बूझ की प्रशंसा करने लगा।

“इसका मतलब है कि तुमने जान-बूझकर ऐसा किया था।”

“बिलकुल।”

"खैर, तुम मुझे व्हीलर के बारे में बताओ कि वह किस वेश में जाकर इंग्लैंड बसा था।"

"मैंने कभी उससे इतनी दिलचस्पी नहीं ली। अलबत्ता हूं 'हू इज हू' पुस्तक में तुम्हें व्हीलर का सब ब्यौरा मिल जायेगा।"

ऐलिसन, मुझे एक और ख्याल आ रहा है।

"क्या?"

"चार दिन पहले स्लेड को वहां लाईमैरिक के उपनगर से गायब किया गया था। अगर व्हीलर का याट चार दिन पहले भी यहीं पर था, तो हो सकता है कि स्लेड इस समय उस याट के अन्दर मौजूद हो।"

"ऐसा हो सकता है।"

"तुम एक और बात पर गौर करो—मान लो एक आदमी है जिसका नाम 'क' है, जो रूसी है अथवा रूसी सिद्धान्तों में विश्वास रखता है तथा उसका मिशन रूसी जासूसों को ब्रिटिश जेलों से फरार करवाना है। ऐसे आदमी को कदम कदम पर हर प्रकार की सहायता की आवश्यकता महसूस होती होगी। और मैंने यह देखा कि यहां आयरलैंड में विशेषतः उत्तरी आयरलैंड में अधिकांश लोगों की भावनायें ब्रिटिश विरोधी है। मैंने कल यह चीज बहुत अच्छी तरह से नोट की थी।"

"तुम्हारा संकेत उस आदमी की ओर है जिसके साथ तुम बहस में उलझे हुये थे?"

"हां। उसका नाम सीमांस लिंच है, और मेरी खरी-खरी बात उसे बहुत बुरी लगी थी। वह व्हीलर के लिये काम करता है, क्योंकि जब मैंने कार में सवार होने के पश्चात खिड़की से पीछे देखा था तो उस समय वह टैफि पर झुका हुआ, उसकी सहायता करने में लगा हुआ था। अब मैं जरा बात की गहराई में जाता हूं—मान लो यह आदमी 'क' ब्रिटिश विरोधी तत्वों द्वारा अपनी स्कारपिर संस्था चलाता हो। ऐसा इसलिये संभव है क्योंकि इस आदमी के पास ढेरों पैसा है और आयरलैंड के ब्रिटिश विरोधी तत्वों को हिंसा करने के लिये हर समय पैसे की आवश्यकता होती है। अतएव यह संभव है कि यह ब्रिटिश विरोधी तत्व उत्पात करने के लिये बैंकों आदि पर डाका डालने की बजाय इस आदमी 'क' एक साम्यवादी है तथा सब उपद्रवों की अड़ वही है।"

ऐलिसन ने अपनी भौंहें ऊपर की ओर करते हुये कहा, "क से तुम्हारा इशारा अगर व्हीलर की ओर है, तो तुम बिलकुल गलत हो क्योंकि स्वनिर्मित करोड़पति कभी साम्यवादी नहीं होते।"

"उसने इतना पैसा कहां से बनाया?" मैंने ऐलिसन से पूछा।

"उसका भाग्य 1950-60 में भू संपति की गर्मबाजारी में उदित हुआ था। तत्पश्चात वह अमरीका में भू संपति का बिजनेस करने लगा—वहां भी भाग्य ने उसका साथ दिया और उसने लाखों बनाये। उसके बाद वह कई प्रकार से पैसा उगलने वाले धंधे करता रहा।"

"अपनी इस व्यस्तता के बावजूद भी वह संसद में आकर अपना समय नष्ट करता है।"

ऐलिसन ने विचारमग्न भाव से कहा, "वह कुछ भी हो सकता है, किन्तु एक रूसी जासूस नहीं हो सकता।"

"मैं तुमसे सहमत नहीं हूं।" मैंने ऐलिसन से कहा, "खैर, अब तुम फोन करके मैकिनटॉश का हाल तो मालूम करो।"

"मैं भी यही सोच रही थी। अब तुम इस कार को वापस करने की सोचो। इस कार को यहां के काफी लोगों ने देख लिया होगा, और इससे उन्हें हमारा सुराग मिल सकता है कि हम अभी यहीं है। तुम्हारा बाहर निकलना उचित नहीं, अतः तुम यहीं रुको।"

"तो फिर यह कार वापस कैसे होगी?"

"मैं वापस कर आऊंगी। हम दोनों को बहुत लोगों ने तो इकट्ठे देखा नहीं था, जो मुझे कोई पहचान ले—अलबत्ता तुम्हारा अकेले जाना अथवा मेरे साथ जाना तुम्हारे लिये खतरनाक साबित हो सकता है। अच्छा अब मैं टेलीफोन कर लूं।" यह कहकर ऐलिसन फोन के पास जाकर लंदन का नंबर घुमाने लगी। जब उसे अस्पताल का नंबर मिल गया, तो भावशून्य चेहरे से फोन सुनती रही। जब वह टेलीफोन पर बात कर चुकी, तो उसने मुझे बताया, "उनकी हालत अभी तक ज्यों की त्यों बनी हुई हैं। डाक्टरों के अनुसार वह काफी संघर्ष कर रहे हैं पर अभी निश्चिंत रूप से कुछ भी नहीं कहा जा सकता।"

"तुम मैकिनटॉश को कब से जानती हो?" मैंने ऐलिसन से पूछा।

"अपने जन्मकाल से ही"—ऐलिसन ने उत्तर दिया—"वे मेरे पिता हैं।"

मेरा मुंह खुला का खुला रह गया।

मेरे और ऐलिसन के बीच वाद-विवाद होने लगा—मैं उससे आग्रह कर रहा था कि वह लंदन वापस चली जाये, और मैं अपनी देखभाल खुद कर लूंगा। ऐलिसन इस बात पर अड़ी हुई थी कि वह यहां से वापस नहीं जायेगी।

"ऐलिसन, तुम समझने की कोशिश क्यों नहीं करती—ईश्वर न करे तुम्हारी अनुपस्थिति में तुम्हारे पिता को कुछ हो गया तो तुम जीवनपर्यन्त अपने आपको इस गलती के लिये माफ नहीं कर सकोगी।"

"और अगर स्लेड हमारे हाथों से निकल गया तो मेरे डैडी अगले जन्म में भी मुझे माफ नहीं करेंगे। तुम मेरे डैडी से वाकिफ नहीं हो, ओवन—वह एक बहुत ही दृढ़ इरादे के आदमी हैं।"

"और तुम उनसे भी बढ़कर हो।" मैंने तनिक गुस्से से कहा।

"मैं जो भी हूं—मैं यहां से वापस नहीं जा रही। मुझे यहां पर दो काम अंजाम देने हैं—एक तो स्लेड को खोजने में तुम्हारी सहायता करती है—तुम अकेले इस गिरोह का मुकाबला नहीं कर सकते। तुम समझते क्यों नहीं हो।"

"और दूसरा क्या काम अंजाम देना है?" मैंने ऐलिसन से पूछा।

“तुम्हें मरने से बचाना है—तुम बिलकुल मूर्ख हो।” यह कहकर वह अपना सूटकेस खोलने लगी। सूटकेस की तह में नोट ही नोट रखे हुये थे। मैंने इतने नोट जीवन में कभी नहीं देखे थे।

“हे ईश्वर! यह तुम्हारे पास कितना धन हैं?”

“पांच हजार पाऊंड।” यह कहने के साथ ऐलिसन सौ सौ के पांच नोट मेरी ओर उछालते हुये बोली, “यह पूरे पांच सौ हैं—हो सकता हैं हम अलग-अलग हो जायें। उस समय अपने पास रखना।”

“इसकी रसीद भी देनी पड़ेगी?” मैंने हंसते हुये कहा।

“मजाक छोड़ो और ध्यान से मेरी बात सुनो। मैं व्हीलर के बारे में मालूमात हासिल करने बाहर जा रही हूं। तुम कमरे में रहना, और बिलकुल बाहर मत निकलना।” कहकर ऐलिसन कमरे से बाहर निकल गई और मैं उसके बारे में सोचने लगा था।

ऐलिसन मुझे बहुत अच्छी लगी थी। रूपवान और संरक्षण होने के साथ-साथ वह बिलकुल निष्कपट थी। जो उसके दिल में होता, वह कह डालती। इसके अलावा आज उसने पहली बार मुझे पहले नाम से पुकारा था। पहले वह मुझे मिस्टर सटैनर्ड कहकर संबोधित करती थी और अब उसने मुझे ओवन कहकर संबोधित किया था।

वह दो घंटे पश्चात वापस आई—और मुझे यह बताया कि व्हीलर का याट दक्षिण दिशा में रवाना हुआ है, पर यह पता नहीं लग सका कि व्हीलर याट में था या नहीं।

फिर उसने अपनी जेब से एक पृष्ठ निकालते हुये कहा, “मैंने तुम्हारे लिये वह ‘हू इज हू’ वाली किताब खरीदनी चाही थी, पर वह बहुत भारी और मोटी थी—तो मैं उसमें से यह तुम्हारे मतलब का पृष्ठ फाड़ लाई हूं। इसमें व्हीलर का संक्षिप्त ब्योरा दिया हुआ है।”

मैं वह पृष्ठ पढ़ने लगा—उसमें लिखा था—चार्लस जार्ज व्हीलर, आयु छियालीस वर्ष; जन्मस्थान—अरगीरोकास्ट्रो—अलबानिया। सांसद होने के साथ-साथ उसे तीन विश्वविद्यालयों ने डाक्टरेट आफ ला की उपाधियों से सम्मानित किया था। इसके अतिरिक्त वह न जाने कौन-कौन सी संस्थाओं का सदस्य था। लंदन में एक फ्लैट का मालिक होने के अलावा हेयरफोर्ड-शायद में उसकी एक बहुत बड़ी हवेली थी। पृष्ठ के अंत में दर्ज था कि मिस्टर व्हीलर को दण्ड विधि के सुधार में बहुत गहरी दिलचस्पी है।

मैंने ऐलिसन से कहा, “इसका नाम चार्ल्स जार्ज व्हीलर कैसे हैं। अलबानिया के लोगों के नाम तो और प्रकार के होते हैं।”

“उसने चुनाव लड़ने की खातिर अपना नाम बदल लिया होगा।”

“तुम्हें कुछ ज्ञात है कि व्हीलर अलबानियां से इंग्लैंड कब आया था?” मैंने ऐलिसन से पूछा।

“मैं इस आदमी के बारे में कुछ भी नहीं जानती। मुझे उसका अध्ययन करने का अवसर ही नहीं मिला।”

“और अब उसका याट दक्षिण दिशा में रवाना हो गया है। मेरा विचार था वह उत्तर दिशा में बालटिक की ओर जलयात्रा करेगा।”

“अब भी तुम्हारा यही ख्याल है कि स्लेड उसी याट में होगा।”

“मेरा तो यही अनुमान है।”

ऐलिसन ने भौंहें संकुचित करते हुये कहा, “हो सकता है कि उसका याट भूमध्यसागर की ओर जा रहा हो। यदि ऐसा है तो उसे कार्क द्वीप पर ईंधन लेने के लिये रुकना पड़ेगा। वहां पर कार्क द्वीप में एक स्त्री से बहुत अच्छा परिचय है। मैं उसकी मुंह बोली भांजी हूं। यदि तुम चाहो, तो हम शैनन एयरपोर्ट से मेरे विमान से कार्क पहुंच सकते हैं।”

“असंभव।”

“वह क्यों।”

“तुम तो जानती हो कि मैं जेल से फरार हूं—और हर सार्वजनिक स्थान पर मेरी तसवीरें चिपकी हुई है। शैनन एअरपोर्ट पर पर्यटकों से अधिक तो पुलिस वाले होंगे—मैं तुरन्त पहचाना जाऊंगा।”

“एयरपोर्ट बहुत लंबी-चौड़ी जगह होती है—मैं तुम्हें वहां पर से निकाल ले जाऊंगी।” ऐलिसन ने विश्वास भरे स्वर में कहा।

“और अपनी मुंह बोली मौसी को मेरे बारे में क्या बताओगी?”

“यह मेरा काम है।”

☐ ☐

ऐलिसन लोगों की नजरों से बचाकर मुझे शेनन एयरपोर्ट के अन्दर ले आई। वहां एक ओर को उसका विमान खड़ा था। ऐलिसन ने मुझे अपने साथ कॉकपिट में बिठाया, और दो मिनट के अन्दर उड़ान भर ली।

ऐलिसन मेरे लिये एक पहेली बन गई थी—रूपवान होने के बावजूद उसमें तनिक भी घमंड नहीं था। गोली का निशाना बांधती थी, तो यूं मानो कोई कमांडो हो; और इस समय विमान को इस आसानी से चला रही थी, मानो कोई पेशेवर एयरलाईनर विमान चालक हो। सारांश में उसकी हर बात निराली थी।

कार्क द्वीप में ऐलिसन की मुंहबोली मौसी, ‘मीव-ओ-सल्लीवन’ का बंगला शहर से बाहर था। ‘मीव-ओ-सल्लीवन’ वृद्ध होने के बावजूद बहुत ही चुस्त और हाजिरवाब थी।

ऐलिसन ने उससे मेरा परिचय कराते हुये कहा, “आंटी इनका नाम ओवन स्टैनर्ड है, और यह डैडी के साथ काम करते हैं।”

“तुम्हारे कहने का मतलब है कि चोर का भाई गिरहकट।” मीव-ओ-सल्लीवन ने हंसते हुये ऐलिसन से कहा, और हमारे लिये नाश्ते का प्रबंध करने चली गई।

71

तनिक देर पश्चात जब हम तीनों नाश्ता कर रहे थे, तो ऐलिसन ने अपनी मौसी से कहा, "आंटी, बात, यह है कि पुलिस वाले ओवन की तलाश में हैं—अतः किसी को यह मालूम नहीं होना चाहिये कि ओवन यहां पर है।"

"यह कोई आयरिश आतंकवादी है?" आंटी ने संदेहात्मक स्वर में मेरे चेहरे की समीक्षा करते हुये ऐलिसन से पूछा।

"नहीं आंटी, ओवन कोई आतंकवादी नहीं है। डैडी ने इसे कुछ इस प्रकार का काम सौंपा था कि पुलिस उसकी तलाश में रहे। ब्यौरा मैं तुम्हें फिर कभी बताऊंगी।"

"यदि यह कोई आयरिश आतंकवादी नहीं, तो मुझे कोई आपत्ति नहीं। मैं तुम दोनों के लिये कमरा तैयार करवा देती हूं।"

"पहले तुम मुझे यह बताओ कि फोन कहां है?" ऐलिसन ने आंटी से पूछा।

"फोन मेरे कमरे में है। तुमने कहां फोन करना है?"

"मुझे लंदन फोन करना है।"

"यदि अपने डैडी को फोन करो, तो उससे कहना कि मुझसे मिलने आये।" ऐलिसन ने अभी तक आंटी को यह नहीं बताया था कि मैकिनटॉश गंभीर हालत में अस्पताल में है।

"मैं कह दूंगी।" यह कहकर ऐलिसन मुझे कमरे में ले आई, और कार्क बन्दरगाह के हारबर मास्टर का नम्बर मिलाया।

ऐलिसन के बात करने के ढंग से ज्ञात होता था कि वह पहले से ही उसे जानती है। ऐलिसन ने इशारे से मुझे अपने पास बुलाया, तथा मेरा कान रिसीवर के साथ लगा दिया। बन्दरगाह के हारबर मास्टर की बात साफ सुनाई दे रही थी।

"यस मैडम, मिस्टर व्हीलर का याट ईंधन लेने के लिये रुकेगा।"

"उन्होंने तुमसे कुछ और भी कहा था?" ऐलिसन ने हारबर मास्टर से पूछा।

"और तो उन्होंने कुछ नहीं कहा था, पर जब कभी भी उनका याट यहां कार्क द्वीप आता है, तो तीन चार दिन के लिये यहां रुकता है।"

जब ऐलिसन हारबर मास्टर से बात कर चुकी, तो मैंने उससे कहा, "मुझे किसी तरह छिपकर याट के अन्दर घुसना ही होगा। अगर याट का नक्शा मेरे पास होता, तो कितना अच्छा होता।"

"इसकी तुम कोई चिंता मत करो। तुम्हें जो भी चाहिये, उसका प्रबन्ध मैं करूंगी।" ऐलिसन उत्तर देते हुये बोली, "पर पहले मैं अस्पताल से डैडी का हाल मालूम कर लूं।" यह कहकर ऐलिसन लंदन में अस्पताल का नंबर मिलाकर बात करने लगी।

ऐलिसन की मुखाकृति से प्रतीत होने लगा कि मैकिनटॉश की हालत काफी हद तक सुधर चुकी है।

"डैडी की हालत आगे से बहुत बेहतर है। डाक्टर कह रहा था कि अब उनके बच जाने की पूरी आशा है।" ऐलिसन ने उल्लसित स्वर में कहा। तत्पश्चात ऐलिसन न जाने कहां-कहां

टेलीफोन करने लगी। बीतते क्षणों के साथ मेरा यह विश्वास और दृढ़ होता जाता था कि व्हीलर एक बहुत ही खतरनाक आदमी हैं। मैं उसे एक सुरक्षा जोखिम समझने लगा था।

ऐलिसन हर फोन करने के साथ-साथ शार्टहेंड में विवरण लिखे जाती थी। जब वह टेलीफोन समाप्त कर चुकी, तो मेरे पास आकर बैठ गई।

"तुम उस याट का ब्यौरा मांग रहे थे ना—वह इस प्रकार है—उस याट का नाम आरटिना है—उसकी लम्बाई 999 फुट और बीच की चौड़ाई 22 फुट है। उसकी अधिकतम गति सीमा 92 नॉट प्रति घंटा है। और याट के अन्दर 350 हार्स पावर के दो रोल्ज रॉइस इन्जन लगे हुये हैं। जब व्हीलर ने यह याट खरीदा था, तो उस समय यह याट केवल दो साल पुराना था।"

"उस याट का परिसर कितना बड़ा है, और टंकी का पूरा ईंधन होने पर वह कितनी दूर तक जा सकता है?"

"इसके बारे में कल सुबह पता चलेगा," ऐलिसन ने उत्तर देते हुये कहा, "अलबत्ता याट की आवास क्षमता काफी बड़ी है इसमें सात सहायकों, एक इंजीनियर, और तीन नाविकों के अलावा साठ व्यक्तियों के सफर करने के लिये पूरी व्यवस्था है।"

"याट में मुसाफिरों को किस तरह से ठहराया जाता है—मेरा मतलब है कि उसमें कोई गुप्त कमरा आदि भी है?"

"इसके विषय में भी कल पता चलेगा।"

"यह सब सूचनायें तुम्हें कहां से मिली हैं?"

"यह सूचनायें मुझे याट निर्माता से प्राप्त हुई हैं। वह किसी और व्यक्ति के लिये भी एक वैसा ही याट निर्माण कर रहा है, और उसके चित्र लेकर यहां कार्क के एक समाचार पत्र के ऐड्रैस पर भेज देगा। हम यह तस्वीरें वहां से इकट्ठी कर लेंगे।"

मैं श्रद्धा की दृष्टि से ऐलिसन के चेहरे की ओर देखने लगा। उसकी सूझबूझ बहुत ही गहरी थी।

"इस समाचार पत्र वालों से, जिसका तुमने अभी-अभी उल्लेख किया है, क्या इनसे व्हीलर के जीवन का विस्तृत ब्यौरा मिल सकता है?"

"मैंने उनसे पूछा था—उनके पास व्हीलर का विस्तृत ब्यौरा तो नहीं है, पर उन्होंने जो मुझे बताया है, वह इस प्रकार से है—महायुद्ध से पहले जब इटली ने अलबानिया पर आक्रमण किया था, तो व्हीलर ने उस युद्ध में भाग लिया था। उस समय उसकी आयु कोई चौदह वर्ष के करीब रही होगी। तत्पश्चात वह अपने परिवार के साथ यूगोस्लाविया भाग आया था, और फिर महायुद्ध के दौरान जर्मनी के विरुद्ध लड़ा था। 1946 में व्हीलर इंग्लैंड चला आया था। उस समय उसकी आयु बीस के आसपास थी। 1950 में उसने इंग्लैंड की नागरिकता प्राप्त कर ली थी। तत्पश्चात उसने भूसंपत्ति खरीदने-बेचने का धंधा शुरू किया था, और उसमें व्हीलर ने लाखों बनाये थे।"

"व्हीलर ने किस प्रकार की भूसंपत्ति का धंधा शुरू किया था?" मैंने ऐलिसन से पूछा।

"उस समय बड़े-बड़े दुकानदारों को व्यापारिक क्षेत्र बनाने की धुन सवार हुई थी। लोगों ने दोगुणे चौगुणे दामों पर अपनी जगह बेचनी शुरू कर दी। और व्हीलर ने दलाली का धंधा आरंभ

कर दिया। इस समाचार पत्र के वित्तीय संपादक ने मुझे फोन पर बताया था कि व्हीलर ने कई सौदों में बहुत हेराफेरी की थी, किन्तु किसी को पता नहीं चल पाया था।”

“यदि उसने हेराफेरी करके अवैध रूप से पैसा बनाया था, तो उसने अपने टैक्स कैसे अदा किये थे?”

“इस बारे में मैं कुछ नहीं कह सकती।”

“अच्छा मुझे यह बताओ कि युद्धों में व्हीलर किसके खिलाफ लड़ा था—राष्ट्रवादियों के विरुद्ध या साम्यवादियों के विरुद्ध?”

“इसका भी कल सुबह पता चलेगा।”

“व्हीलर राजनीति में कब प्रविष्ट हुआ था?” मैंने ऐलिसन से पूछा।

ऐलिसन अपने नोट्स के पृष्ठ पलटते हुये बोली, “व्हीलर ने 1962 में एक उप-चुनाव लड़ा था, और हार गया था। तत्पश्चात वह 1964 के आम चुनाव में लड़ा था। और काफी बड़े बहुमत से जीता था।”

“उसका अलबानिया से अब भी कोई संबंध है?”

“इस विषय में कोई भी नहीं जानता।”

“रूस या किसी अन्य देश की साम्यवादी पार्टी से कोई संबंध?”

“ओवन तुम्हें वहम हो गया है कि व्हीलर एक साम्यवादी है। वह एक पूंजीपति है, और एक पूंजीपति कभी साम्यवादी नहीं होता। इसके अतिरिक्त व्हीलर का हर भाषण साम्यवाद के खिलाफ होता है।”

“वह तो जेल सुधार के बारे में भी काफी बोलता है, और जब कभी जेल से कोई फरार हो जाता है, तो वह सरकार की कड़ी आलोचना करता है। उसे जेल-सुधारों में दिलचस्पी कब से पैदा हुई?”

“वह किसी समय जेल की विजिटर हुआ करता था। तब से वह जेल संबंधी विषयों में गहरी दिलचस्पी लेता है। वह संसद की जेल सुधार सलाहकार समिति का सदस्य भी है, और जेल सुधार संस्थाओं में भी काफी चंदा देता रहता है।”

“यह तो तुमने बहुत पते की बात बताई है। जब व्हीलर विजिटर की हैसियत से जेलों का निरीक्षण करने जाया करता था, तो उन्हीं दिनों उसने जेल अधिकारियों से संपर्क बनाये होंगे।”

“यह तुम्हारे दिमाग की सनक है।” ऐलिसन ने चिड़चिड़ेपन से कहा, “तुम अक्ल की बात करो—तुम अमरीकनों की तरह क्यों सोचते हो कि जो व्यक्ति अपने अनुकूल न हो, वह साम्यवादी है। जरा अक्ल से काम लो।”

मैंने ऐलिसन से कहा, “इस बात पर तुम मुझसे सहमत हो कि व्हीलर एक अविश्वसनीय व्यक्ति है, और उसने अवैध रूप से लाखों बनाये हैं। और इस बात से भी सब परिचित हैं कि वह जेल सुधार संस्थाओं को काफी चंदा देता है। तुम जरा ध्यान से सोचो कि आजकल लोग वहीं देते हैं जहां पर उनको अपना स्वार्थ नजर आता हो। इसके अलावा तुम एक और बात पर गौर

करो—इस समय व्हीलर की आयु केवल छियालीस वर्ष की है और उसके रिटायर होने में काफी समय पड़ा है। अगर व्हीलर जैसा आदमी—जिसके बारे में मुझे यकीन है कि वह एक साम्यवादी है, और तुम मुझसे सहमत नहीं हो—अगले या उससे अगले चुनाव में इंग्लैंड का प्रधानमंत्री बन जाये, तो रूस के तो पौबारह हो जायेंगे।"

आठ

उस रात मैं अच्छी तरह से सो नहीं पाया। मैं बहुत दुविधा में था। ऐलिसन का यह तर्क सर्वथा—न्यायसंगत था कि एक स्वनिर्मित करोड़पति कभी साम्यवादी नहीं होता। उधर व्हीलर की विगत एवं वर्तमान गतिविधियों से स्पष्टतया यह विदित होता था कि वह एक रूसी एजेंट है।

अगली सुबह जब ऐलिसन ने बंदरगाह पर हारवर मास्टर को फोन किया, तो उसने यह समाचार सुनाया कि व्हीलर का याट, आरटिना ईंधन लेने के लिये रुका था, और ईंधन भरवाते ही जिबरालटर की ओर रवाना हो गया था। यह समाचार सुनकर मैं और उदासीन हो गया। ऐलिसन ने मुझे काफी सांत्वना दी थी। कि जिबराटलर यहां से चार दिन की जलयात्रा है, और उनके वहां पहुंचने से पहले हम कोई न कोई समाधान निकालने की कोशिश करेंगे किन्तु मुझे यह चिंता थी कि वे कहीं रास्ते ही स्लेड को किसी रूसी जहाज पर न बिठा दें।

नाश्ते के पश्चात ऐलिसन याट एवं व्हीलर का ब्यौरा—हासिल करने के लिये समाचार पत्र के ऑफिस चली गई, और मैं चिंताग्रस्त कगरे में बैठा रहा।

जब वह वापस आई, तो मैंने उसने कहा, "क्यों न व्हीलर के पीछे जिबरालटर जाया जाये?"

"मुझे भी यही ख्याल आया था। ऐसा करते हैं कि मैं दो दिन के लिये लंदन जाकर डैडी को देख आऊं। तत्पश्चात हम यहां से अपने विमान से जिबरालटर के लिये रवाना हो जायेंगे—हमें वहां पहुंचने में मुश्किल से घंटा सवा घंटा लगेगा।"

अगले दिन ऐलिसन लंदन के लिये रवाना हो गई। मैं एक प्रकार से अकेला रह गया। घर से बाहर निकलना मेरे लिये खतरे से भरपूर था क्योंकि समाचार पत्रों में अभी भी मेरे फरार होने का चर्चा चल रहा था। दोपहर लंच के समय मीव ने मेरी बोरियत को भांप लिया, और बातों का एक सिलसिला छेड़ दिया।

"मैं तुम्हारी हालत को अच्छी तरह समझती हूं, ओवन—1918 में मेरे साथ भी ऐसा ही हुआ था। जब आदमी चारों तरफ से घिर जाये, तो उसका यही हाल होता है।"

"तो इसका मतलब है कि आपने भी मेरी जैसी मुश्किलें देखी हैं।" मैंने मीव से कहा।

"बहुत ओवन—तुम अनुमान भी नहीं लगा सकते। जैसा तुम्हें अब अनुभव हो रहा है, मुझे भी ऐसा ही होता था। और फिर ओवन, मुश्किलें तो आती ही रहती हैं—कभी यहां कभी

वहां—कभी मेरे साथ कभी किसी और के साथ। मुश्किलों में तो हमेशा ही ऐसा होता है कि एक भाग रहा होता है, और दूसरे उसको खोजने या उसका पीछा करने में लगे होते हैं, जैसा कि तुम्हारे साथ आजकल हो रहा है।" तनिक चुप रहने के पश्चात मीव ने विचारमग्न भाव से कहा, "खास कर जब किसी का मैकिनटॉश जैसे आदमी से संबंध हो, तो उसके रास्ते में तो कांटे ही कांटे होंगे।"

"आपको मैकिनटॉश के रास्ते पसंद नहीं?" मैंने मुस्कराते हुये मीव से पूछा।

"मैं पसंद या न पसंद करने वाली कौन होती हूं। मुझे तो यही मालूम नहीं कि कि वह क्या करता है। मुझे तो केवल इतना पता है कि उसका काम बहुत सख्त और खतरनाक है—और यह कि उसके साथ काम करने वाले आदमियों का जीवन हमेशा खतरे में रहता है।"

"और जो स्त्रियां मैकिनटॉश के साथ काम करती हैं उनके जीवन के बारे में आपकी क्या राय है?"

"मैं समझ गई हूं—तुम्हारा संकेत ऐलिसन की ओर है—अब मैं क्या कहूं—मैकिनटॉश को एक बेटे की चाहना थी, और जब बेटा नहीं हुआ, तो उसने अपनी बेटी को बेटा समझ लिया और अपने नक्शे कदम पर ले गया।"

"मैकिनटॉश तो बहुत सख्त आदमी है—ऐलिसन की मां कैसी थी?"

"वह मूर्ख थी।" मीव ने मुंह संकुचित करते हुये कहा, "एकदम सीधी सादी और भोली भाली। वह जीवन पर्यन्त मैकिनटॉश को नहीं समझ पाई। उनकी आपस में कभी बनी ही नहीं। ऐलिसन के पैदा होने से पहले वह मैकिनटॉश को वहीं छोड़कर यहां आयरलैंड रहने चली आई थी। ऐलिसन जब दस साल की थी, तो उसकी मृत्यु हो गई थी।"

"तो इसका आशय है कि ऐलिसन की मां की मृत्यु के पश्चात मैकिनटॉश ने अपनी बेटी का संरक्षण अपने हाथ में लिया था?"

"हां।"

"आप मुझे यह बताईये कि यह स्मिथ के पीछे क्या किस्सा है। ऐलिसन अपने आपको मिसेज स्मिथ क्यों कहती है?"

"ऐलिसन ने तुम्हें अभी तक नहीं बताया?"

"नहीं।"

"तो मैं भी नहीं बताऊंगी। मैंने पहले ही तुम्हें बहुत कुछ बता दिया है। इस बारे में यदि ऐलिसन ने तुम्हें कुछ बताना होगा, तो समय आने पर अपने आप तुम्हें बता देगी।" कहकर मीव अपनी जगह से उठकर अपने कमरे में जाने लगी। तभी रुककर मेरी ओर देखती हुई बोली, "तुम भी मुझे मैकिनटॉश की तरह के आदमी प्रतीत होते हो, और ऐलिसन के लिये...।"

बाकी उसने मेरे अनुमान के लिये छोड़ दिया।

मीव से बाते करते-करते शाम हो गई थी। मैं अपने कमरे में आकर बैठ गया, और आज के समाचार पत्र पढ़ने लगा। डिन्नर के पश्चात मैं अपने कमरे में लौटा ही था कि टेलीफोन की घंटी बजने लगी। यह टेलीफोन ऐलिसन का था।

"ओवन, जब मैंने कार्क से उड़ान भरी थी, तो मैंने लंबा रास्ता अखित्यार किया था और रास्ते में व्हीलर के याट को समुद्र में देखा था—वह वाकई जिबरालटर की ओर जा रहा है।"

"तुमने इतनी ऊपर से याट को कैसे पहचान लिया?"

"मैं विमान को नीचे पांच हजार फुट की ऊंचाई पर ले आई थी, और फिर अपनी दूरबीन द्वारा याट को अच्छी तरह से देख लिया था।"

"मैकिनटॉश का क्या हाल है?"

"पहले से तो डैडी का हाल काफी बेहतर है, किन्तु वह अभी तक होश में नहीं आये। डाक्टर ने मुझे केवल दो मिनट के लिये उनके कमरे में जाने दिया था।"

मैं मन ही मन में सोचने लगा कि यदि मैकिनटॉश होश में आ गया होता, तो मुझे यह पता चल जाता कि उसके और व्हीलर के बीच क्या वार्ता हुई थी।

मैंने ऐलिसन से कहा, "तुम अपना ध्यान रखना—कहीं यह न हो कि लंदन में कोई तुम्हारा पीछा कर रहा हो।"

"अभी तक तो किसी ने मेरा पीछा किया नहीं, और अगर किसी ने किया भी, तो मैं उसके पीछे-पीछे चलने लगूंगी। अलबत्ता एक आदमी जरूर मेरे पीछे आया था।"

"वह कौन था?"

"डैडी का हाल जानने के लिये प्रधानमंत्री ने अपने सेक्रेटरी को अस्पताल भेजा था। वह कह रहा था कि प्रधानमंत्री डैडी के विषय में बहुत चिंतित हैं।"

अनायास ही मुझे ख्याल आया कि मैकिनटॉश जब व्हीलर से भेंट करके लौट रहा था तो एक कार ने जान बूझकर उसे अपनी जद में लेकर उसकी हत्या करने की कोशिश की थी।"

"तुम एक काम करो, ऐलिसन—तुरन्त प्रधानमंत्री के सेक्रेटरी को फोन करके उससे यह अनुरोध करो कि वह यह खबर फैला दे कि मैकिनटॉश बहुत बुरी हालत में है और अपनी अंतिम घड़ियां गिन रहा है।"

ऐलिसन तुरन्त मेरा इशारा समझ गई।

"तुम्हारे कहने का मतलब है कि यह पता चलने पर कि डैडी अब खतरे से बाहर हैं वे लोग कहीं अस्पताल पहुंचकर डैडी पर हमला न कर दें?"

"यदि उन लोगों को यह पता चल गया कि तुम्हारे डैडी की हालत सुधर रही है, तो वह निश्चित रूप से ऐसा ही करेंगे। तुम प्रधानमंत्री के सेक्रेटरी से कहो कि व्हीलर के किसी साथी से चुपके से यह कह दे कि मैकिनटॉश की हालत बहुत खराब है। जब व्हीलर अपने किसी साथी से फोन पर तुम्हारे डैडी का हाल चाल पूछेगा, और उसे यह पता चलेगा कि मैकिनटॉश गंभीर हालत में है, तो वह तुम्हारे डैडी की ओर कोई ध्यान ही नहीं देगा, और उसकी ओर से लापरवाह हो जायेगा। इस तरह से तुम्हारे डैडी उसके दूसरे हमले से बच जायेंगे।"

"मैं अभी प्रधानमंत्री के सेक्रेटरी से बात करती हूं।"

"व्हीलर के बारे में और कुछ पता चला?"

“मैंने यहां पहुंचते ही अपने तीन चार आदमी उसकी पिछली जिन्दगी की जांच पड़ताल के लिये लगा दिये थे। मैं जब वापस लौटूंगी, तो व्हीलर से संबंधित एक फाइल लेकर आऊंगी।”

दो दिन पश्चात जब ऐलिसन वापस पहुंची तो काफी थकी हुई थी। मीव ने उसे चाय नाश्ता कराया, और हम दोनों को अकेला छोड़कर अपने कमरे में चली गई।

“व्हीलर के बारे में और कुछ मालूम हुआ?” मैंने ऐलिसन से पूछा।

“उसके बारे में तो कोई विशेष पता नहीं चला, अलबत्ता उसके स्टाफ के विषय में बहुत दिलचस्प जानकारी हाथ लगी हैं।”

“वह क्या?”

“उसके ड्राइवर के अतिरिक्त उनका समूचा स्टाफ ब्रिटिश है।”

“और ड्राईवर किस देश का है?” मैंने अधीरता से पूछा।

“वह आयरिश हैं।”

“ऐसा उसने जान बूझकर किया होगा—वह ड्राईवर वास्तव में व्हीलर का आयरिश संपर्क होगा।”

“वह तो है ही, पर तुमने पूरी बात सुनी नहीं—उसका स्टाफ भी ब्रिटिश जन्म-जात नहीं है—वे सबके सब नागरिकता प्राप्त ब्रिटिशर्ज हैं। और उन सबने अपने-अपने नाम बदले हुये हैं।”

“तो वह सब अलबानिया के होंगे?”

“एक को छोड़कर।”

“वह कौन है?”

“उसका रसोइया—वह चीनी है, तथा उसका नाम चांग पी ल्यू है।”

“यह रसोइया कहां का रहने वाला है?” मैंने ऐलिसन से पूछा।

“वह हांग-कांग का रहने वाला है, यानी वह हांग-कांगी चीनी है। और मजे की बात यह है कि उसके नौकर उसके पास दो तीन साल से ज्यादा नहीं टिकते। यह मेरी महत्त्वपूर्ण जानकारी है।”

“तुम क्या उल्टी सीधी बातें कर रही हो। इसमें महत्त्व की क्या बात है। आजकल के घरेलू नौकर तो किसी के पास भी नहीं टिकते।”

“तुम अक्ल से काम लो, तो तुम्हें समझ आये।” ऐलिसन ने अपनी नोट बुक खोलते हुए कहा, “व्हीलर के घरेलू नौकरों का ब्यौरा इस प्रकार है—तीन माली, चार बटलर, तीन गृह प्रबंधक, और तीन नौकरानियां—ये सबके सब अलबानियन हैं, और दो तीन वर्ष के पश्चात नौकरी छोड़कर कहीं और चले जाते हैं। उनकी जगह जो नौकर रखे जाते हैं वे भी अलबानिया से मंगवाये जाते हैं, और फिर उनके लिये ब्रिटिश नागरिकता का प्रबंध किया जाता है। दो तीन वर्ष बाद वे भी नौकरी छोड़कर कहीं और चले जाते हैं, और फिर उनकी जगह पर काम करने के लिये अलबानिया से नौकर मंगवाये जाते हैं। यह एक चक्र है इस तरह से व्हीलर अब तक पचास से अधिक अलबानियों को यहां इंग्लैंड बुला चुका है।”

"व्हीलर के पास से नौकरी छोड़ने के पश्चात ये नौकर कहां जाते हैं?"

"उनमें से अधिकांश दूसरे सांसदों के घरों में नौकरी करने लगते हैं।"

"इससे क्या परिणाम निकलता है?" मैंने ऐलिसन से पूछा।

"इससे दो परिणाम निकलते हैं—एक तो यह कि व्हीलर का अलबानिया में कोई ऐसा आदमी है जो व्हीलर को वहां से नियमित रूप से आदमी सप्लाई करता है। दूसरा यह कि व्हीलर अलबानिया से आये इन लोगों के लिये पहले यहां पर उनके लिये ब्रिटिश नागरिकता के प्रबंध करता है। तत्पश्चात उनको दो तीन वर्ष किसी प्रकार प्रशिक्षण देकर अपने सांसद साथियों के यहां नौकर रखवा देता है—घरेलू नौकर मिलते नहीं—सो कोई भी न नहीं करता होगा—और उसके बाद व्हीलर इन्हीं नौकरों द्वारा उन सांसदों की गतिविधियों के बारे में जानकारी प्राप्त करता रहता होगा। इस तरीके से व्हीलर शनैः शनैः अपना जाल फैलाता जा रहा है।"

"यह साम्यवादी बहुत ही धैर्यवान हैं—और इनकी घुसपैठ का पता ही नहीं चलता। अब तुम उस स्लेड का ही उदाहरण लो—वह बीस वर्ष तक ब्रिटिश सरकार के गुप्तचर विभाग में काम करता रहा, और किसी को शुबहा तक नहीं हुआ। खैर, अब तुम यह बताओ कि जिबरालटर कब चलना है?"

"कल सुबह।"

❑ ❑

अगले दिन जब मैं और ऐलिसन स्टेट आफ जिबराटलर पहुंचे, तो उस समय दोपहर के दो बजा चाहते थे। ऐलिसन ने बड़ी कुशलता से विमान नीचे उतारकर एयरपोर्ट के एक कोने पर खड़ा कर दिया था, और विमान का इन्जन बन्द करके नीचे उतरने की तैयारियों में लगी हुई थी।

"तुम यों बुत बने क्यों बैठे हो? अब चलो।"

"मैं बाहर निकलते ही पहचान लिया जाऊंगा—यहां पर भी मेरी तसवीरें पहुंच चुकी होंगी।"

ऐलिसन ने अपने पर्स से एक पासपोर्ट निकालते हुये कहा, "यह रहा तुम्हारा डिपलोमेटिक पासपोर्ट।" यह पासपोर्ट मेरे असली नाम यानी ओवन स्टेनर्ड के नाम पर था—उसके अन्दर मेरी तसवीर चिपकी हुई थी। तसवीर के नीचे मेरे हस्ताक्षर थे, जो हूबहू मेरे हस्ताक्षरों से मिलते थे, पर वास्तव में मेरे नहीं थे।

"यह तुमने कैसे किया?" मैंने एलिसन से पूछा।

"इससे तुम्हारा कोई संबंध नहीं। यह एक डिपलोमेटिक पासपोर्ट है—और तुमसे कोई सवाल तक नहीं करेगा। तुम अब विमान से नीचे उतरो।"

"मैं संकोच से विमान से नीचे उतर आया, और ऐलिसन के पीछे-पीछे चलने लगा। टर्मिनल पर पहुंचकर मेरा हृदय धकधक करने लगा। किन्तु ज्यों ही मैंने वह पासपोर्ट

79

दिखाया—उस पर डिपलोमेटिक का शब्द अंकित देखकर ही वह पासपोर्ट मुझे लौटा दिया गया, और मैं ऐलिसन के पीछे-पीछे एयरपोर्ट टर्मिनल से बाहर निकल आया।"

"मैंने यहां रॉक होटल में दो कमरे बुक करवा रखे हैं। तुम टैक्सी वाले को बुलाओ।" ऐलिसन ने मुझसे कहा।

मैंने एक टैक्सी को इशारे से अपनी ओर बुलाया, और हम दोनों उसमें सवार होकर रॉक होटल पहुंच गये। होटल पहुंचने के पश्चात ऐलिसन अपने कमरे में चली गई, और मैं अपने में हम दोनों के कमरे में बराबर-बराबर थे। मैं नहा-धोकर नीचे बार में चला आया, और ऐलिसन की प्रतीक्षा करने लगा। थोड़ी देर बाद वह भी वहां पहुंच गई। तत्पश्चात हम दोनों बियर पीने लगे।

"व्हीलर के यहां पहुंचने के पश्चात तुम्हारा क्या प्रोग्राम है?" ऐलिसन ने मुझसे पूछा।

"मुझे किसी तरह याट के अन्दर घुसकर यह पता चलाना होगा कि स्लेड उस याट में है या नहीं।"

"स्लेड यदि याट में हुआ, तो?"

"तो मैं उसको याट से अगवा करने की कोशिश करूंगा।"

"और यदि ऐसा करना संभव न हुआ, तो?"

"तो फिर मुझे उसे याट के अन्दर ही ठिकाने लगाना पड़ेगा।"

ऐलिसन ने कहा, "जहां तक मेरा अनुमान है व्हीलर का याट यहां के याट क्लब में लंगर डालेगा। वह यहां जिबरालटर आता रहता है।"

"यहां का याट क्लब कहां पर है?"

"यहां से कोई आधा एक मील होगा।"

"तो चलो एक नजर याट क्लब पर डाल आये।"

हम दोनों ने अपनी बियर खत्म की, और टहलते-टहलते याट क्लब पहुंच गये। वहां पर नाना प्रकार की किश्तियां लंगर डाले खड़ी हुई थीं। लोग रेते पर लेटे हुये धूप में सेंकने में व्यस्त थे।

"वह सामने छोटा सा टैरेस है।" ऐलिसन ने मुझसे कहा, "वहां पर वे कोल्ड ड्रिंक्स आदि सर्व करते हैं। तुम वहां पर मेरी प्रतीक्षा करो—मैं फोन करके अभी आई।"

तनिक देर पश्चात जब ऐलिसन वापस आई, तो मुझसे कहने लगी, "व्हीलर का याट कल सुबह ग्यारह बजे यहां पहुंचेगा।"

"अब क्या प्रोग्राम है?" मैंने ऐलिसन से पूछा।

"अब थोड़ी देर तैरने का आनन्द उठाते हैं।"

"मेरे पास तो बेदिंग सूट ही नहीं है।"

"तो यहां की दुकान से खरीद लो।" कहकर ऐलिसन मुझे दुकान की ओर ले आई। वहां से मैंने तैराकी का एक सूट खरीदा। तब हम दोनों ने अपने कपड़े बदले और तैराकी करने के लिये समुद्र उतर गये।

❒ ❒

सुबह के दस बजे का समय था। मैं और ऐलिसन दो आराम कुर्सियों पर याट क्लब के टैरेस में बैठे हुए थे, और व्हीलर के याट के पहुंचने की प्रतीक्षा कर रहे थे। इस समय हम दोनों कोल्ड ड्रिंक्स पी रहे थे। ऐलिसन की गोद में एक दूरबीन पड़ी थी। वह थोड़ी-थोड़ी देर बाद दूरबीन आंखों से लगाकर दूर समुद्र की ओर देखने लगती थी, जब ग्यारह बजने को कुछ ही मिनट बाकी थे, तो ऐलिसन दूरबीन से काफी समय तक समुद्र की ओर देखती रही।

"ओवन तुमने तो उस याट की पूरी तसवीरें देख रखी हैं।"

ऐलिसन ने दूरबीन आंखों के साथ लगाये-लगाये मुझसे कहा, "यह देखो तो कहीं यह व्हीलर का याट ही तो नहीं आ रहा?" कहकर ऐलिसन ने दूरबीन मेरे हाथ में थमा दी।

मैं दूरबीन लगाकर समुद्र की ओर देखने लगा, और काफी समय तक देखता रहा। वह व्हीलर ही का याट था।

"हां, यह उसका ही याट है।" मैंने ऐलिसन से कहा।

थोड़ी देर पश्चात वह याट क्लब के निकट पहुंच गया। व्हीलर एक अन्य व्यक्ति के साथ याट के डेक पर खड़ा था।

"वह आदमी जो व्हीलर के पास खड़ा है," ऐलिसन ने मुझसे कहा, "वह तो याट का कप्तान है, और वह दूसरा आदमी जो पीछे की ओर नीचे झुका हुआ है, वह एक नाविक प्रतीत होता है।"

तभी हमें एक छोटा-सा तेल टेंकर दिखाई दिया, जो याट की ओर आगे बढ़ रहा था।

"यह तेल टेंकर याट के पास क्या करने गया है।" मैंने ऐलिसन से पूछा।

"इसका मतलब है कि याट में तेल भरवाते ही, व्हीलर यहां से तुरन्त रवाना हो जायेगा—यानी उसके यहां रुकने का कोई प्रोग्राम नहीं है।"

"यह तो बहुत बुरा हुआ," मैंने ऐलिसन से कहा, "मैंने तो यह योजना बनाई थी कि रात के समय आंख बचाकर याट के भीतर घुस जाऊंगा, और स्लेड को बाहर निकाल लाऊंगा, पर अब तो यह नहीं हो पायेगा।"

"हमारे लिये यह बहुत अच्छा संकेत हैं।" ऐलिसन ने शांत स्वर में कहा, "व्हीलर की इस जल्दी से इस बात की पुष्टि होती है कि स्लेड उसके याट के अन्दर ही है।"

"तेल भरने में कितनी देर लगेगी?"

"अधिक से अधिक एक घंटा।"

"तो चलो फिर ऐसा करते हैं कि किशती किराये पर लेकर याट के पास चलते हैं। शायद वहां नजदीक से कुछ और पता चल जाये।"

तत्पश्चात हमने एक मोटर वोट किराये पर ली, और याट के पास पहुंचकर इस तरह इधर-उधर देखने लगे, मानो हम कोई पर्यटक हों। तभी हमें याट पर एक और आदमी दिखाई दिया। वह एक चीनी था।

"मेरे विचार में यह व्हीलर का चीनी रसोइया वांग पी वू होगा।" मैंने ऐलिसन से कहा, "इसका मतलब है कि व्हीलर को चीनी खाना बहुत ही अच्छा लगता है।"

"इसके कई मतलब हो सकते हैं, ओवन।" ऐलिसन ने शांत स्वर में कहा।

"और क्या मतलब हो सकता है?"

"ओवन, अलबानिया और रूस की आपस में बिलकुल नहीं बनती। अलबानिया की कम्युनिस्ट केन्द्रीय समिति का अध्यक्ष चीनी भक्त है। उसका झुकाव चीन की ओर है। तुम कहते हो कि व्हीलर रास्ते में स्लेड को किसी रूसी जहाज पर बिठाकर रूस वापस भेज देगा—और मेरा यह अनुमान है कि वह स्लेड को अलबानिया ले जाकर चीनियों के हवाले कर देगा। चीनियों को और क्या चाहिये—उनको स्लेड में एक साथ दो गुप्तचर मिलेंगे—एक तो रूसी क्योंकि वह रूस की ओर से ब्रिटेन में गुप्तचरी करता रहा था—और दूसरा ब्रिटिश क्योंकि वह बीस वर्ष तक ब्रिटिश गुप्तचर विभाग में काम करता रहा था। और स्लेड बेचारा यह सोच रहा होगा कि वह अपने वतन वापस लौट रहा है।"

"ऐलिसन, अब तुम मुझे यह बताओ कि व्हीलर यहां से कहां के लिये रवाना होगा।"

"मालटा के लिये।"

"वहां पहुंचने में इसे कितना समय लगेगा?"

"चार दिन। तुम चिंता मत करो, ओवन, रास्ते में व्हीलर को एक और जगह भी रुकना पड़ेगा।"

"वह कहां?"

"वलेटा।"

"तो अब क्या प्रोग्राम है?" मैंने ऐलिसन से पूछा।

"यह होटल चलकर तय करेंगे।"

उसके बाद हम दोनों वापिस अपने होटल में लौट आये।

नौ

होटल पहुंचने पर हम दोनों में यह तय हो पाया कि जिबरालटर में रुकने की बजाए वलेटा में व्हीलर के याट की पहुंच का इंतजार किया जाये। तत्पश्चात हमने होटल का भुगतान किया और ऐलिसन के विमान से बलेटा के लिये रवाना हो गये। डिप्लोमेटिक पासपोर्ट पास होने के कारण मुझे वलेटा एयरपोर्ट पर भी किसी कठिनता का सामना नहीं करना पड़ा था।

व्हीलर के याट को वहां पहुंचाने में अभी चूंकि चार दिन और बाकी थे, तथा हमारे पास और कोई काम नहीं था हम दोनों पर छुट्टियों का सा मूड व्याप्त हो गया। वलेटा में न अधिक सर्दी थी, न अधिक गर्मी। आसमान साफ था। जगह-जगह पर रंग-बिरंगे छोटे-छोटे रेस्तरां थे वहां पक रहे अनेक प्रकार के भोजनों की गंध हमारे नथूनों में भर रही थी। हर रेस्तरां के अन्दर पीने के लिये गर्म-गर्म कॉफी और ठण्डी-ठण्डी बर्फ में लगी बाईन उपलब्ध थी। इन चीजों ने रही-सही कसर भी पूरी कर दी थी। हम एक रेस्तरां में चले गये और वहां के सुखद वातावरण में भोजन करके गर्म कॉफी पीने लगे। मुझे ऐसा आनन्द आ रहा था कि जैसा जीवन में कभी नहीं आया

था। खाना खाने के पश्चात मैं एवं ऐलिसन काफी समय तक समुद्र में तैराकी करते रहे थे। संध्या होने पर डिनर के पश्चात हम दोनों रात गये तक डांस करते रहे थे। तीन दिन और तीन रातें हमने यों ही बिताई थीं—सुबह नहा-धोकर होटल से निकल जाते और रात गये थके मांदे वापस आकर सो जाते। तीसरी रात जब हम वापस होटल पहुंचे तो ऐलिसन बहुत ही प्रसन्न मूड में थी। उसका यह मूड देखकर मैं उसके मिसेज स्मिथ होने के भेद को कुरेदने लगा।

"आखिर तुम्हें इतनी दिलचस्पी क्यों है?" ऐलिसन ने मुस्कराते हुये मुझसे पूछा।

"बस यों ही। यदि तुम बताना नहीं चाहती, तो मैं तुम्हें बिलकुल मजबूर नहीं करूंगा।"

"तुम पूछना क्या चाहते हो?"

"मैं यह जानना चाहता हूं कि स्मिथ से अब भी तुम्हारा संबंध है?"

"न! अब मेरा उससे कोई संबंध नहीं।" यह कहते-कहते ऐलिसन का चेहरा मलीन सा हो गया।

मैंने सिगरेट सुलगाते हुये कहा, "तुम दोनों का तलाक हो चुका है?"

ऐलिसन जोर से अपना सिर हिलाते हुये बोली, "ऐसा कुछ नहीं हुआ था। लाओ मुझे सिगरेट सुलगाकर दो।"

मैंने एक सिगरेट सुलगाकर ऐलिसन के हाथ में दे दी।

"उसका यानी मेरे पति का नाम जॉहन स्मिथ था और वह मुझे बहुत ही अच्छा लगता था।"

"वह भी गुप्तचरी के धंधे में था?"

"न तो वह गुप्तचरी के धंधे में था और न ही पुलिस का कोई अधिकारी था। वह एक अकाऊंटेन्ट था और जब मैंने उससे विवाह किया था तो डैडी को अचरज भी हुआ था और क्रोध भी। क्रोध तो शायद डैडी को इस बात पर था कि उनके हाथ से मुफ्त की सेक्रेटरी निकल गई थी—और अचरज संभवतः इस बात पर था कि मैंने एक अकाऊंटेन्ट से विवाह किया है—क्योंकि डैडी को गुप्तचरी के अलावा और कुछ सूझता ही नहीं था। यह पेशा डैडी की नस-नस में भरा हुआ है। बहरहाल मैं जॉहन के साथ बहुत ही खुश थी। वह मर्द होने के साथ-साथ बहुत ही दयालु और सौम्य था। जॉहन मुझे इतना अधिक प्यार करता था कि मैं बयान नहीं कर सकती।" यह कहते-कहते एलिसन के नेत्र सजल हो गये।

"फिर क्या हुआ?"

"फिर क्या होना था। मैं हूं ही हतभागी—एक दुर्घटना में जॉहन की मृत्यु हो गई, और मेरी खुशियों का संसार लुट गया। डैडी ने मुझे बहुत सहारा दिया था, मैं अपना ध्यान बटाने के लिये फिर से डैडी की सेक्रेटरी के रूप में काम करने लगी।"

"इराका आशय है कि तुम्हारे डैडी को तुम्हारे साथ बहुत स्नेह हैं?"

"डैडी भी यही कहते हैं—किन्तु यह उनका भ्रम है—डैडी को गुप्तचरी पेशे के अलावा और किसी चीज के साथ स्नेह हो ही नहीं सकता। उनको अपनी पत्नी यानी मेरी मां से भी स्नेह नहीं

था। मुझे अपनी मम्मी की अच्छी तरह से याद है। वह बहुत ही स्नेही और सीधी-सादी थी। डैडी को यदि मम्मी से लेशमात्र भी स्नेह होता तो वह कभी भी उनसे अलग न होतीं। मैं अपनी मम्मी और डैडी के तलाक के बाद पैदा हुई थी।"

जब मेरी मम्मी का देहान्त हुआ था तो उस समय मैं दस वर्ष की थी। तब मैंने पहली बार डैडी को देखा था। और जब मैं उनके साथ रहने आई थी, तो अनुमान लगा सकते हो उन्होंने मुझे किन चीजों का प्रशिक्षण दिया था? मैं जब स्कूल से वापस लौटकर स्कूल के काम से निवृत्त होती तो डैडी मुझे पिस्तौल, रिवाल्वर, स्टेनगन आदि चलाना सिखाया करते थे। जब मैं बारह वर्ष की थी तो हाथ की किसी एक उंगली का निशाना बांध सकती थी। अगर अंगूठे का निशाना बांधा तो अंगूठे पर ही गोली लगती थी और यदि छोटी उंगली का निशाना बांधा तो तर्जनी उंगली को ही गोली छेदती हुई पार होती थी—क्या मजाल जो मेरा निशाना जरा इधर से उधर हो जाये।"

"मेरे किशोरकाल के दिन जब मेरी आयु की लड़कियां गुड्डे-गुड्डियों का ब्याह रचाया करती थीं, तो मैं उन दिनों गोली चलाना सीखा करती थी। जब मैं बड़ी हुई तो डैडी ने मुझे कार चलानी सिखाई, फिर मुझे ट्रक चलाना सिखाया। जब मैं और बड़ी हुई तो मुझे विमान चलाने का प्रशिक्षण दिलवाया। तत्पश्चात मुझे जेट विमान उड़ाने की ट्रेनिंग दिलवाई। मैं ब्रिटिन की पहली और एकमात्र महिला हूं जिसके पास जेट विमान उड़ाने के लाइसेंस है। सारांश में डैडी ने मुझे गुप्तचरी ही विरासत में दी है।"

"क्या मैकिनटॉश यानी तुम्हारे डैडी ने तुम्हें कभी कोई फील्ड जॉब भी दिया था?"

"मैं अब तक तीन फील्ड जॉब कर चुकी हूं और तीनों में सफल रही हूं। मैं जितना इस धंधे की गहराई में जाती गई, उतनी ही मुझे इससे घृणा होती गई। गुप्तचरी के धंधे को दो शब्दों में आरंभ और समाप्त किया जा सकता है—मरो या मार दो।"

"जब कोई फील्ड जॉब तुम्हारे जिम्मे नहीं होता, तब तुम क्या करती हो?"

"तब मैं योजनायें तैयार करती हूं। तत्पश्चात उनको अंतिम रूप देकर फील्ड एजेन्टों की मिसलें पढ़ती हूं कि कौन एजेन्ट उस योजना को कार्यान्वित करने के योग्य है। उसके बाद डैडी वह योजना उस फील्ड एजेन्ट को सौंप देते हैं। तुम्हारे वाली योजना भी मैंने ही तैयार की थी।"

"इस बारे में तो मैकिनटॉश ने मुझे बताया था कि डाकिये से हीरे छीनने वाली योजना तुमने तैयार की थी। तुम मुझे एक बात सच-सच बताओ-तुम्हारे डैडी की तुम्हारे बारे में और तुम्हारे अपने डैडी के बारे में क्या राय है।"

"मेरे डैडी को मुझ पर अंधविश्वास है—इससे तुम मेरे बारे में उनकी राय का अनुमान लगा सकते हो—और जहां तक मेरा संबंध है मुझे अपने डैडी से बहुत ही स्नेह है क्योंकि वह मुझे बहुत अच्छे लगते हैं साथ ही मुझे उनसे घृणा भी है क्योंकि उनके भीतर की मानवता मर चुकी है। यदि ऐसा न होता तो उन्होंने इस धंधे को कब का त्याग दिया होता।"

"तुम भी तो इसी धंधे में हो?" मैंने ऐलिसन पर चोट करते हुये कहा।

“मैं इस धंधे में कितनी हूं और कितनी नहीं, यह तो मैं जानती हूं। खैर अब छोड़ो इन बातों को—व्हिस्की और बाईन की बोतल लाओ—मैं नशे में चूर होना चाहती हूं।”

“नशे में चूर क्यों होना चाहती हो?”

“बस यों ही।” यह कहते-कहते ऐलिसन की आंखे फिर सजल हो गई।”

मैं अपनी जगह से उठा और स्काच एवं बाईन की एक-एक बोतल लाकर मेज पर रख दीं और हम दोनों चुसकियां भरने लगे।

ऐलिसन के शराब पीने का ढंग भी ऐसा था मानो उसने शराब पीने की भी ट्रेनिंग हासिल की हो।

“ओवन अब तुम मुझे एक बात सच-सच बताओ—तुम्हें मेरे विषय में इतनी जिज्ञासा क्यों थी?”

“क्योंकि तुम मुझे बहुत अच्छी लगती हो।”

ऐलिसन ने कोई उत्तर नहीं दिया और व्हिस्की एवं वाईन की चुस्कियां लेती रही। चार-पांच पैग पीने पर भी वह एकदम स्थिर थी। उसकी जुबान में जरा भी लड़खड़ाहट नहीं आई थी। अकस्मात वह मेरे सामने से उठी और मेरे पास चली आई।

“आओ ओवन डांस करें।”

हमने डांस का एक आधा राऊंड ही लिया होगा कि ऐलिसन मेरे होंठों को अपने गर्म होंठों का स्पर्श देते हुये बोली, “देखने में तो तुम वाकई एक मर्द प्रतीत होते हो—देखू तो तुम एक अशांत अतृप्त स्त्री को तृप्त भी कर सकते हो या नहीं।” कहकर वह मेरा हाथ पकड़कर मुझे अपने बिस्तर पर ले आई और अपना गाऊन एवं मेरे कपड़े उतारकर मुझे बिस्तरे पर धक्का दे दिया।

वह वाकई अतृप्त थी। कोई एक घंटे पश्चात जब हम दोनों चरम आनंद के बाद शिथिलता की अवस्था में एक-दूसरे की बगल में लेटे हुये थे तो ऐलिसन ने स्नेहमयी दृष्टि से मेरी आंखों में देखते हुये कहा, “तुम जैसे दिखाई देते हो, वैसे ही मर्द हो।” कहकर उसने अपनी करबट बदली और सो गई। मैंने चादर उसके शरीर पर ओढ़ा दी और धीरे से उसके बिस्तरे से उठकर अपने कमरे में चला आया।

अगले दिन व्हीलर का याट वहां पहुंचने वाला था। मैं सुबह उठा और नहा-धोकर नाश्ते के लिये नीचे डाईनिंग हाल में पहुंच गया। तनिक देर पश्चात ऐलिसन भी मेरे पास आकर बैठ गई। उसके रखैये से ऐसा प्रतीत होता था, मानो वह गत रात की घटना को बिलकुल भूल चुकी हो। उसने कोई भी उल्लेख नहीं किया और नाश्ता करने लगी।

“मैं अभी हारबर मास्टर को फोन करके मालूम करती हूं कि व्हीलर का याट कब तक यहां पहुंचेगा?”

मैंने ऐलिसन पर अपनी शंका प्रकट करते हुये कहा, “मान लो कि वह दिन के समय यहां पहुंचा और थोड़ी देर रुकने के बाद यहां से रवाना हो गया तो उस सूरत में मैं क्या करूंगा। दिन दहाड़े तो मैं आंख बचाकर याट के अन्दर घुस नहीं सकता।”

"इस बारे में मैं क्या कह सकती हूं? तुम ही कोई उपाय सोचो।"

"यही तो समझ नहीं पड़ रही।" मैंने ऐलिसन से कहा।

"यदि वह विमान से आ रहा होता तो मैं विमान में कोई गड़बड़ करके उसे रोक लेती, पर याटों का तो मुझे जरा भी अनुभव नहीं।"

"मुझे है। मुझे कोई ऐसा प्रबंध करना पड़ेगा कि व्हीलर के याट को रात भर यहां रुकना पड़े।"

"कैसे प्रबंध करोगे?" ऐलिसन ने मुझसे पूछा।

"नाश्ते के पश्चात बाजार से कुछ समान खरीदने चलेंगे—फिर तुम्हें अपने आप समझ आ जायेगी।"

तत्पश्चात हमने जी भर कर नाश्ता किया नाश्ते के पश्चात ऐलिसन हारबर मास्टर को फोन करने चली गई।

"ओवन, हारबर मास्टर ने मुझे यह बताया है कि व्हीलर का याट दोपही को यहां पहुंचेगा और तेल भरवाने के पश्चात तुरन्त यहां से रवाना हो जायेगा।"

"मुझे पहले ही यही शंका थी," मैंने ऐलिसन से कहा, "चलो अब बाजार चलें।" बाजार से मैंने नाईलॉन की डोरियां कुछ विस्फोटक पदार्थ और स्कयूबा गेयर खरीदे और वापस चले आये।

"यह स्कयूबा गेयर तुमने किसके लिये खरीदा है?"

"इसकी सहायता से पानी के अन्दर तैरा जा सकता है।"

"और यह नाईलोन की डोरियां किस काम आयेंगी?"

"डोरियों को याट के पंखे के प्रंपेलर ब्लेड्ज के इर्द-गिर्द बांध दिया जाये तो पंखा चलेगा ही नहीं और जब तक किसी इंजन का पंखा न चले, वह इंजन स्टार्ट ही नहीं हो सकता।"

"और यदि किसी ने तुम्हें यह डोरियां बांधते देख लिया तो?"

"किसी के देखने का प्रश्न ही नहीं होता।"

"वह किस तरह?"

"क्योंकि हर याट, जहाज या पानी में चलने वाली हर यंत्रचलित नाव के इंजन और उसका पंखा नीचे पानी में डूबे होते हैं।"

तत्पश्चात हम वहां वलेटा की बंदरगाह पर पहुंच गये और एक रेस्तरां में बैठकर व्हीलर के याट की प्रतीक्षा करने लगे।

व्हीलर का याट कोई ढाई बजे के करीब वहां पहुंचा और उसने तट से थोड़ी दूरी पर लंगर डाल दिया।

हम कुछ समय तक वहीं बैठे हुये याट की ओर देखते रहे। याट के डैक पर केवल एक आदमी खड़ा था, जिसने अपने हाथ से बन्दरगाह की तरफ इशारा किया था। उसका इशारा पाते ही एक छोटा सा तेल टेंकर याट की ओर बढ़ने लगा था।

मैं एवं ऐलिसन अपनी जगह से उठे और रेस्तरां में कपड़े बदलने वाली केबिन के अन्दर चले आये। वहां पर हम दोनों ने अपने कपड़े उतारकर तैराकी सूट पहने और अपने आपको स्कयूबा गेयर (पानी के अन्दर तैरने वाला उपकरण) में फिट करके केबिन का पिछला दरवाजा खोलकर समुद्र में उतर आये और पानी के अन्दर तैरने लगे। मैं आगे-आगे था और ऐलिसन मेरे पीछे-पीछे। हम दोनों पानी के अन्दर तैरते-तैरते याट के पास चले आये और उसके इर्द-गिर्द चक्कर काटकर उसका निरीक्षण करने लगे। फिर हम खोज लगाकर याट के उस हिस्से के पास पहुंच गये जहां पर याट के इंजन के पंखे के ब्लेड पानी में डूबे हुये थे। इंजन के पंखे का व्यास कोई चार फुट के करीब था। इंजन की शाफ्ट जिस पर पंखा फिट था, उसकी मोटाई दो इंच से कुछ ऊपर थी। मैंने अपने पास से नाईलोन की मोटी डोरी निकाली और याट के इंजन की शाफ्ट के इर्द-गिर्द बांध दी। तत्पश्चात मैं नाईलोन की मोटी डोरी क सिरा चार पतली डोरियों से बांधकर उन चारों डोरियों को पंखें के परों के इर्द-गिर्द लपेटने लगा। ऐलिसन उलझी हुई डोरियों के सिरों को संभाले हुये थी ताकि कहीं हमारे हाथ पैर उन डोरियों की लपेट में न उलझ जायें। शाफ्ट एवं पंखे के गिर्द डोरियां बांधने में हमें कोई दो घंटे के करीब लग गये थे। हर पंखें के पर दक्षिणावर्त्त दिशा में घूमते हैं, जबकि मैंने डोरियों को परों के गिर्द वामावर्त्त दिशा में बांधा था ताकि जब वे इंजन को स्टार्ट करें तो पंखों की विपरीत दिशाओं की खींच से पर वहीं के वहीं जकड़े रहें।

यह सब व्यवस्था करने के पश्चात हम पानी के अन्दर तैरते हुये तट पर लौट आये। जब हम दोनों केबिन में अपने कपड़े पहन कर वापस रेस्तरां के टेरेस पर पहुंचे तो याट के डैकर पर अब भी वही आदमी खड़ा था, जो जहाज के स्थिर होने पर बैक पर चला आया था। वह कभी रेस्तरां की ओर देखता और कभी याट के आसपास देखने लगता था। बहरहाल उसने हमें टैरेस में आते और वापस आते दोनों बार देखा था। हम इतनी देर में अपनी-अपनी जगह पर आकर बैठ गये थे और अपने लिये कॉफी मंगवा ली थी।

मैं एवं ऐलिसन कॉफी पीने के साथ-साथ याट की ओर देखे जा रहे थे। थोड़ी देर पश्चात जब वह तेल टेंकर जो याट में तेल भरने के लिये गया था, वहां से वापस लौटने की तैयारी पर दिखाई दिये। कप्तान अपने हाथ इधर-उधर करके नाविकों की आदेश दे रहा था। तनिक देर बाद वे नाविक डेक से नीचे उतरकर याट के अन्दर गायब हो गये। थोड़ी देर बाद हमें इंजन की घड़घड़ाहट सुनाई दी। उसी समय तट पर बंदरगाह के कुछ कर्मचारियों ने याट के लंगर खोल दिये और याट एक झटके के साथ समुद्र में आगे बढ़ने बढ़ने लगा। थोड़ी दूर जाकर याट ने गति पकड़ ली और मेरी उम्मीदों पर पानी फिर गया। मुझे निश्चय था कि याट पानी में एक फुट भी आगे नहीं बढ़ पायेगा। मैं मन ही मन में सोचने लगा कि अलबानिया यहां से केवल 250 मील दूर है और याट यह फासला दो दिन के भीतर तय कर लेगा और उसके बाद स्लेड सदा के लिये मेरे हाथों से निकल जायेगा। ऐलिसन दूरबीन द्वारा ध्यान से याट की ओर देखे जा रही थी।

"वह देखो, ओबन।" ऐलिसन ने दूरबीन मेरे हाथ में देते हुये कहा।

मैं दूरबीन अपनी आंखों से लगाकर याट की ओर देखने लगा। याट अचानक अपने मार्ग से घूम गया था और एक अन्य जहाज से टकराते-टकराते बचा था।

अकस्मात अपने मार्ग से घूम जाने के कारण याट जहाज के किनारे से जा टकराया था।

जहाज का कप्तान मंच पर पहुंचकर यूं अपने अंग झटक रहा था, मानो याट के कप्तान की गालियां दे रहा हो। तभी दूसरा जहाज तनिक सा मुड़कर अपने मार्ग पर आगे बढ़ने लगा और वह याट वहां समुद्र की लहरों में झूलने लगा। याट का कप्तान मंच पर पहुंचकर बंदरगाह की ओर इशारे कर रहा था मानो कोई चीज भेजने के लिये, कह रहा था। कुछ क्षणों के पश्चात हमें एक रिकवरी वोट दिखाई बी, जो याट की दिशा में आगे बढ़ रही थी। याट के बिलकुल पास पहुंचकर रिकवरी वोट ने लोहे के रस्से वाट के रस्से के आगे लगे अंकुड़ों के सांप अटकाये और याट को खींचकर बंदरगाह पर ले आई। मैंने मुस्कराते हुये कहा, "अब मजा आयेगा। घंटा दो घंटे तो इन्हें पता ही नहीं चलेगा कि नुक्स कहां पर है।"

"और जब पता चल जायेगा तो वह उन डोरियों की काटकर फिर रवाना हो जायेंगे।" ऐलिसन ने मुझसे कहा।

"वे डोरियां मैंने इस भांति उलझाकर बांधी है कि उनकी खोलने में उन्हें कम से कम पांच छः घंटे लग जायेंगे, और तब तक संध्या हो जायेगी।"

"और अब क्या प्रोग्राम है?" ऐलिसन ने अपनी जगह से उठते हुये कहा।

"अब हम संध्या ढलने की इंतजार करेंगे और संध्या होते ही मैं छिपकर याट के अंदर प्रवेश कर जाऊंगा।"

❑ ❑

आधी रात बीत चुकी थी। दो बजा चाहते थे। व्हीलर का याट अभी भी बंदरगाह के उस भाग में स्थिर था, जहां पर जहाज याट आदि मरम्मत के लिये लाये जाते थे।

मैं एवं ऐलिसन ने दूर हट पर से एक नाव किराये पर ली और हम दोनों उसमें सवार हो गये। मेरे पास कुछ सामान था सो मैं एक ओर को होकर बैठ गया। ऐलिसन ने नाव के चप्पू संभाले और नाव को याट की तरफ आगे बढ़ाने लगी। कुछ देर पश्चात जब हम याट के निकट पहुंचे तो याट के मंच पर कोई आदमी नहीं था। हम काफी देर तक नाव में बैठे याट के पोत मंच का अवलोकन करने रहे थे पर वहां हमें कोई दिखाई नहीं दिया। संभवतः सब अपने-अपने केबिनों में सो रहे थे।

तत्पश्चात मैंने नाव से एक लंबा सा कांटा लंगर उठाया और जहाज की रेलिंग की ओर फेंक दिया। ऊपर पहुंचते ही वह कांटा लंगर रेलिंग के साथ अटक गया। मैंने दो तीन बार कांटे लंगर को नीचे की तरफ खींचा, पर वह अपनी जगह से जरा भी नहीं हिला। तब मैं कांटे लंगर को पकड़कर शनैः शनैः ऊपर की ओर चढ़ने लगा। कोई पांच मिनट पश्चात् मैं याट के पोतमंच पर था।वहां पर चारों ओर सन्नाटा था। मैंने वहीं रेलिंग के पास खड़े-खड़े चारों ओर निगाह दौड़ाई किन्तु वहां पर कोई भी नहीं था। मैंने अपनी जेब से पेन टार्च निकाली और उसकी रोशनी से चलता हुआ पोतमंच से नीचे याट के उस भाग में चला आया जहां पर कैबिन थे। वहां कैबिनों के सामने वाले गलियारे में हल्का-सा बल्ब जल रहा था। तकरीबन हर केबिन का

88

दरवाजा बन्द था, पर किसी पर ताला नहीं लगा हुआ था। मुझे यकीन था कि जिस केबिन में स्लेड होगा, उस केबिन के बाहर निश्चित रूप से ताला लगा हुआ होगा।

मैं दबे कदमों से गलियारे में आगे बढ़ने लगा। अंतिम केबिन से पहले वाले केबिन के बाहर ताला लगा हुआ था। मैं वहीं रुक गया और गलियारे में इधर-उधर देखने के पश्चात मैंने अपनी जेब से मास्टर चाबी निकाली और धीरे से केबिन का ताला खोलकर केबिन के भीतर प्रविष्ट हो गया। अन्दर पलंग पर कोई मुंह पर चादर ढांपे सो रहा था। मैंने उसके चेहरे से चादर हटाई और पेन टार्च की रोशनी में उसका चेहरा देखने लगा—वह स्लेड था।

तत्पश्चात मैंने अपनी पतलून के अंदर छिपा हुआ रिवाल्वर निकाला और स्लेड की खोपड़ी को ओर लक्ष्य कर दिया। तब मैंने अपना दूसरा हाथ उसके मुंह पर रखा और उसको जोर-जोर से हिलाने लगा।

स्लेड अर्धनिद्रा की अवस्था में मुझे पहचानने की कोशिश करते हुये बोला, "तुम—तुम कौन हो?"

"मैं तुम्हारा पुराना मित्र रिअरडन हूं, जिसे तुम अकेला छोड़ आये थे। अब मैं तुम्हें यहां से लेने आया हूं।"

अब स्लेड की पूरी नींद खुल चुकी थी और उसने मेरे हाथ में रिवाल्वर को देख लिया था।

"तुम्हारी तो बुद्धि मारी गई है। तुम मुझे यहां से बिलकुल नहीं ले जा सकते।"

"तुम्हें ज्ञात है कि इस समय तुम कहां पर हो?" मैंने स्लेड से पूछा।

"मुझे भलीभांति ज्ञात है कि मैं कहां पर हूं। मैं इस समय जहाज पर सवार हूं। तुम बताओ कि तुम यहां पर कैसे पहुंचे?"

"मैं वहीं से तुम्हारा पीछा कर रहा हूं जहां पर दोनों एक ही कमरे में इन लोगों के नजरबंद थे।"

"तुम कौन हो और तुम काम क्या करते हो?" स्लेड ने मुझसे पूछा।

"मैं कौन हूं यह तो तुम मुझे पहचानते ही हो। जहां तक मेरे काम का संबंध है—हम दोनों एक ही पेशे में है। अंतर केवल इतना है कि तुम गुप्तचरी करते हो और मैं प्रति गुप्तचरी।"

स्लेड ने एक दीर्घ श्वास छोड़ते हुये कहा, "इसका मतलब है कि तुम जासूस का पता चलते ही उसे किसी न किसी तरह मौत के घाट उतार देते हो। यहां पर तो तुम मुझ पर गोली चला ही नहीं सकते क्योंकि तुम्हारा रिवाल्वर साईलेंसर रहित है।"

"मैंने तुम्हारी हत्या करनी होती तो मैं तुम्हारा गला काट देता—तुम्हारी आवाज तक न निकल पाती। मैं तो तुम्हें जिंदा हालत में अपने साथ ले जाने के लिये यहां आया हूं।"

"यहां से तो मुझे ले जाना बिलकुल असंभव है।"

"उस हालत में मैं तुम्हारा घोटकर तुम्हारी हत्या कर दूंगा।" तुम किसी प्रकार के भ्रम में मत रहो। बहरहाल तुम्हें कुछ पता है कि ये लोग तुम्हें कहां ले जा रहे हैं?

"ये मुझे रूस में ले जा रहे हैं।"

"यह भी तुम्हारा भ्रम है।"

"वह कैसे?"

"पहले तुम मुझे यह बताओ कि तुम्हें कुछ मालूम है कि जिस याट में तुम सफर कर रहे हो, वह किसका है, और वह कौन है?"

"इस बारे में तो मुझे कोई ज्ञान नहीं।" स्लेड ने उत्तर देते हुये कहा।

"यह याट ब्रिटेन के एक सांसद का है—उसका नाम व्हीलर है।"

"व्हीलर से तो मैं कई बार मिल चुका हूं—उसे तो मैं भलीभांति पहचानता हूं।"

"फिर तो तुम्हें यह समझने में कोई कठिनता नहीं होनी चाहिये कि तुम्हें कहां ले जाया जा रहा है और यदि उन्होंने तुम्हें रूस ही रूस ही पहुंचाना होता तो वे तुम्हें यहां क्यों लाते। वे तुम्हें अटलांटिक सागर में ले जाते। अटलान्टिक सागर में रूसियों के जहाज मक्खियों की तरह भनभनते रहते है। यदि इन लोगों ने वाकई तुम्हें रूस पहुंचाना होता तो तुम्हें अटलान्टिक सागर ले जाकर किसी रूसी जहाज में सवार कर देते। अब तो तुम्हें समझ लग गई होगी।"

"नहीं—मैं अब भी कुछ नहीं समझा।"

"तो ध्यान से सुनो—व्हीलर, जिसका यह याट है, एक अलबानिया निवासी है। अलबानिया के चीन के साथ बहुत ही मैत्रीपूर्ण संबंध है, जबकि रूस के साथ अलबानिया की बिलकुल नहीं बनती। यह व्हीलर तुम्हें अलबानिया में ले जाकर चीनी रसोइये द्वारा चीनियों के हवाले करके पीकिंग भिजवा देगा। और चीनी एक रूसी जासूस के साथ किस तरह पेश आते हैं, इसके विषय में तुम मुझसे बेहतर जानते होओगे।"

स्लेड ने कोई उत्तर नहीं दिया और गहरी सोच में पड़ गया। मैंने उसे सोचने दिया। काफी समय बीत जाने पर मैंने उससे कहा, "तुम्हारे लिये दो विकल्प है—एक चीनियो को उत्पीड़न या ब्रिटेन की जेल। तुम्हारे लिये उचित यही है कि चुपचाप मेरे साथ चले चलो।"

तनिक संकोच पश्चात स्लेड बिस्तरे से उठ खड़ा हुआ और कपड़े पहनने लगा। जब वह कपड़े पहन रहा था तो मैं एकटक उसकी ओर देखे जा रहा था कि कहीं वह कोई हथियार अपने लिबास में न छिपा ले। जब वह कपड़े पहन चुका तो मैंने धीरे केबिन का दरवाजा बोला और उसे साथ लेकर पोतमंच पर चला आया। तत्पश्चात मैं स्लेड को याट के पोतमंच के उस कोने की ओर लाया जहां डेलिंग पर मैंने कांटा लंगर अटकाया था।

वह कांटा लंगर वहां से गायब था।

मैं रेलिंग के पास पहुंचना ही चाहता था कि याट का सारा पोतमंच तेज प्रकाश में नहा उठा। कुछ क्षणोपरांत ही मैं आदमियों के एक समुद्र में घिरा हुआ था। कोई मेरे बाजू मरोड़ रहा था तो कोई मेरे पेट में घूंसे मार रहा था और कोई मेरी अण्ड ग्रंथियों में घुटने मार रहा था। मैं मन ही मन में प्रार्थना करने लगा कि ऐलिन कहीं याट के नीचे न खड़ी हो।

उन्होंने मुझे इस कदर पीटा कि मैं फर्श पर गिर गया। तभी वे मुझे पैरों से घसीटकर पोतमंच के मध्य में ले आये। तब किसी ने कसकर मेरे बाल पकड़े और मुझे सीधा खड़ा कर दिया।

मुझे बालों से पकड़कर खड़ा करने वाला सीमांस लिंच था।

"अरे यह तो रिअरडन है।" सीमांस लिच ने कहा।

उसी समय याट के कप्तान ने अपने रिवाल्वर की नाल मेरे एक गाल के साथ लगाते हुये कहा, "हमें तुमसे बहुत दिलचस्पी है, रिअरडन।"

"यह रिअरडन नहीं है।" किसी ने शांत स्वर में कहा।

याट के कप्तान ने जो पीछे मुड़कर देखा तो मुझे वह चीनी रसोईया चांग पी यू दिखाई दिया, जो भावशून्य दृष्टि से मेरी ओर देखे जा रहा था। उसकी बगल में एक आदमी खड़ा था। उसका कद लंबा था और उसने सिगरेट केस से एक सिगरेट निकालकर अपने होंठों के बीच अटकाई थी। फिर उसने अपना दाहिना हाथ अपने गाऊन की जेब में डालकर लाईटर निकाला और उसको रोशन करके अपनी सिगरेट को सुलगाते हुये बोला, "इसका नाम स्टैनर्ड है—ओवन स्टैनर्ड।"

"आपने खुद यहां पहुंचकर मुझ पर बहुत उपकार किया है, अन्यथा मुझे आपकी तलाश करनी पड़ती। मैं आपका बहुत आभारी हूं।" उस आदमी ने मुझसे कहा और सिगरेट के कश लेने लगा।

वह सांसद व्हीलर था।

दस

"यह आदमी तुम्हारे हाथ कैसे लगा?" व्हीलर ने याट के कप्तान से पूछा।

"हमारा एक नाविक यूं ही पोतमंच पर चक्कर काटने गया था। वहां पर उसे रेलिंग के साथ अटका हुआ एक कांटा लंगर दिखाई पड़ गया। यह कांट अगर नीचे की तरफ लटका हुआ था। वह उसे उठाकर मेरे पास ले आया, और फिर मैंने पोतमंच पर गुप्त पहरा बिठा दिया।" याट कप्तान ने व्हीलर को स्पष्टीकरण देते हुये कहा।

"यह स्लेड अपनी केबिन से बाहर कैसे निकल आया?" व्हीलर ने कप्तान से कहा, "उसकी केबिन के बाहर तो चौबीस घंटे ताला लगा रहता था।"

"यह तो सीमांस ही बता सकता है।"

व्हीलर सीमांस लिच की ओर देखने लगा।

"मुझे अच्छी तरह से याद है कि मैं इसके केबिन के बाहर ताला लगाकर आया था। मैंने एक घंटा पहले चैक किया था। इसके केबिन के बाहर ताला लगा हुआ था।"

"तुम यहां से दफा हो जाओ—मैं तुमसे बाद में बात करूंगा।" व्हीलर ने लिच से कहा, और गहरी नजरों से मेरे चेहरे की ओर देखने लगा।

"मिस्टर स्टैनर्ड, आप यहां से स्लेड की तट पर किस तरह से ले जाते? यहां से तट तक पहुंचने का एक मात्र साधन किस्ती ही हो सकता है। वह किश्ती कहां है?"

"मैं तैरकर याट के पास आया था।" मैंने व्हीलर को उत्तर देते हुए कहा।

"और तुम स्लेड जैसे अपंग को भी शायद तैराकर ही तट पर ले जाते? क्यों?" व्हीलर व्यंग भरे लहजे में बोला।

फिर व्हीलर ने याट के कप्तान को संबोधित करते हुये कहा, "तुम उस किश्ती को तलाश करो।"

"उसकी तलाश की जा रही है।"

व्हीलर अपनी जगह से उठकर स्लेड के पास पहुंचा।

"तुम्हें इस आदमी के साथ जाने की क्या धुन सवार हुई थी? तुम जानते हो यह कौन है? यदि तुम याट से फरार होकर इसके साथ गये होते, तो इसने तुम्हें पुलिस के हवाले कर दिया होता और इसका मतलब तुम समझते ही हो—तुम्हें चालीस वर्ष तक इंग्लैंड की जेलों में सड़ना पड़ता। इसने तुम पर क्या मंत्र पढ़ा था जबकि तुम इसे बिल्कुल नहीं जानते।"

"मैं तुम्हें बहुत अच्छी तरह से जानता हूं।" स्लेड ने चकित स्वर में व्हीलर को उत्तर देते हुये कहा।

"मुझे भली भांति स्मरण है कि हम पहले भी दो तीन बार डिनर पार्टियों आदि पर मिल चुके है; पर यह और समय था।" व्हीलर ने मेरी ओर देखते हुए कहा।

"तुम मुझे एक बात बताओ," स्लेड ने व्हीलर से कहा, "तुम्हारा नाम व्हीलर है और तुम ब्रिटिश लोक सेवा के सांसद हो जबकि मैं एक रूसी जासूस हूं, और मैं रंगे हाथों पकड़ा गया था—तुम इंग्लैंड से भागने में मेरी सहायता क्यों कर रहे हो? इसमें तुम्हारा क्या स्वार्थ है?"

"बहुत खूब! यह एक बहुत ही अच्छा प्रश्न है," मैंने व्हीलर को संबोधित करते हुये कहा, "तुम स्लेड के प्रश्न का उत्तर दो कि तुम अपने देश के साथ विश्वासघात क्यों कर रहे हो—यह जानते हुये कि जासूस की सहायता करना घोर देशद्रोह के समान है—और देशद्रोह का अपराध संसद के उस अधिनियम के अंतर्गत नहीं आता जिसके द्वारा मृत्युदण्ड समाप्त कर दिया गया है। देशद्रोह करने वाले को आज भी मृत्युदण्ड दिया जाता है।"

व्हीलर मेरे इस प्रश्न से जरा भी उत्तेजित नहीं हुआ। बल्कि वह मुस्कराने लगा, और शांत स्वर में स्लेड को संबोधित करते हुये बोला, "मैं तुम्हारी सहायता इसलिये कर रहा हूं क्योंकि मैं ब्रिटिश कानून को कोई महत्व नहीं देता, क्योंकि तुम्हारी भांति मैं भी आने वाले कल को बेहतर बनाने के यत्न कर रहा हूं।" फिर व्हीलर ने अपना हाथ स्लेड के कंधे पर रखते हुए शांत स्वर में कहा, "तुम्हारी भांति मैं भी अच्छा कम्युनिष्ट हूं।"

"यदि तुम वाकई कम्युनिष्ट हो, तो मुझे मालूम होना चाहिये था—पर मुझसे तो किसी ने जिक्र तक नहीं किया था।" स्लेड ने व्हीलर से कहा।

"तुम्हें यह बताने की आवश्यकता ही नहीं थी। इसमें कोई संदेश नहीं कि इंग्लैंड के कम्युनिस्ट समुदाय में तुम एक महत्वपूर्ण व्यक्ति थे, पर मेरा महत्व तुम्हारी अपेक्षा कहीं अधिक है। सो इस बारे में तुम्हें बताये जाने की कोई जरूरत ही नहीं थी।"

मैंने बीच में बोलते हुये व्हीलर से कहा, "इंग्लैंड के लिये तुम दोनों का महत्व एक बराबर है। स्लेड के साथ-साथ तुम भी अपने अन्त को पहुंच चुके हो।"

मेरे इस कथन पर व्हीलर ने कोई प्रतिक्रिया व्यक्त नहीं की, और अपनी आंखें स्लेड के चेहरे पर केन्द्रित करते हुये बोला, "यह स्टैनर्ड तुम्हारे दिमाग में क्या ऊट-पटांग बातें भरता रहा है। वह तुम्हारा दुश्मन है—दुश्मन की बातों में आना आत्महत्या के समान होता है।"

"तुम मुझे यहां मालटा क्यों लाये हो?" स्लेड ने व्हीलर से पूछा।

"ओह! अब मैं समझा।" व्हीलर ने हंसते हुये कहा, "इसने तुम्हारे दिमाग में यह सनक भरी है कि मैं तुम्हें घर नहीं भिजवा रहा हूं। मैं अपनी वार्षिक छुट्टियां हमेशा भूमध्य सागर में व्यतीत करता हूं। इस वर्ष यदि मैं अटलांटिक सागर में छुट्टियां व्यतीत करने जाता, तो लोगों को व्यर्थ में संदेह होने लगता। मैं तुम्हारी खातिर भी ऐसा जोखिम मोल न लेता।"

"तुम एक अलबनियत हो" स्लेड ने भावशून्य स्वर में कहा, "मुझे तुम पर रत्तीभर भी विश्वास नहीं रहा।"

"मेरे अलबानियन होने से क्या अन्तर पड़ता है?"

स्लेड ने व्हीलर के पास खड़े हुये चीनी की ओर इशारा करते हुये कहा, "इससे बहुत अन्तर पड़ता है।"

मैंने बीच में बोलते हुये स्लेड से कहा—"व्हीलर कहता है कि तुम्हें घर भिजवा रहा है—तुम इससे पूछो कि यह तुम्हें किसके घर भिजवा रहा है—तुम्हारे घर भिजवा रहा है या अपने घर—इसका घर तो अलबानिया में है, और यह चीनियों के टुकड़ों पर पलता है।"

यह सुनकर व्हीलर तैश में आ गया ओर मेरी ओर घूरते हुये विषाक्त स्वर में बोला, "तुम्हारी जबान बन्द करनी पड़ेगी।"

तब उसने स्लेड को संबोधित करते हुये कहा, "जब तक तुम अपने गंतव्य स्थान पर पहुंच नहीं जाते, तब तक हमें तुम्हारी भी कड़ी निगरानी करनी पड़ेगी।"

"और मेरा क्या होगा?" मैंने व्हीलर से पूछा।

मुझे कोई उत्तर देने की बजाये व्हीलर अपने चीनी रसोइये की ओर देखने लगा।

"इसकी हत्या कर दो।" चीनी ने भावहीन स्वर में व्हीलर से कहा।

मैंने चीनी भाषा में उस चीनी से कुछ कहा, और वह हक्का-बक्का सा मेरी ओर देखने लगा।

"यह तो बहुत खतरनाक आदमी है।" चीनी ने व्हीलर से कहा।

"हमें तुम्हारी हत्या करनी ही पड़ेगी।" व्हीलर ने विचारमग्न भाव से कहा, "पर किस तरह? हम यह बहाना बना सकते है कि तुम छिपकर यात्रा करने के मकसद से आंख बचाकर हमारे याट पर चले आये थे। फिर तुम पकड़े गये। तुम्हारे पास एक बन्दूक थी—हमारे आदमियों ने तुम्हें पकड़ लिया। तुमने याट से भागना चाहा, और तुम उनके साथ हाथापाई करने लगे। इस हाथापाई में तुम्हें गोली लग गई, और तुम मारे गये। फिर जब हम तुम्हारी लाश पुलिस के हवाले करेंगे, तो वे तुम्हारी लाश पहचान लेंगे कि तुम रिअरडन हो। हमसे कुछ पूछने की बजाय वे हमारे आभारी होंगे कि हमने जेल से फरार एक टकैत की लाश उनके हवाले कर दी। हम पर आंच तक नहीं आयेगी और हमारा मतलब भी हल हो जायेगा।"

"तुम पर पूरी आंच आयेगी।" मैंने शांत स्वर में कहा, "जेल से मैं अकेला फरार नहीं हुआ था—स्लेड के साथ फरार हुआ था। पुलिस को मुझसे अधिक स्लेड की तलाश है। जब तुम मेरी लाश उनके हवाले करोगे, तो वे तुमसे स्लेड के बारे में पूछेंगे, और अपनी कागजी कार्यवाही पूरी करने के लिये निश्चित रूप से वे तुम्हारे याट की पूरी तलाश लेंगे। तब तुम स्लेड को कहां छिपाओगे?"

व्हीलर मेरी तर्कसंगत बात सुनकर खामोश हो गया।

कुछ क्षण के बाद मैंने उससे पूछा, "तुम्हें मेरे बारे में यह किसने बताया था कि मेरा असली नाम ओवन स्टैनर्ड है?"

"मैकिनटॉश ने!" व्हीलर ने मेरे प्रश्न का उत्तर देते हुये कहा, "उसने मुझे पूरी बात बता दी थी कि तुम दक्षिण अफ्रीका के रहने वाले हो, और तुम्हें कोई योजना कार्यान्वित करने के लिये इंग्लैंड बुलाया गया था। वह योजना क्या थी—उसके विषय में तुम जानते ही हो।"

मुझे आश्चर्य होने लगा कि मैकिनटॉश ने मेरा रहस्योद्घाटन क्यों किया। पहले तो मुझे व्हीलर की बात पर विश्वास नहीं हुआ। फिर मुझे ख्याल आया कि अगर मैकिनटॉश ने व्हीलर को न बताया होता, तो उसे यह क्यों कर ज्ञात होता कि मेरा वास्तविक नाम ओबन स्टैनर्ड है और मैं दक्षिण अफ्रीका का रहने वाला हूं मेरे मस्तिष्क में रह-रह कर यह विचार उठ रहा था कि मैकिनटॉश ने मेरे साथ विश्वासघात क्यों किया। और हो सकता है कि अब ऐलिसन भी मुझे बेवकूफ बना रही हों मुझे कुछ समझ नहीं पड़ रही थी। बहरहाल अब मुझे ऐलिसन पर भी पूरा शक होने लगा था।

तभी मुझे उस चीनी की आवाज सुनाई दी। वह व्हीलर से बात कर रहा था।

"मेरे विचार में उचित यह होगा," चीनी ने व्हीलर से कहा, "कि स्लेड को बेड़ियों में जकड़ कर केबिन में बन्द कर दिया जाये, और अलबानिया पहुंचने तक उस पर चौबीस घंटे निगरानी रखी जाये। और इस ओवन को एक वाटर टाईट कंपार्टमेंट में बन्द कर दिया जाये। इसके अलावा और कोई चारा नहीं है।"

व्हीलर ने चीनी के साथ सहमति प्रकट करते हुये मुझे यहां से जाने को कहा।

व्हीलर का इशारा पाते ही एक आदमी ने जकड़ कर मेरे बाजू को पकड़ लिया और मुझे धकेल कर याट के पोतमंच से नीचे ले जाने लगा। मेरे पीछे-पीछे एक और आदमी था। उसने मेरी वाली बन्दूक मेरी पीठ पर लक्ष्य कर रखी थी, और साथ-साथ ही मेरे पीछे चला आ रहा था। मैंने अपनी परिस्थिति की कई बार समीक्षा की, पर उनकी गिरफ्त से बच निकलने का कोई रास्ता नहीं था। लाचारीवश उनके साथ आगे बढ़ता रहा।

मैं और मेरे दो बन्दीकर्ता, हम तीनों पोतमंच के मध्य में पहुंचे ही थे कि मुझे एक पटाखा चलने की आवाज सुनाई दी। साथ ही मुझे उस आदमी के चीखने की आवाज सुनाई दी जो मेरे पीछे चल रहा था। मैंने पीछे मुड़कर देखा तो उसके हाथ में सुराख हो चुका था, और खून की तेज धारा बह रही थी। तभी मुझे एक और पटाखा चलने की आवाज सुनाई दी। यह छर्रा उस आदमी के माथे में लगा था, जिसने मेरा बाजू जकड़ा हुआ था। उसने मेरा बाजू छोड़ दिया, और

वही जमीन पर गिरकर चीख़ने चिल्लाने लगा। यह सब इतनी जल्दी हुआ था कि मुझे कुछ समझ ही नहीं आ सका।

"ओ बेवकूफ तू अब यहां क्यों खड़ा है—नीचे पानी में छलांग लगा।" यह ऐलिसन की आवाज थी। मैंने यह देखने का प्रयास ही नहीं किया कि उसकी आवाज किस दिशा से आयी है। मैंने उसी क्षण 'रेलिंग फलांगी और नीचे पानी में छलांग लगा दी। उसी क्षण मुझे पानी में किसी और के छलांग लगाने की आवाज सुनाई दी। यह ऐलिसन थी। उसने पानी में ही मेरा हाथ पकड़ा और मुझे अपने साथ याट के नीचे ले आई। ऊपर याट पर लोगों के दौड़ने की आवाज सुनाई दे रही थी। तभी मैंने चांस लेने के लिये अपना सर पानी से बाहर निकाला। ऐलिसन मुझसे कुछ ही फासले पर तैर रही थी।

"तुम पानी के अंदर तैरते-तैरते तट पर पहुंचो। मैं विपरीत दिशा से तट पर पहुंचूंगी। कहने के साथ ऐलिसन पानी में डुबकी लगाकर न जाने कहां गायब हो गई।"

मैं किसी न किसी भांति पानी के अन्दर तैरता हुआ तट पर पहुंच गया। अब मेरे मन में यह प्रश्न हो रहा था कि यदि ऐलिसन भी अपने पिता की भांति मुझे बेवकूफ बना रही है, तो उसने मेरी जान क्यों बचाई। मेरे इस प्रश्न का मेरे पास कोई उत्तर नहीं था। बहरहाल मैंने निर्णय कर लिया कि आइन्दां मैं ऐलिसन से भी चौकस रहूंगा। इतनी देर में मैं तट पर पहुंच गया और रेत पर लेटकर ऐलिसन की प्रतीक्षा करने लगा।

❑ ❑

कोई पन्द्रह मिनट पश्चात ऐलिसन मुझे दिखाई दी। वह हाफ-हांफ कर तैर रही थी। मुझे देखते ही उसने हाथ पैर छोड़ दिये। मैं उसकी यह हालत देखकर पानी में उतर आया और उसे खींचकर तट पर ले आया। वह इतनी थकी हुई थी कि उसे सांस लेना दूभर हो रहा था। मैंने उसे रेत पर लिटा दिया और उसके हाथ पांव दबाने लगा। कुछ देर पश्चात जब उसकी सांसें बराबर हुईं, तो उसने मुझसे कहा, "मैं दो बार मोटर बोट के नीचे आती-आती बची हूं। पानी के अन्दर होने के कारण मुझे पता नहीं चला कि कोई मोटर बोट मेरी ओर ही आ रही है।"

"तुम वहां याट के ऊपर कैसे पहुंच गई?" मैंने ऐलिसन से पूछा।

"तुम्हारे याट के ऊपर चढ़ने के कुछ देर बाद मुझे वहां रेलिंग पर एक आदमी दिखाई दिया था। वह कांटा लंगर को ऊपर खींच रहा था। मैं तुरन्त समझ गई कि वह कप्तान को यह सब बता देगा, और तुम पकड़े जाओगे। अतः मैं अपनी नाव याट के अग्रभाग के पास ले आई। वहां पर लंगर डालने वाले लोहे के रस्से लटके हुये थे। मैं एक रस्से के सहारे याट के पोत मंच पर चढ़ गई, और वहां एक जगह पर अपने आपको छिपा लिया।"

"यह तो मेरी खुशकिस्मती है कि तुम वहां पहुंच गई, अन्यथा मैं तो बिलकुल फंस गया था। तुमने निशाना खूब बांधा था।"

"मैं वहां से थी ही कितनी दूर? छः गज—इतनी दूरी से तो कोई भी निशाना बांध सकता है।"

95

“तुमने मेरी जान बचा दी।”

ऐलिसन ने इधर-उधर निगाहें दौड़ते हुये कहा, “अब यहां से चलने की करो। कहीं ऐसा न हो कि व्हीलर के आदमी हमें खोजते-खोजते यहां पहुंच जायें।”

“यहां कोई नहीं पहुंचेगा। खैर, चलो वापस होटल चलते है। तुम पैदल चल पाओगी?”

“बिलकुल चल पाऊंगी।” कहकर ऐलिसन अपनी जगह से उठ खड़ी हुई।

पैदल वहां से होटल एक घंटे का रास्ता था। हम दोनों चुपचाप होटल की तरफ चल पड़े ऐलिसन न जाने किस सोच में थी, अलबत्ता मैं यह सोच रहा था कि मुझे अब क्या करना चाहिये।

आखिर मैंने मौन तोड़ते हुये कहा, “मुझे यह आदेश दिये गये थे कि स्लेड को या तो वापस अपने साथ ले आऊं, या उसको वहीं खत्म कर दूं और मैं इन दोनों में से कुछ भी नहीं कर पाया।”

“इन हालात में तुम कुछ और कर भी नहीं सकते थे।” ऐलिसन ने कहा।

“नहीं ऐसी बात तो नहीं—मैं यहां याट को केबिन में स्लेड की हत्या कर सकता था, किन्तु मेरी कोशिश यह थी कि मैं उसकी हत्या करने की बजाये उसको जीवित अपने साथ ले आऊं।”

“किसी की हत्या करना इतना आसान नहीं होता।” ऐलिसन कांपते हुये बोली, “किसी को हत्या करना पाप होता है।”

मैं तिरछी निगाहों से ऐलिसन की ओर देखने लगा—और मन ही मन में सोचने लगा कि जासूसी का प्रशिक्षण प्राप्त करने के पश्चात एक जासूस के लिये अपने किसी दुश्मन की हत्या करना एक साधारण सी बात होती है—और फिर जिसने मैकिनटॉश जैसे कठोर पेशेवर जासूस से गुप्तचरी की ट्रेनिंग ली हो उसके लिये तो एक बंधक की जिंदगी का कोई महत्व ही नहीं होना चाहिये—उसके लिये किसी मनुष्य की हत्या और पाप के बीच कोई संबंध ही नहीं होना चाहिये।

और वह मैकिनटॉश की बेटी ऐलिसन हत्या को पाप समझती है!

“तुमने आज तक कितनी हत्या की है?” मैंने ऐलिसन से पूछा।

“केवल एक—और वह भी आज रात—जब मैंने उस आदमी के माथे में गोली मारी थी, जिसने तुम्हारा बाजू जकड़ा हुआ था।” यह कहने के साथ ऐलिसन कांपने लगी, मानो उसे शीतलहर हो गया हो।

मैंने अपना हाथ ऐलिसन के कंधे पर रखते हुये उससे पूछा, “तुमने मेरी जान बचाने के लिये उसकी हत्या की थी?”

“हां।”

“क्यों?”

ऐलिसन ने कोई उत्तर नहीं दिया, और एकटक मेरी ओर देखने लगी।

मैंने विषांतर करते हुये कहा, “मेरे ख्याल में हमें वह होटल फौरन छोड़ देना चाहिये।”

ऐलिसन सहमति प्रकट करती हुई बोली, “वह तो छोड़ ही देना चाहिये, पर अब क्या प्रोग्राम है?”

"आइंदा का प्रोग्राम तो याट पर निर्भर करता है कि वह किस कदर क्षतिग्रस्त है। अगर याट में कोई नुक्स नहीं, या मामूली सा नुक्स है, और व्हीलर उस नुक्स को दूर करवा के यहां से रवाना हो जाता है तो उस सूरत में हम कुछ भी नहीं कर सकते। और यदि याट काफी खराब है, और आज यहां से रवाना नहीं हो सकता, तो हमारे पास एक और चांस है। मैं आज रात फिर चोरी छिपे उसके अन्दर घुसने की कोशिश करूंगा।"

"दोबारा याट में घुसना तो बहुत मुश्किल होगा।" ऐलिसन ने कहा।

"वह तो है ही, किन्तु कोई न कोई रास्ता तो ढूंढना ही पड़ेगा।"

हम यही बातें करते करते होटल तक पहुंच गये। सुबह हो चुकी थी। लोग घरों से बाहर आना शुरू हो गये थे। हर एक के हाथ में सजावट का सामान था।

मैंने ऐलिसन से पूछा, "यह सजावट का समान काहे के लिये है?"

"आज के दिन यहां के लोग एक त्यौहार मनाते है। सारा दिन अपने घरों को बाहर से रोशनी आदि से सजाते हैं—और संध्या होते ही आतिशबाजी छोड़नी शुरू कर देते हैं, और रात गये तक आतिशबाजी के साथ धूम-धाम से यह त्यौहार मनाते है।"

यह सुनते ही मेरे दिमाग में एक अजीब सा विचार कौंध गया।

"तुम ऐसा करो, ऐलिसन कि तैयार होकर मेरे कमरे में चली आओ। इतनी देर में मैं भी तैयार हो जाता हूं, और फिर हम यह होटल छोड़ देंगे। कहीं ऐसा न हो कि व्हीलर के आदमी हमें ढूंढते हुये यहां तक पहुंच जाये।"

थोड़ी देर बाद जब ऐलिसन मेरे कमरे में पहुंची तो कहने लगी—"तुम यहां से कहां जाना चाहते हो—तुम्हें तो इस इलाके की जरा भी वाकफियत नहीं।"

"हम यहीं अंडरग्राउंड होने जा रहे है। तुम मुझे यह बताओ कि तुम्हारे पास पैसे कितने है?"

"लगभग तीन हजार पाऊंड।"

काफी है—इससे आधे में ही हमारा काम हो जायेगा,

"पर वह काम है क्या?"

"वह बाद में बताऊंगा। अब तो तुम यहां से चलने की करो। सूर्योदय हो चुका है—ऐसा न हो कि व्हीलर के आदमी यहां पहुंच जायें।" कहकर मैंने ऐलिसन का हाथ पकड़ा और होटल के पिछले दरवाजे से बाहर निकल आये।

तत्पश्चात हम एक बस में सवार हुये, और पास के एक कसबे की तरफ रवाना हो गये। उस कसबे में पहुंचने के पश्चात हुए एक भीड भरे रेस्तरां में जा पहुंचे। कसबे के लोग भी सजावट एवं आतिशबाजी आदि खरीदने में व्यस्त थे। जब हम रेस्तरां के एक कोने में आराम से बैठ गये, तो ऐलिसन ने मुझसे पूछा, "अब मुझे बताओ कि हम यहां क्या करने आये है।"

"देखो ऐलिसन, मैं यहां की स्थानीय भाषा से परिचित नहीं हूं। तुम ऐसा करो कि एक छोटी सी मोटर नाव और ढेर सारी विस्फोटक सामग्री खरीद लाओ। आज चूंकि आतिशबाजी का त्योहार है, अतः विस्फोटक सामग्री मिलने में कोई मुश्किल नहीं होगी, और न ही किसी को कोई संदेह होगा।"

“तुम उस नाव और विस्फोटक सामग्री का करोगे क्या?” ऐलिसन ने मुझसे पूछा।

“मैं उस विस्फोटक सामग्री से बम तैयार करूंगा।”

“और नाव का क्या करोगे?”

“तुम समझने की कोशिश करो—मैं उनसे टाईम बम बनाकर उनको निष्क्रिय रखूंगा तब हम उस नाव और टाइम बमों को एक ट्रक द्वारा यहां से उस जगह के पास ले जायेंगे, जहां पर व्हीलर का याट खड़ा है। तत्पश्चात मैं इन टाइम बमों को नाव के अंदर फिट कर दूंगा। फिर जब संध्या हो जायेगी, तो मैं इस नाव को पानी में उतारकर याट के नीचे ले जाऊंगा। वहां पर मैं इस नाव के साथ लगी मोटी मोटी डोरियों को याट के पंखे की शाफ्ट के गिर्द बांधकर नाव को वहीं पंखे के पास स्थिर कर दूंगा। फिर मैं टाइम बमों को क्रियाशील बनाने के पश्चात पानी के अन्दर तैरता हुआ तट पर पहुंच जाऊंगा।”

“उधर जब भी वे लोग याट का इंजन स्टार्ट करेंगे, नाव के अन्दर लगे टाईम बम फटने शुरू हो जायेंगे, और क्षण मात्र में समूचा याट आग की लपेट में आकर टुकड़े-टुकड़े हो जायेगा। और दूर से ऐसा प्रतीत होगा; मानो याट वाले भी आतिशबाजी का आनन्द ले रहे हो। इस भांति व्हीलर और स्लेड दोनों का खात्मा हो जायेगा।”

॥ ॥

ऐलिसन इस साजोसामान का प्रबंध करने वहां कस्बे के बाजार चली गई, और मैं याट का नक्शा खोलकर फिर से याट के निचले भाग का अध्ययन करने लगा।

लगभग दो घंटे पश्चात ऐलिसन यह सब प्रबंध करके वापस पहुंची। हमने वहीं तट पर एक छोटा सा शेड किराये पर लिया, और हम दोनों अपने इस काम में लग गये। बम बनाते-बनाते मुझे दोपहर हो गई। हम दोनों ने वही शेड में ही खाना खाया, और थोड़ी देर सुस्ताने के पश्चात फिर से काम में जुट गये। अब नाव की बारी थी। सबसे पहले मैंने नाव के अन्दर बड़े-बड़े खांचे से बनाये, और उनके अन्दर बम रख दिये। यह काम समाप्त होते-होते हमें शाम हो गई।

जब हमारा यहां का कार्य पूरा हो गया, तो हमने नाव को पानी में उतारा, और उसको टेस्ट करने के पश्चात, उसे पानी से बाहर निकाल लिया, और एक ट्रक से उतार लिया, और उसे पानी में उतारकर, उसके छोटे से इंजन को स्टार्ट करके उस बन्दरगाह की तरफ रवाना हो गये। व्हीलर का याट अभी वहां पर खड़ा था। हम अपनी नाव को उससे काफी फासले पर स्थिर करके नाव से नीचे उतर आये।

“ओवर, यदि हमें काफी समय तक पानी के अन्दर तैरना पड़ेगा, तो उचित यह होगा कि स्कयूबा ऐयरज का प्रबंध कर ले।”

तत्पश्चात मैं एवं ऐलिसन स्क यूबा गेयरज खरीदने रवाना हो गये। सूर्यास्त होने में अभी एक घंटा बाकी था।

मैंने ऐलिसन से कहा, “सूर्यास्त होते ही मैं अपनी नाव से याट की ओर रवाना हो जाऊंगा।”

“और मैं?”

“तुम यही पानी के अन्दर ठहरना, ताकि यदि किसी ने हमें देखा भी हो, तो किसी को यह संदेह न हो कि यह नाव हम यहां लाये थे।”

“मैं तुम्हारे साथ ही जाऊंगी।”

“वह क्यों?”

“क्योंकि यह काम अकेले का नहीं हैं”

“तुम्हारा यहीं पानी के अन्दर रहना ही हमारे हित में है।”

“वह कैसे।”

“मान लो कि, याट में आग लगने के पश्चात व्हीलर ने किसी तरह स्लेड को वहां से निकालकर तट पर भेजने की कोशिश की, तो हमारी सारी मेहनत व्यर्थ हो जायेगी। अतः अगर तुम मेरे साथ होने की बजाये याट से कुछ फांसले पर होगी, तो तुम बार-बार अपना सर पानी से बाहर निकालकर देख लोगी कि याट से स्लेड फरार तो नहीं हो रहा। यदि वह फरार हो रहा हो, तो तुम उसे देखते ही गोली मार देना।”

मेरी बात ऐलिसन की समझ में आ गई।

और हम सूर्यास्त होने की प्रतीक्षा करने लगे।

<h1 style="text-align:center">ग्यारह</h1>

सूर्यास्त होते ही वहां आतिशबाजी छूटने लगी और ऐलिसन मुझे गुड लक कहकर वहां से चली गई। मैं रात और अंधेरी होने की प्रतीक्षा करने लगा। थोड़ी देर बाद जब अंधेरा गहरा हो गया, तो मैंने वह नाव समुद्र में उतारी और वहीं उसमें बैठकर चारों ओर की समीक्षा करने लगा। नाव की बत्तियां मैंने जला दी थी कि किसी को यह संदेह न हो कि मैंने नाव में अंधेरा क्यों कर रखा है। मेरी नाव से काफी फासले पर वह याट खड़ा था। उस पर तमाम बत्तियां रोशन थीं। और साथ ही फ्लैश लाईट चारों ओर घूम रही थी, जिसने विदित होता था कि वह पूरी चौकसी बरत रहे हैं। फ्लैश लाईट, की रोशनी एक दो बार मेरी नाव पर भी पड़ी थी, किन्तु उन्होंने अपनी फ्लैश लाईट को मेरी नाव पर फोकस नहीं किया था। इससे मुझे सांत्वना सी हो गई कि उन्हें इस बात का ज्ञान नहीं हुआ है कि नाव में कौन बैठा है। थोड़ी देर पश्चात जब उनकी फ्लैश लाईट एक बार फिर मेरी नाव पर पड़ी, तो में नाव को उसी समय स्टार्ट करके याट से दूसरी दिशा में ले जाने लगा।

“इस दिशा में नहीं—आगे पानी के अन्दर एक चट्टान है।”

मैं यह सुनकर चकित रह गया। यह ऐलिसन की आवाज थी। मैंने चालक सीट के पीछे मुड़कर चारों ओर निगाह दौड़ाई—वहां पर कोई भी नहीं था। मैंने सोचा शायद मुझे भ्रम हुआ होगा, सो मैंने नाव की गति बढ़ा दी, तथा उसी दिशा में आगे बढ़ने लगा।

“तुम बहरे हो—तुम्हें सुनाई नहीं दिया—आगे चट्टान है।”

99

मैं बिलकुल विस्मित रह गया। यह ऐलिसन ही की आवाज थी, और ऐलिसन कहीं दिखाई नहीं दे रही थी। उसके आसपास होने का प्रश्न ही नहीं होता था। क्योंकि मेरी नाव पर मोटर लगी हुई थी। अतः ऐलिसन या किसी अन्य का मोटर वोट की रफ्तार के साथ-साथ तैरने का कोई सवाल ही नहीं था। मैंने मोटर वोट की गति धीमी कर दी, किन्तु मोटर वोट को उस मार्ग से नहीं घुमाया।

"तुम्हारी मोटर बोट चट्टान से टकरा जायेगी—तुम सुनते क्यों नहीं।"

"मैंने दाहिनी ओर घूमकर नीचे पानी की तरफ देखा—वहां पर ऐलिसन मेरी मोटर बोट के बराबर तैर रही थी। मैं आश्चर्य चकित सा ऐलिसन को देखने लगा।"

"तुम यूं घूमकर मेरी ओर मत देखो—याट वालों को शक पड़ जायेगा—तुम नाव घुमाओ।" मैंने तुरन्त नाव का रुख बदल दिया।

"तुम नाव की गति के बराबर कैसे तैर रही हो?" मैंने ऐलिसन से पूछा।

"यह तुम बाद में भी पूछ सकते हो।"

"नहीं, तुम मुझे अभी बताओ।"

"मैंने अपने शरीर के साथ ऐसा चल-यंत्र बांध रखा है कि मैं पचास मील की दूरी तक किसी भी तेज से तेज जहाज या मोटर बोट के बराबर-बराबर तैर सकती हूं।"

"तुमने मुझे पहले तो कभी बताया नहीं?"

"यह बात फिर भी हो सकती है। तुम उधर याट की ओर देखो—व्हीलर रेलिंग के पास से वापस जा रहा है।"

मैंने याट की ओर देखा, तो रेलिंग के पास मुझे व्हीलर की पीठ दिखाई दी। वह वाकई रेलिंग से मुड़कर वापस जा रहा था, किन्तु एक आदमी ऐन रेलिंग के पास खड़ा था, और चारों ओर निगाहें दौड़ा दौड़ाकर देख रहा था। उस आदमी को देखकर मैंने नाव का रुख मोड़ दिया, और नाव को याट की परली तरफ ले आया—यहां पर भी एक आदमी रेलिंग पर झुका खड़ा था, और चारों ओर देख रहा था।

"अब क्या किया जाये?" मैंने ऐलिसन से पूछा, पर मुझे कोई उत्तर नहीं मिला।

मैंने दाहिनी ओर झुककर पानी में देखा, तो वह नदारद थी—न आये वह पानी के अन्दर कहां गायब हो गई थी।

तत्पश्चात मैं अपनी नाव को याट के अग्रभाग के पास ले आया। यहां याट की रेलिंग के पास कोई नहीं खड़ा था। याट के इसी हिस्से में इंजन का पंखा लगा हुआ था। मैं स्कयूबा गेयर पहनकर नाव से नीचे पानी में उतर आया, तथा नाव को तनिक टेड़ा करके उसे याट के नीचे धकेल दिया। अब मेरी मोटर बोट ऐन इन्जन के पंखे के पास थी।

तत्पश्चात मैं पानी के अन्दर तैरता हुआ अपनी मोटर बोट के पिछले हिस्से की तरफ चला आया, और पेट के बल अपनी मोटर के अंदर सवार हो गया। तब मैंने मोटर बोट के नाईलान के रस्सों को कसकर पंखे की शाफ्ट के गिर्द बांधने के बाद मोटर को वही स्थिर कर दिया। इसके

बाद मैंने मोटर बोट के खांचों में रखे बमों को सक्रिय किया और मोटर बोट से नीचे पानी में उतरकर पानी के तल पर तैरता हुआ याट के नीचे से बाहर निकल आया। इसी क्षण मेरे चेहरे पर फ्लैश लाईट पड़ी, और एक गोली चलने की आवाज सुनाई दी। मैं तुरन्त पानी के अन्दर डुबकी लगाकर पानी के अन्दर तैरने लगा। तभी मुझे ऐसा अनुभव हुआ, मानो मेरा दाहिना हाथ काम न कर रहा हो। मैं आगे बढ़ने के लिये अपना दाहिना हाथ चलना चाहता था, पर मेरा दाहिना हाथ ही नहीं दे रहा था। उसी समय मुझे एक टक्कर की सी आवाज सुनाई दी। मैंने पानी के अन्दर से सिर बाहर निकाल कर देखा तो चकित रह गया—ऐलिसन न जाने कहां से एक और नाव ले आई थी, और याट के अग्रभाग के पास खड़ी एक स्टेनगन से याट के ऊपर रेलिंग के पास खड़े आदमियों पर गोलियां बरसा रही थी। याट के ऊपर पोतमंच पर भगदड़ मच गई थी, और नीचे तक आवाज आ रही थी। इस दौरान में किसी न किसी तरह तैरता हुआ वहां से कुछ आगे पहुंच गया। उस जगह पर पानी कुछ कम गहरा था। मेरे पांव रेत को छूने लगे थे। उधर समुद्र भी शांत था। मैं पैरों के सहारे वहीं पानी में खड़ा हो गया। मेरा दाहिना बाजू झूल सा रहा था। तट पर पहुंचने के लिये मुझमें तनिक भी शक्ति नहीं थी। मैं लगातार ऐलिसन की ओर देखता जा रहा था। मुझे यह चिंता हो रही थी कि कहीं उसे भी कोई गोली न लग जाये। उसी क्षण ऐलिसन ने अपनी नाव से पानी में छलांग लगाई, और पानी के अन्दर तैरती हुई मेरे पास आ पहुंची।

“तुम यहां क्यों खड़े हो, ओवन?”

ऐलिसन को देखकर मेरे हाथ पांव बिलकुल ढीले पड़ गये थे।

“मुझसे एक कदम भी आगे नहीं उठाया जा रहा।”

ऐलिसन मुझे खींच कर पानी से बाहर तट पर ले आई।

“यह तुम्हारे दाहिने बाजू से खून क्यों रिस रहा है?”

“मुझे ऐसा लगता है कि मुझे गोली लगी है।”

ऐलिसन ने तुरन्त अपनी कमीज से एक लंबा सा टुकड़ा फाड़कर मेरे जख्म के गिर्द बांध दिया। कुछ क्षण पश्चात जब मेरा खून रिसना बन्द हुआ, तो मैंने धीमी से आवाज में ऐलिसन से पूछा, याट का क्या हुआ?

“तुम खुद ही पीछे मुड़कर देख लो।”

मैंने पीछे मुड़कर देखा, तो ऐसा प्रतीत हो रहा था, मानो सारे समुद्र में आग लग गई हो। समुचा याट आग की लपेट में घिर चुका था—साथ ही याट आगे की ओर बढ़ने लगा था। गाड़ी देर पश्चात एक जोर का धमका हुआ—शायद याट की तेल की टंकी आग लगने के कारण फट गई थी। उसी क्षण याट के टुकड़े-टुकड़े हो गये।

व्हीलर का याट बिलकुल तबाह हो गया था।

“तुम्हारा चेहरा पीला पड़ रहा है, ओवन—तुम कुछ दूर तक पैदल चल पाओगे?” ऐलिसन ने मुझसे पूछा।

“है कोशिश कर देखता हूं।”

"तुम्हें मरहम पट्टी के लिये अस्पताल चलाना होगा।"

मैंने कोई आपत्ति नहीं की और ऐलिसन के सहारे सहारे उसके साथ चलने लगा।

मैं किसी की गोली लगने के कारण घायल हुआ था—अर्थात मेरा केस एक मेडिको लीगल केस था। अतः पुलिस का मुझसे पूछताछ किया जाना एक निश्चित बात थी।

मैंने मन ही मन में तै कर लिया कि यदि स्थानीय पुलिस मुझसे पूछताछ करने आई, तो मैं उनको पूरी बात सच-सच बता दूंगा कि उस याट के अन्दर एक रूसी जासूस था, जो मेरे साथ जेल से फरार हुआ था, और उस जासूस को ब्रिटेन की संसद का एक व्हीलर नामी सांसद अपने याट में शरण देकर देश से बाहर भगाकर ले जा रहा था। और इसीलिये मैंने उस याट को बमों से तबाह किया है। फिर जो मेरे साथ घटेगी, वह देखी जायेगी।

यह निर्णय करने के पश्चात मेरा मन शांत सा हो गया।

मैं लड़खड़ाता हुआ ऐलिसन के साथ-साथ चल रहा था। हम दोनों बन्दरगाह के ऑफिस के पास पहुंचे ही थे कि वहां पर मुझे डिटेक्टिव इंस्पेक्टर जोहन स्केट और सार्जेन्ट, जरविस दिखाई दिये। वे दोनों एकटक भरी ओर देखे जा रहे थे। ये वही पुलिस अधिकारी थे—जिन्होंने मुझे उस डाकिये से हीरों का पार्सल छीनने के पश्चात मेरे होटल के कमरे में आकर गिरफ्तार किया था। फोरबिस भी उनके पीछे खड़ा था—फोरबिस वही डिटेक्टिव था, जो मुझसे जेल में भेंट करने आया करता था, जो मुझसे जेल में भेंट करने आया करता था और मुझे सब्ज बाग दिखाया करता था कि यदि मैं उसे यह बता दूं कि वह हीरे कहां है, तो वह मेरा नाम हाई रिस्क कैदियों को सूची से हटवा देगा।

मैंने उन तीनों को अपनी ओर घूरते देखकर अपना चेहरा उनकी तरफ से मोड़ लिया।

"अब मैं नहीं बच सकता।" मैंने ऐलिसन से कहा।

"तुम्हारा कोई बाल भी बांका नहीं कर सकता।" ऐलिसन ने मुझे आश्वासन दिया।

तभी वे तीनों लंबे-लंबे डग भरते हुये मेरी ओर आ पहुंचे डिटेक्टिव इंस्पेक्टर जोहन स्केट मेरे सामने खड़ा होकर भावशून्य दृष्टि से मेरे चेहरे की ओर देखने लगा। फिर स्केट ने एक निगाह ऐलिसन पर डाली, और जलते हुये याट की ओर इशारा करते हुये बोला, "यह तुमने किया है?"

"मैंने? मुझे क्या पड़ी थी?"—ऐलिसन ने उत्तर दिया।

"तो फिर इसमें आग कैसे लग गई?"

"आतिशबाजी की कोई चिंगारी तेल ठंकी पर जा पड़ी होगी।"

स्केट ने मुझसे कहा, "मैं तुम्हें सावधान कर देना चाहता हूं कि हम तुम्हारे हर बयान को कचहरी, में गवाही के रूप में इस्तेमाल करेंगे। और यदि तुम्हारा बयान गलत पाया गया, तो तुम्हें झूठी गवाही देने के जुर्म में अभियुक्त करार दिया जाएगा। अतः तुम मेरे हर प्रश्न का उत्तर सोच समझकर देना।" तब वह ऐलिसन को संबोधित करते हुये बोला, "यही तुम पर लागू होता है।"

"मैं मालटा में हूं—और मालटा इंग्लैंड के अधिकार क्षेत्र से बाहर है—अतः आपको मुझसे किसी प्रकार का प्रश्न करने का अधिकार ही नहीं है।" ऐलिसन ने शांत स्वर में स्केट को उत्तर दिया।

“मैं यहां की स्थानीय पुलिस की सहायता से ले लूंगा।”

“तुम्हें रोका किसने है?” ऐलिसन ने अविचलित स्वर में कहा।

जोहन स्केट ने ऐलिसन से तो कुछ नहीं कहा, और मेरे चेहरे की ओर देखने लगा।

“तुम यहां क्या करने आये थे?” स्केट ने मुझसे पूछा।

अधिक खून बहने के कारण मुझे इतनी कमजोरी हो गई थी, कि मेरा सिर चकराने लगा था।

“यह मैं तुम्हें अपनी मरहम पट्टी के पश्चात बताऊंगा।” यह कहने के साथ ही मुझे मूर्छा आ गई और मैं वहीं बेहोश होकर गिर पड़ा।

☐ ☐

जब मुझे होश आया, तो मैं एक अस्पताल में था। मुझे जनरल बोर्ड में रखने की बजाए एक अलग कमरे में रखा गया था।

कुछ देर के पश्चात एक डाक्टर मेरे कमरे में आया, और मुझसे कोई बात किये बिना अपने काम में लग गया। उसने मेरे बाजू को सुन्न किया, और बाजू के अन्दर से गोली निकालने के पश्चात चुपचाप कमरे से बाहर निकल गया।

मुझे यकीन था कि थोड़ी देर पश्चात डिटेक्टिव इंस्पेक्टर जोहन स्केट और उसका यूनियर सार्जेन्ट जरविस मुझसे पूछताछ करने के लिये आते ही होंगे—मैं उनको शब्दों के जाल में फांसने के लिये तरकीबें सोचने लगा।

मेरे अनुमानानुसार थोड़ी ही देर पश्चात मेरे कमरे का दरवाजा खुला, और एक आदमी अन्दर दाखिल हो गया। वह न तो जोहन स्केट था और न ही जरविस।

वह एक लम्बे कद का प्रौढ़ था। उसका चेहरा बहुत ही प्रभावशाली एवं रौबदार था।उसने एक पत्र और अपना पहचान पत्र मेरे हाथ में थमा दिया।

इस नवागंतुक का नाम आर्मिटेज था, और वह ब्रिटिश प्रधान मंत्री का विशेष सेक्रेटरी था। उसने जो पत्र मुझे दिया था, वह प्रधानमंत्री की ओर से था।

एक कुर्सी पर मेरी शय्या के निकट सरकाते हुये उसने मुझसे कहा, “अब आपका स्वास्थ्य कैसा है, मिस्टर स्टैनर्ड?”

“यदि आप मेरे असली नोम से परिचित है, तो इसका मतलब है कि आपको समूचा वृतांत ज्ञात होगा ? क्या मैकिनटॉश ने आपको मेरे पास भेजा है?”

“मुझे खेद है, मिस्टर स्टैनर्ड कि मैकिनटॉश का तो निधन हो चुका है।”

“तो इसका मतलब है कि मैकिनटॉश अस्पताल से वापस ही नहीं आया?”

“नहीं—वह एक बार बेहोश होने के पश्चात होश ही में नहीं आया—उसका अस्पताल से वापस आने का प्रश्न ही नहीं होता था।”

“आपने मिसेज स्मिथ को बता दिया है कि मैकिनटॉश का देहान्त हो चुका है।”

103

"हां।"

"उसने कोई प्रतिक्रिया व्यक्त नहीं की?"

"उसने बड़े धैर्य से यह समाचार सुना था।"

तब आर्मिटेज ने अपने असली मुद्दे पर आते हुये कहा, "आप तो जानते ही है कि इंग्लैंड एवं आयरलैंड के संबंधों में सदा से तनाव रहा है—और अब आयरलैंड में आपकी हाल की गतिविधियों ने तो ब्रिटिश सरकार को और ही कष्टकर स्थिति में डाल दिया है।"

"और ब्रिटिश सरकार ने जो अपने स्वार्थ के लिये मुझे कष्टकर स्थिति में डाल रखा है, उसके विषय में आपकी क्या राय है?"

आर्मिटेज ने मेरे प्रश्न का कोई उत्तर नहीं दिया और हम दोनों काफी समय तक एक-दूसरे की ओर देखते रहे।

"मुझे यह बताइये," मैंने आर्मिटेज से पूछा, "मेरे वाली योजना बिलकुल गुप्त थी उसका अन्य लोगों को कैसे पता चल गया?"

"चूंकि इस योजना को जरूरत से अधिक खुफिया रखा गया था, इसका प्रकट हो जाना स्वाभाविक था," आर्मिटेज ने उत्तर देते हुये कहा, "जहां तक आप वाली योजना का संबंध है मैकिनटॉश को किसी पर—यहां तक कि प्रधानमंत्री पर तक विश्वास नहीं था। उसने इस योजना में इस कदर असाधारण चौकसी बरती थी कि प्रभावशाली लोगों को ये जिज्ञासा होने लगी कि आखिर मामला क्या है—हर एक को यह भय होने लगा था कि मैकिनटॉश कहीं उनके गड़े मुर्दें न उखाड़ रहा हो—वे सबके सब खोज में लग गये—और इस तरह से बात रिसनी शुरू हो गई।"

"मेरा जीवन दांव पर लगा हुआ है। आप मुझे ठीक-ठीक बताओ कि दरअसल यह किस्सा क्या है?"

"किस्सा यह है कि हम तेलों से आये दिन कैदियों के फरार होने की घटनायें घट रही थी। सरकार ने बहुतेरे उपाय किये किन्तु इन घटनाओं में कोई कमी नहीं हुई। उधर समाचार पत्रों ने इन घटनाओं को बढ़-चढ़ाकर छापना शुरू कर दिया। कोई दिन ऐसा नहीं होता था, जिस दिन जेल से फरार होने की घटना न घटती हो। सरकार ने इन घटनाओं की जांच करने के लिये माउंटबैटन आयोग नियुक्त कर दिया। इस आयोग ने इन घटनाओं की रोकथाम करने के लिये जो भी सुझाव दिये, सरकार ने वह सारे के सारे कार्यान्वित किये, किन्तु जेल से पलायन की घटनाओं में कोई कमी नहीं हुई।"

अब तो आप जनता में भी हाहाकार मचने लगा था। थक हारकर प्रधानमंत्री ने यह मामला मैकिनटॉश के सुपुर्द कर दिया। मैकिनटॉश के बारे में तो आपको मालूम ही होगा। औपचारिक रूप से तो उसका कोई ओहदा नहीं था, लेकिन वास्तव में वह इंग्लैंड की सुरक्षा विभाग का अध्यक्ष था। इसके अतिरिक्त वह प्रधानमंत्री का अंतरंग मित्र था। प्रधानमंत्री ने उसे खुली छूट दे दी कि मेरे नाम बीच में लाये बिना तुम जो जी में आये करो पर किसी भांति इस स्थिति को नियंत्रण में करो।

जब यह मामला मैकिनटॉश को सौंपा गया, तो सबसे पहले उसने इन कैदियों की सूची मंगवाई जो जेल से फरार हुये थे। वे सब के सब रूसी जासूस थे, या रूस के साथ उनके संपर्क थे। तत्पश्चात मैकिनटॉश ने यह मामला अपनी सेक्रेटरी मिसेज स्मिथ के हवाले कर दिया । मिसेज स्मिथ ने इस मामले पर अनुसंधान किया था। उसने मैकिनटॉश को यह रिपोर्ट प्रस्तुत की कि पलायन की इन घटनाओं के पीछे एक संगठित संस्था का हाथ है।

इस संस्था का नाम स्कारपिर है और इसे ब्रिटेन की संसद के एक वामपंथी सांसद की पुश्त पनाह हासिल है। तत्पश्चात मैकिनटॉश ने हर सांसद की मिसिल तैयार करनी आरंभ कर दी, और इस परिणाम पर पहुंचा कि स्कारपरि संस्था को प्रायोजक व्हीलर के अलावा और कोई नहीं हो सकता।

"उधर प्रधानमंत्री को यह यकीन था कि पलायन की इन घटनाओं के पीछे किसी आदिवासी कम्युनिस्ट ग्रुप का हाथ है। मैकिनटॉश ने जब प्रधानमंत्री पर अपने संदेह प्रकट किये कि उसे शत प्रतिशत व्हीलर पर शक है तो प्रधानमंत्री ने मैकिनटॉश की एक नहीं सुनी।"

"उन दिनों प्रधानमंत्री व्हीलर को राज्य मंत्री बनाकर अपने मंत्रिमंडल में सम्मिलित करने की सोच रहा था। तब मैकिनटॉश ने व्हीलर के विरुद्ध अकाट्य प्रमाण एकत्र करने शुरू कर दिये—उससे यह साबित हुआ कि व्हीलर एक साधारण कम्युनिस्ट ही नहीं बल्कि एक कट्टर माओवादी है। मैकिनटॉश ने जब यह प्रमाण प्रधानमंत्री के सामने पेश किये, तो प्रधानमंत्री ने उन्हें भी ठुकरा दिया। मैकिनटॉश जब भी इस विषय में व्हीलर का नाम लेता, तो प्रधानमंत्री उसे झिड़कने लगता कि तुम्हारा दिमाग चल गया है—व्हीलर एक पूंजीपति है—और एक पूंजीपति भला क्यों कर माओवादी हो सकता है।"

सारांश में प्रधानमंत्री ने व्हीलर के विरुद्ध मैकिनटॉश की एक नहीं सुनी। उधर मैकिनटाश को शत-प्रतिशत विश्वास हो चुका था कि व्हीलर एक देशद्रोही है। वह व्हीलर को बेनकाब करने के लिये मंसूबे बनाने लगा। उन्हीं दिनों स्लेड का केस चल रहा था। मैकिनटॉश की विश्वास था कि स्लेड को जासूसी के अपराध में लंबी अवधि का कारावास होगा—और व्हीलर अपनी स्कारपिर संस्था द्वारा उसे जेल से भगाने के लिये हर संभव प्रयास करेगा। इस समय मैकिनटॉश ने यह योजना बनाई कि तुमसे कोई ऐसा अपराध कराया जाये कि तुम्हें भी लंबी अवधि की सजा मिले तथा तुम्हें एवं स्लेड को एक ही जेल में रखा जाये।

"तुम्हें जेल होने के पश्चात मैकिनटॉश से स्कारपिर संस्था के लोगों में यह अफवाह फैला दी कि तुम वास्तव में एक अज्ञात रूसी एजेण्ट हो। उसका मकसद यह था कि स्कारपिर संस्था वाले तुमसे संपर्क स्थापित करके तुम्हें जेल से भागने में मदद दें और तुम उनकी संस्था में घुसकर उनका पूरा हाल जान सको। और ऐसा ही हुआ। जेल के पलायन करने के पश्चात तुम्हारे साथ क्या घटनायें घटी, वह तुम जानते ही हो।"

"यह तो मैं मान लेता हूं कि मेरे बारे में स्कारपिर संस्था को गुमराह करने की कोशिश की गई, किन्तु प्रश्न यह होता है कि स्कारपिर संस्था वाले इतने भोले नहीं कि अफवाहों के आधार

पर गुमराह हो जायें। उनको जरूर किसी ना किसी ने विश्वास दिलाया होगा कि मैं एक रूसी एजेन्ट हूं। यही मैं आपसे जानना चाहता हूं कि उनको किस व्यक्ति ने विश्वस्त किया था।"

"मैकिनटॉश ने अपने विश्वस्त सूत्रों द्वारा उनको ये विश्वास दिलाया था।"

"तो फिर बाद में उनको यह कैसे पता चल गया कि उनके साथ धोखा किया गया है।"

"यह अंतिम चाल मैकिनटॉश से चली थी। वह खुद व्हीलर से भेंट करने लगा था, और उसी ने व्हीलर पर यह प्रकट किया था कि तुमने उसको बेवकूफ बनाया है, तथा तुम कोई रूसी एजेन्ट नहीं हो बल्कि दक्षिण अफ्रीका के रहने वाले हो। मैकिनटॉश ने ही तुम्हारी असलियत व्हीलर पर प्रकट की थी।"

"मैकिनटॉश ने मेरे साथ ऐसा विश्वासघात क्यों किया?" मैंने आर्मिटेज से पूछा।

"क्योंकि वह व्हीलर को रंगे हाथों पकड़ना चाहता था। उसे विश्वास था कि यह समाचार पाते ही व्हीलर तुम्हें खत्म करवाने की कोशिश करेगा। और उस समय यानी तुम्हारी हत्या के समय ब्रिटिश गुप्तचर विभाग का पूरा अमला घटनास्थल पर मौजूद होगा। यह मैकिनटॉश की ही योजना थी। वह व्हीलर द्वारा तुम्हारी हत्या करवा के यह बात साबित करना चाहता था कि जब व्हीलर को यह पता चला कि तुम एक अज्ञात रूसी एजेन्ट हो, तो उनकी संस्था ने तुम्हें जेल से भागने में पूरी सहायता दी, किन्तु बाद में जब उसे यह पता चला कि तुम रूसी एजेन्ट नहीं हो, तो उसने तुम्हारी हत्या करवा दी।"

"यह एक तीर से दो निशाने बांधना चाहता था—एक तो यह कि व्हीलर ही अपनी संस्था द्वारा जेल से कैदियों को फरार करवाता रहा है, और दूसरा यह कि वह केवल उन कैदियों को जेल से फरार करवाता है जो रूसी जासूस हों। सारांश ये कि मैकिनटॉश यह सिद्ध करना चाहता था कि व्हीलर एक देशद्रोही है और वह इसमें सफल भी रहा।"

"वह इसमें सफल कैसे रहा?" मैंने आर्मिटेज ने पूछा।

"खुद अपनी जान गंवा कर।"

"मैं समझा नहीं।"

"क्योंकि जिस कार के साथ मैकिनटॉश का ऐक्सीडेन्ट हुआ था, वह व्हीलर ही की कार थी। यह साबित हो चुका है।"

"जब मैकिनटॉश कार के कार के नीचे आया था, तो उस समय कार को चला कौन रहा था?"

"व्हीलर का चीनी रसोइया। दुर्घटना के समय मैकिनटॉश व्हीलर से भेंट करने के पश्चात ऑफिस लौट रहा था, जहां पर मिसेज स्मिथ उसका इंतजार कर रही थी। इस बारे में कोई अनुमान नहीं लगाया जा सकता कि मैकिनटॉश व्हीलर के साथ हुई बातचीत के बारे में मिसेज स्मिथ को बताता था अपने तक ही सीमित रखता बहरहाल इतना बड़ा भेद खुलने के बावजूद इस समय तक प्रधानमंत्री के अलावा वह कोई नहीं जानता कि व्हीलर वास्तव में कौन था। इसी से आप अंदाजा लगा सकते हैं कि यह प्रोजेक्ट किस कदर खुफिया रखा गया है।"

106

आर्मिटेज की इन बातों से मेरे मस्तिष्क में एक नई शंका उत्पन्न होने लगी—कि पहले तो मैकिनटॉश ने मुझे कुरबानी का बकरा बनाना चाहा, और अब कहीं उसकी बेटी ऐलिसन भी मेरे जीवन के साथ कोई खिलवाड़ न कर रही हो।

काफी समय तक सोचने के पश्चात मैंने आर्मिटेज से पूछा, "आप जो मेरा पीछा करते हुये सीधे अस्पताल में आ पहुंचे हो—आपको यह सूचना किसने दी कि इस समय मैं यहां अस्पताल में हूं?"

"हमें यह सूचना किसी ने नहीं दी थी। हम लोग व्हीलर का पीछा करते हुये यहां तक आये थे कि उससे अब किस तरह से निपटा जाये। यहां पहुंचने के पश्चात हमें यह पता चला कि आप पहले से ही उसके पीछे पड़े हुये हैं। मैं आपको पहचानता नहीं था कि आपसे संपर्क स्थापित कर सकता। सो मैंने आपकी शिनाख्त के लिये पुलिस के उन अधिकारियों को यहां बुलाया जिन्होंने आपको गिरफ्तार किया था।"

"तो इसका आशय है कि व्हीलर अब आपके हाथ में है?" मैंने प्रश्नसूचक स्वर में आर्मिटेज से पूछा।

"व्हीलर का हमारे हाथ में होने का प्रश्न ही नहीं होता—उसे तो आपने पहले ही ऊपर वाले के हाथ में पहुंचा दिया है—वह मर चुका है और स्लेड भी। इस समय तो हमारी सबसे बड़ी मुश्किल आप है कि आपके बारे में क्या किया जाये।"

"इसका निर्णय तो वही कर सकते है, जिन्होंने मेरे लिये यह मुश्किल उत्पन्न की थी।"

आर्मिटेज ने विचारमग्न भाव से कहा, "इसी का तो कोई समाधान नहीं निकल रहा। समाचारपत्रों को पहले ही आयरलैंड में आपकी गतिविधियों की भनक मिल चुकी है। जहां तक सरकार का संबंध है, वह इसकी और कोई ध्यान नहीं देगी क्योंकि आप द्वारा घटाई गई ये घटनायें इंग्लैंड से बाहर घटी थीं। सरकार के लिये सबसे बड़ी मुश्किल तो हीरों की वह डकैती है, जो मैकिनटॉश ने सरकार की जानकारी में आपसे डलवाई थी—उस पर कैसे पर्दा डाला जाए?"

"उसमें क्या मुश्किल है? जिसका वह पार्सल था, उसे तो बीमा कंपनी ने पैसा दिया होगा। अतएव अब उसके कोई आपत्ति करने का प्रश्न ही नहीं, होता। सरकार चाहे, तो इस मामले को आसानी से दबा सकती है।"

आर्मिटेश ने कहा, "यदि सरकार ने इस मामले को दबाने की कोई कोशिश की, तो बीमा कंपनी वाले शोर मचाने लगेंगे कि सरकार ने डकैत को खुलेआम छोड़ दिया है, जबकि हमें उनके कारण लाखों का हरजाना भरना पड़ा है। तुम बताओ—यदि सरकार की जगह तुम होते, तो क्या करते?"

"इस मामले की बहुत आसानी से ठप किया जा सकता है। वह इस तरह से कि असली रिअरडन के बारे में आप जानते ही हैं कि उसकी मृत्यु हुये मुद्दत हो चुकी है। और इस बारे में कोई भी नहीं जानता कि मैंने रिअरडन का स्वांग भरके यह डाका डाला था। लोगों की दृष्टियों में

तो मैं अभी तक रिअरडन ही हूं। अतः अब आप यह मशहूर कर दीजिये कि रिअरडन जो डकैती के केस में जेल भुगत रहा था, और तत्पश्चात जेल से फिर भाग निकला था, वह पुलिस के साथ एक भिड़ंत में मारा गया है।"

आर्मिटेज ने कुछ देर सोचने के पश्चात कहा, "यह तो किया जा सकता है, किन्तु व्हीलर की मृत्यु का क्या स्पष्टीकरण दिया जाए?"

"उसमें भी कोई मुश्किल नहीं—आप यह समाचार फैला दीजिये कि व्हीलर अपने याट द्वारा यहां मालटा आया हुआ था। जिस दिन उसका याट यहां पहुंचा था, उस दिन यहां आतिशबाजी का त्योहार था। यह सभी जानते ही है कि मालटा के लोग आतिशबाजी का पर्व बड़े हर्षोल्लास के साथ मनाते है। उस संध्या जब व्हीलर का याट यहां से रवाना होने वाला था—उस समय आतिशबाजी जोरों पर थी। दुर्भाग्यवश तीन चार राकेट एक साथ याट पर जा गिरे—देखते-देखते सारे याट में आग लग गई तथा याट में सवार कोई आदमी नहीं बच सका। दुर्घटना के समय हीलर भी याट पर था।"

आर्मिटेज प्रशंसात्मक दृष्टि से मेरी ओर देखने लगा।

"यह आपने वाकई बहुत अच्छा सुझाव दिया है। याट दुर्घटना में व्हीलर की मृत्यु को एक प्रकार की साधारण मृत्यु समझा जाएगा। खैर यह समस्या तो हल हो गई। मुझे अब आपको दो और संदेश देने हैं—एक तो यह कि एक ल्यूसी नाम की स्त्री शीघ्र ही आपसे संपर्क स्थापित करेगी। दूसरा यह कि व्हीलर की स्कारपिर संस्था का खात्मा करने में जो भूमिका आपने निभाई है, उसके लिये प्रधानमंत्री आपके बहुत कृतज्ञ है। लेकिन यह तो आप समझते ही होंगे सार्वजनिक रूप से वह आपकी कोई प्रशंसा नहीं कर सकते।"

"मुझे प्रशंसा आदि की कोई आवश्यकता नहीं है। यदि प्रधानमंत्री वाकई मेरे एहसानमन्द है, तो आप मेरी ओर से उनसे यह अनुरोध कीजिये कि मेरे खिलाफ वह डकैती का केस खत्म कर दें।"

"इसकी आप कोई चिंता मत कीजिये।"

"मिस्टर आर्मिटेज, आप चिंता की बात कर रहे है, और मुझे अपनी जान के लाले पड़ रहे हैं। पुलिस को मेरी शक्ल दिखी नहीं, और उन्होंने मुझे हवालात में बन्द किया नहीं। पहले मुझ पर केवल डकैती का अपराध था, और अब मुझ पर जेल से पलायन करने का अपराध भी है—तथा आप फरमा रहे है कि चिंता मत कीजिये!!"

"ओह मिस्टर स्टैनर्ड, अब आप नासमझी की बातें कर रहे हैं यदि पुलिस ने आपको गिरफ्तार करना होता, तो कब का हिरासत में ले लिया होता। ब्रिटिश पुलिस तीन दिल से यहां पर है। उनको आपकी हरेक गतिविधि का ज्ञान है। उनको आपके यहां मालटा पहुंचने से लेकर व्हीलर के याट के दुर्घटनाग्रस्त होने तक का पूरा ब्यौरा ज्ञात है। आप व्यर्थ में बच्चों जैसी बातें कर रहे हैं। पुलिस आपको कुछ नहीं कहेगी।"

"तो इसका आशय है कि मेरे विरुद्ध जुर्म वापस ले लिये गये हैं?"

"मिस्टर स्टैनर्ड, इन बातों से आपका कोई संबंध नहीं।"

"मेरा संबंध नहीं, तो किसका संबंध है?" मैंने तनिक रुष्ट भाव से पूछा।

आर्मिटेज शांत स्वर में उत्तर देते हुये बोला, "मास्टर स्टैनर्ड आप इसी क्षण से बिलकुल स्वतंत्र है।"

"पर कैसे?"

"मिस्टर स्टैनर्ड, आपको आम खाने से मतलब है, या पेड़ गिनने से। आप जहां जो चाहे जा सकते है। यदि आप इंग्लैंड में रहना चाहे, तो आप इंग्लैंड में रहना चाहें, तो आप इंग्लैंड में भी रह सकते है।"

"मिस्टर आर्मिटेज, आप मुझे आश्वासन दिये जा रहे हैं कि मैं स्वतंत्र हूं, पुलिस मुझे कुछ नहीं कहेगी, पर आप मेरी शंकाये दूर नहीं कर सके। मैं कैसे मान लूं कि पुलिस मेरे खिलाफ कोई कार्यवाही नहीं करेगी। मेरे खिलाफ दो अपराध है, और आप कहते है कि मैं स्वतंत्र हूं!!!"

"मिस्टर स्टैनर्ड, मुझे ऐसा प्रतीत होता है कि बुद्धि वाम की चीज से आपका कोसों तक का कोई वास्ता नहीं। आप अक्ल से काम लेते, या तनिक होश से सोचने की चेष्टा करते तो आप मेरी बात को कब का समझ गये होते। खैर अब मैं आपको समझाये देता हूं—इस संसार में कौन-सा ऐसा देश हैं जिसका शासनाध्यक्ष, चाहे वह प्रधानमंत्री हो, या राष्ट्रपति हो, जो अपने राजनीतिक स्वार्थ के लिये अपने खास आदमियों द्वारा डकैतियां नहीं डलवाता, कत्ल नहीं करवाता, अपने विरोधियों की गिट्टी पलीद करने के लिये उनको खूबसूरत औरतों के जान में फंसाकर उनको ब्लैकमेल नहीं करता। हर सरकार ऐसे काम करवाने पर मजबूर होती है, नहीं तो किसी देश का शासन ही न चले। इसी का नाम राजनीति होता है। आपने जो जुर्म किये थे, वह सरकार ने करवाए थे, और जो जुर्म सरकार करवाये, वह कोई जुर्म नहीं होता। अब तो आप समझ गये?"

"ऐलिसन कहां है?" मैंने आर्मिटेज से पूछा।

"वह इस समय इंग्लैंड में है।"

"वह तो मेरे साथ थी, वह इंग्लैंड कैसे पहुंच गई?"

"उसे अपने पिता की अंत्येष्टि के लिये वहां जाना पड़ा है।" वह कल परसों तक आपके पास पहुंच जाएगी। यह कहने के साथ आर्मिटेज मेरे कमरे से बाहर चला गया।

▢ ▢

मैं फिनिक्स होटल के लाउंज में ऐलिसन की प्रतीक्षा कर रहा था। मेरे सामने कई समाचार पत्र पड़े थे। हर समाचार पत्र ने व्हीलर की तारीफों के पुल बांधे थे। कि वह एक बहुत ही लायक और काबिल सांसद था। प्रधानमंत्री ने अपनी संवेदना व्यक्त करते हुये व्हीलर को ब्रिटिन का एक यशस्वी सुपुत्र, असाधारण राजनेता, शांति और जनगण की सुरक्षा का दुर्लभ योद्धा, तथा

109

कम्युनिस्टों का कट्टर विरोधी बताया था। अभी मैं व्हीलर के संवेदना संदेश पढ़ ही रहा था, कि ऐलिसन मेरे पास आकर बैठ गई। उसका चेहरा बहुत ही थका-सा प्रतीत हो रहा था।

"तुम इतनी ढीली-ढीली क्यों हो?" मैंने ऐलिसन से पूछा।

"मेरी बात छोड़ो—अपने बाजू का हाल बताओ। अब कैसा है तुम्हारा बाजू?" "ऐलिसन से पूछा।"

"पहले से तो काफी बेहतर है।"

"तुम यह समाचारपत्र बड़े ध्यान से पढ़ रहे थे?" ऐलिसन ने पूछा।

"हां, मैं व्हीलर की मृत्यु के संवेदना संदेश पढ़ रहा था। प्रधानमंत्री ने तो उसकी बात प्रशंसा की है।"

"यह सब दिखावा है। प्रधानमंत्री ने सार्वजनिक रूप से व्हीलर की प्रशंसा की है, किन्तु गुप्त रूप से उसके मकान और ऑफिस दोनों जगहों पर करोड़ों येन (चीनी मुद्रा) बरामद हुये हैं।"

"तुम्हारे डैडी को तो शुरू से ही उस पर संदेह था।"

"हां ओवन—न डैडी को व्हीलर पर संदेह होता, न वह उसकी कार के नीचे आते।"

"मुझे तुम्हारे डैडी की मृत्यु का बहुत ही दुःख है, ऐलिसन।"

"तुम्हें तो तनिक भी दुख नहीं होना चाहिये, ओवन। मेरे डैडी ने तो व्हीलर को रंगे हाथों पकड़ने के लिये तुम्हारी जिन्दगी ही दांव पर लगा दी थी। यह तो तुम्हारा सौभाग्य ही था, जो तुम बच गये।

"इस गुप्तचरी के धंधे में तो ऐसा होता ही है, ऐलिसन।"

"जो भी होता हो, ओवन, वह दीगर बात है। मैं तो केवल इतना जानती हूं कि हालांकि मुझे अपने डैडी से बहुत ही स्नेह था, किन्तु मुझे यह कहने में तनिक भी संकोच नहीं मेरे डैडी एक नंबर के दोगले थे—एकदम विश्वासघाती। और अकेले डैडी ही क्यों स्वयं ब्रिटिश सरकार का भी यही हाल है।"

"मुझे अपने दिल की कुछ भी बात नहीं कहनी।" ऐलिसन ने मेरी आंखों में झांकते हुये सपाट लहजे में कहा।

"तो फिर मेरे दिल की ही सुन लो।"

"सुनाओ।"

"तुम मुझे बहुत अच्छी लगती हो—मैं तुमसे विवाह करना चाहता हूं।"

"अच्छे तो तुम भी मुझे बहुत लगते हो, पर मैं तुम या तुम्हारे जैसे व्यक्ति के साथ हरगिज भी शादी नहीं करूंगी।"

"वह क्यों भला?"

"क्योंकि तुम भी मेरे डैडी की भांति अपना लक्ष्य प्राप्त करने के लिये अपने मित्र तक से विश्वासघात करने में संकोच नहीं करोगे। तुम हो ही ऐसे धंधे में जिसकी बुनियाद ही विश्वासघात पर है।"

"यदि मैं यह धंधा छोड़ दूं तो?"

"तो मैं सोचूंगी, पर तुम यह धंधा छोड़ ही नहीं सकते।"

"चलो ऐसा करते है कि महीना दो महीने के लिये यहां से इकट्ठे कहीं और चलते हैं। इस दौरान तुम मेरे प्रस्ताव पर गौर करना।"

"मैं तुम्हारे साथ कहीं भी नहीं जाऊंगी।"

"क्यों?"

"क्योंकि तुम मुझे अच्छे लगते हो, और मुझे डर है कि तुम मुझे फुसला लोगे। मैं तुम्हारे साथ बिलकुल नहीं जाऊंगी।"

"और यदि मैं अपनी नौकरी यानी ब्रिटिश गुप्तचर विभाग से इस्तीफा दे दूं तो?"

"तो फिर मुझे फंसाने के लिये यहां से बाहर ले जाने की क्या जरूरत है। मैं यहीं पर ही फंस जाऊंगी।" कहने के साथ ऐलिसन खिलखिलाकर हंस पड़ी। और हम दोनों बांहों में बांहें डाले होटल लाउंज से बाहर निकल आये।

* * *

व्यक्तित्व विकास

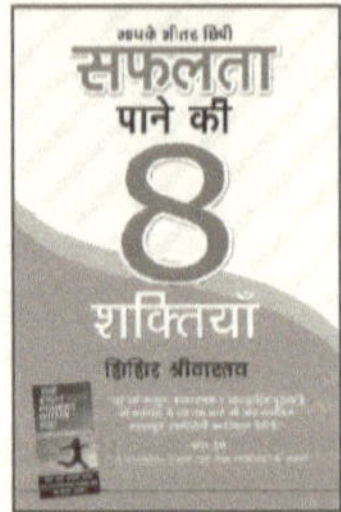

डायमंड बुक्स
X-30, ओखला इंडस्ट्रियल एरिया, फेज-II नई दिल्ली-110020 फोन : 011- 40712200
ई-मेल : sales@dpb.in Shop online at www.diamondbook.in